Sous leurs pas, les années

Camille Bordenet

Sous leurs pas, les années

roman

PAVILLONS

Robert Laffont

ISBN 978-2-221-27991-5
Dépôt légal : août 2025
Éditions Robert Laffont – 92, avenue de France, 75013 Paris
contact@robert-laffont.com

À mes grands-mères.

Et aux Indiennes restées.

(Le) pays premier peut être une prison, il peut être un royaume suffisant, une source vive, un trésor. Je ne sais pas bien où passe la frontière entre la chance et le risque, le partir et le rester, l'attachement ou l'arrachement.

Marie-Hélène Lafon, *Traversée*

1

Bouffons, lâcha Jess en s'adressant à l'autoradio. Dans l'habitacle du car, le réveil à quartz rouge affichait 6 h 20 et le thermomètre extérieur moins quatre. Dehors, la nuit s'obstinait, étale. Un épais nuage de brume montait à l'assaut de la carrosserie, prêt à l'avaler. On n'y voyait pas à un mètre. Les faisceaux lumineux des phares n'y pouvaient pas grand-chose, pareils à des épées trop courtes. La route était tapissée de givre scintillant. L'hiver ne plaisantait pas dans ce coin d'Isère de l'avant-pays alpin. Et pour cause : cette région naturelle s'appelait les Terres blanches. Même si personne n'en connaissait les délimitations géographiques exactes et que tout le monde s'arrangeait pour ne pas en être. On avait vu toponyme plus riant.

Certains anciens parlaient de Petite Sibérie, mais c'était un peu tape-à-l'œil. On n'avait pas l'altitude sculpturale du massif de la Chartreuse ni celle, plus loin, du Vercors. C'était un pays retenu, sans façon, à la jointure des montagnes et des saisons, fait de plateaux calcaires, de collines et de tourbières, traversé de cours d'eau et d'étangs. Il n'empêche. Des années comme celle-là, la neige pouvait s'inviter avant Noël et revenir jusqu'en mars, des névés subsister sur les cheminées de la Grande Sure jusqu'en avril. On avait alors droit aux sempiternelles anecdotes : l'année 1963 où l'on avait traversé le lac de Paladru à pied et à vélo ; l'année 1953 où l'Isère s'était transformée en patinoire, offrant un parfait terrain de hockey. Quoi qu'il en soit, le lac pouvait toujours compter sur quelques téméraires et poivrots pour se foutre à l'eau au 1er de l'an et ainsi meubler la matinale de France Bleu.

Jess monta le chauffage et changea de fréquence radio, le temps de terminer les réglages du car. Goldman, Nostalgie : voilà qui ne trompe pas son monde et donne envie d'en reprendre pour un tour d'existence. Que les autres pélos en col roulé mérinos, avec leurs raclements de gorge et leur fin du monde, c'était à se tirer une balle. Les coqs n'ont pas encore chanté qu'ils sont déjà là à vouloir avoir raison, à se parler par-dessus, arrimés à leurs certitudes, infoutus de s'écouter. Sourds comme des pots. C'est des sonotones qu'il leur faudrait. Les *Convaincus*, voilà comment Jess les appelle. Elle entend *Cons vaincus*, ça lui suffit.

La pression des pneus était bonne, le niveau de carburant aussi. Elle souffla dans l'éthylotest et inséra son chronotachygraphe. Elle avait prévu deux seaux de cendre en soute, au cas où. Et une pelle, au cas où aussi. Ici, il est beaucoup question d'au cas où. *En cas que*, disent les vieux. En cas que quoi, on ne le précise pas. De la même façon, on garde sa fraise à neige à l'entrée du garage. On n'est jamais à l'abri là-haut, dans les écarts et les hameaux. Pas de raccordement au gaz de ville. Les déneigeuses n'y grimpent pas toujours, ou alors en dernier. Même chose pour les facteurs, les aides à domicile, les livreurs de surgelés. La priorité, ce sont les routes principales. Les routes, c'est comme les rôles dans les films : il y en a des principales et des secondaires, des fréquentées et des déclassées. Tout est question de classement, en fin de compte. Une fois qu'on l'a compris, on n'en fait pas tout un foin comme les narvalos à la télé et à la radio. Matin, midi et soir, ils notent les choses, les gens et même les lieux – palmarès des bourgades où il fait bon vivre ; top 10 des meilleurs lycées ; expos immanquables. Sans surprise, le Valfroid n'y figure jamais. C'est pas plus mal.

De classement, Jess ne connaît que celui du prix du bois, du fioul et de l'essence. Quoique. Celui-là est si élevé qu'ils sont nombreux, dans le coin, à rouler au rouge – GNR racheté aux agris sous le manteau ou huile de friture. Ça de moins que Total n'aura pas. Son truc à elle, c'est les petites routes de campagne. *Les routes à trois grammes*. Comme si on pouvait en rire. Elle plaisante pas davantage avec l'alcool au volant qu'avec les mecs violents. D'abord parce qu'elle est conductrice de car scolaire et monitrice d'auto-école. Ensuite parce qu'elle sait que toutes les familles du coin pleurent au moins un fils ou un cousin qui a fini dans la glissière de sécurité, voire dans un ravin. Y a qu'à voir le bord des nationales : quasi autant de bouquets et de hérissons ratatinés que d'abribus. Ceux qui s'en sortent, Jess les retrouve en stage de récupération de points, à l'auto-école. Elle se débrouille pour qu'ils aient plus jamais envie de recommencer.

Des matins démis comme aujourd'hui, Jess se demandait si elle préférait pas les routes aux gens, tout compte fait. Léa ressentait peut-être la même chose avec ses vaches. Et Samira avec son comptoir. Sans doute qu'elle avait passé plus d'heures sur les départementales et les nationales qu'avec son mec et sa gosse. Une chose était sûre : elle leur avait dit plus de trucs. Toutes ces heures à marmonner et à chanter au long d'elles. Les routes d'ici étaient de vieilles copines dont elle connaissait chaque manie, la moindre vacherie : leurs vilains tournants, leurs mauvais penchants, leurs humeurs. De bon matin, il lui arrivait d'apercevoir des renards, des sangliers et des chevreuils. Faut dire qu'entre sa mère, aide à domicile, et son père, taxi-ambulancier, sa voie était tracée. Gamine, elle adorait les accompagner dans leurs tournées. Surtout pour les entendre rouspéter : et les tracteurs qui traînent, *Non mais regardez-moi ça, ils dégueulassent la route*, et les livreurs qui s'arrêtent n'importe comment, et les feux trop longs, *Bon, tu la craches, ta Valda ? C'est pour la Saint-Glinglin ?*, et les ronds-points à la mords-moi-le-nœud qui poussent comme des champignons… Rouler et râler, ça peut vous tenir toute une vie.

Il était 6 h 45 quand elle s'élança. Tout semblait tétanisé par la neige tombée l'avant-veille. La chaussée était pareille à une lame, mangée de vent, frangée de congères et de piquets de balisage orange. Les virages ne feraient pas de cadeau. Elle longea les drailles montant aux Clots, à la ferme de Léa et de Victor. Son arrêt le plus haut, pour le petit Tom. La brume s'effilochait dans les phares. Les portières s'ouvrirent dans un chuintement de suspension hydraulique. Un courant d'air glacial se faufila par le col et les manches de sa parka Transports 2000. Jess frissonna malgré son bonnet enfoncé jusqu'aux yeux et ses mitaines.

« Bonjour, capitaine Tom ! » dit-elle d'un ton hyper enjoué.

Règle numéro 1 : toujours donner le change devant les gosses. Ils n'ont pas mérité d'être tirés du lit de si bonne heure pour attendre le car dans la nuit et le froid. Elle distingua un « B'jour Jess » marmonné par un demi-visage engoncé dans sa doudoune et ses bâillements. Jess soupira. Même pas fini de grandir qu'on les empêche. Les Convaincus à col roulé se ficheraient bien de ce qu'elle pense, mais à son avis cette histoire de classement commence là. Au saut du lit. Dans cette distance incompressible. Dans ces milliers de pas qui séparent le portail de la maison de celui du collège. Là, dans ce croche-patte au sommeil, dans ces kilomètres enfoncés, invisibles sur les bulletins scolaires. Elle les entend, les Convaincus, avec leurs grands mots hissés sans visage ni réalité : inégalité des chances, carte scolaire… Ils parlent, mais leurs rejetons à eux dorment encore. Même leurs collèges-lycées sont classés. Ils y vont en métro ou, pour les plus veinards, à pinces. Leurs filles ne se maquillent pas au fond du car, dans le miroir de la vitre noire, mais en passant chez Sephora. Les gosses d'ici ont déjà trop de détours pour contourner quelque carte que ce soit. Leurs seuls raccourcis consistent à couper à travers champs.

Combien de fois Jess s'est-elle réveillée plus tôt pour aider ses parents à déneiger la voiture ? Faire chauffer le moteur, gratter le pare-brise, décoller les essuie-glaces prisonniers du gel, pousser la bagnole cahotante dans la neige. *Ra petit peton si tu rateuh le bus tu march'ras un peu pluuuuus* : combien de fois elles l'ont chantée, celle-là, avec Constance, en dévalant le chemin du Diable, espérant ne pas louper le car ? Et puis l'autre : *Cinq kilomètres à pied, ça use-euh ça use-euh.* On n'a pas idée d'habiter des renfoncements pareils. À l'époque, le centre-bourg du Valfroid leur faisait l'effet d'une métropole avec ses boutiques, ses trottoirs, ses guichets, le collège, la gare, les allées de lampadaires et, aux pourtours, les lotissements. Cinq kilomètres à pied depuis leur lieu-dit du Petit-Mollard. Le double pour le collège et la gare. Pas d'éclairage public. Ça use pas seulement les Air Max. Les élans, aussi. En jeunesse cumulée, elles avaient dû passer plus de temps sous l'Airbus qu'au collège. Airbus, c'est comme ça qu'elles avaient appelé leur arrêt. Plus rapide à dire qu'abribus. Plus stylé, aussi. On a les long-courriers qu'on peut.

Constance. Elle ne doit plus tellement piétiner, désormais. En tout cas, certainement pas manquer de réverbères là où elle est. Ce serait un comble, y voir que dalle dans la Ville lumière. Constance, c'en est une sacrée Convaincue dans son genre. *Une émission qui prend le pouls de la société*, c'est ça… Quitte à monter à Paris pour avoir l'impression de devenir quelqu'un, elle aurait mieux fait de faire médecine. Des vrais stéthoscopes, ça oui, on en a besoin. Suffit de voir les *Cherche médecins* sur les ronds-points. Le pire, c'est que Constance croit vraiment sonder l'opinion des Français. *La France périphérique. La diagonale du vide. Les vraies gens*, comme elle dit. Bouffonne. Au moins, elle reconnaît qu'elle est passée du côté des fausses personnes. Le cul vissé dans son studio télé, par-dessus le pays, derrière son miroir sans tain, à regarder les gens *d'en bas* se débattre avec l'existence, à disséquer leurs modes de vie ainsi de rats de laboratoire : et leurs pavillons, et leurs chaudières au fioul, et leurs barbecues, et leurs vieux diesels, et leurs impayés. Non mais franchement. Est-ce qu'on se mêle de comment ils vivent entre eux, là-haut, intramoulures, tout à leur beau souci d'eux-mêmes ? Est-ce qu'on se permet de les traiter d'assistés sur télécommande, avec leur Uber-machins et leur visio-trucs ? Genre ça vote à gauche, ça vante l'ouverture, le métissage. Ça vante et ça évite, surtout. Ça lévite aussi.

Le seul moment où ils se mêlent au pays et enfoncent leurs certitudes dans *les territoires*, c'est quand ça clashe. Les ronds-points, les tracteurs, le fumier, les rixes de bal, et voilà que pleuvent les envoyés spéciaux. Il faut les voir tourner, vautours en parka Aigle et boots Caterpillar, caméra au poing. On les dirait débarqués en terre étrangère. De fait, de cette France-là, ils ne savent rien, ou si peu. Fabricants de caricatures, obsessionnels des fractures, ils baragouinent, s'autorisent le tutoiement, voudraient savoir de quoi sont faits ces indigènes patoisants. Mais pas le temps d'écouter, encore moins de comprendre, déjà, il faut envoyer les images, la formule choc qui entrera dans le bandeau.

En ce matin diaphane de décembre, Jess se sent pourtant tout sauf *périphérique*. Elle se sait attendue. Capitale aux environs. Dans ce coin d'outre-terre, elle est celle qui relie l'archipel des lieux-dits. Elle aime ce moment où la silhouette des jeunes commence à se détourer dans le tranchant de l'aube blanche, tortues sous leurs carapaces Eastpak. Elle est celle qui permet. Celle qui donne accès. L'oreille qui écoute, aussi. Surtout sur le trajet du retour, avec les derniers, les plus éloignés. Quand tout le monde est descendu et qu'il ne reste plus qu'elles, les troisièmes du fond viennent s'asseoir juste derrière elle pour papoter. Ce qui se dit dans le car scolaire reste dans le car scolaire. Parfois, Jess entend des choses qu'elle ne devrait pas. Elle doit se dépêtrer avec ça. Elle est celle qui, ensuite, quand ils seront en âge, leur apprendra à conduire à l'auto-école Roulier. Pour le boulot, elle a eu de la veine, si on peut dire. Certes, elle ne gagne pas des mille et des cents. Mais, au moins, ces deux activités collent niveau horaires et ne lui font pas un planning en gruyère, comme sa mère à l'ADMR.

Jess ne se sent pas davantage *invisible.* En tout cas, pas aux yeux de ceux qui comptent. Mick lui répète tout le temps qu'elle est belle. Miss Dauphiné, qu'il l'appelle. Pour ça aussi, elle s'estime bien lotie.

Le seul truc qui coince, c'est le logement. Ça lui prend la tête H24 en ce moment. À ce stade, leur maisonnette, c'est même plus une passoire thermique, c'est un abribus. À croire qu'il manque un mur tellement on se les pèle. Classé G, si c'est pas G+, le pire du pire, normalement interdit à la location. Le père Langret s'en fout bien, pourvu qu'il touche son loyer. Combien de fois ils lui ont demandé d'intervenir ? Mick lui a proposé de s'en charger avec sa boîte, mais penses-tu. Ce rat ne dépenserait pas un kopeck pour ses locataires. Douze degrés au réveil certains matins d'hiver. Et la chaleur du poêle à bois qui fout le camp faute d'isolation du plafond. Ils ont même envisagé de poser de la laine de verre par eux-mêmes. Passe encore quand ils étaient que tous les deux, mais avec la petite c'est pas raisonnable. Lyana tousse tout le temps.

Et les Convaincus à col roulé qui osent leur parler d'*effort énergétique*. Mais dix-neuf degrés, c'est leur quotidien depuis belle lurette ici ! Qu'est-ce qu'ils croient, dans leurs bureaux vitrés et leurs cabinets chauffés au gaz de ville ? Jess a fait le calcul : ils en sont à dix-sept stères de bois par an. Plus les deux poêles à pétrole dans la chambre et la salle de bains. Ça va que la commune affecte chaque année une coupe de bois à l'affouage sur sa parcelle. Sans quoi, vu le prix de l'élec et du gaz, faudrait songer à revenir aux bougies. Ça va aussi que Mick et elle ont été élevés à la dure en matière de températures. C'est pas les gens de la ville qui supporteraient ça.

Le pire, c'est qu'ils peuvent même pas se retourner contre Langret. Mick Bianchi tient à sa réputation et à celle de ses aïeuls italiens. Or Langret fait la pluie et le beau temps chez les artisans. Le roi du béton, tu parles d'un surnom. Le type a son blaze écrit sur toutes les tractopelles de la région. Un mercenaire du BTP local. Si la gueule d'un sous-traitant lui revient pas, il a juste à appuyer sur le bouton. Tout ce qui l'intéresse, c'est de pouvoir vendre au prix fort à des Grenoblois, des Lyonnais ou des Parisiens qui seront prêts à mettre cent mille balles de travaux en plus dans une réno.

Il faut qu'ils bougent de ce trou. Elle ne veut plus manger dans la main de Langret. Elle va avoir trente-cinq berges, Mick quarante, il serait temps qu'ils aient leurs noms sur un bout de cadastre. Une sécurité face à l'avenir, quelque chose à transmettre à Lyana. Surtout : l'assurance de ne plus rien devoir à personne. Elle a des frissons en projetant le jour où ils signeront. L'ennui, c'est qu'ils trouvent *tchi.* Que dalle. Ils bossent tous les deux, pourtant. Ah ça, ils font pas semblant. Pas un jour de carence depuis leurs seize ans. Rien que de repenser aux visites, ça la déprime. Les mots de la dame de l'agence lui remontent. Crise du logement. Covid-19. Marché saturé. Hausse des prix. Prêts faibles. Flambée du prix des matériaux. DPE. PTZ. Nouveaux arrivants. Télétravail. Refuge. Attractivité. Redynamisation. *Il va probablement falloir revoir votre projet à la baisse, vous savez.* Non, Jess ne sait pas. La dame parle vite, bardée de pourcentages, elle clique de partout sur son ordinateur. Jess a le tournis. Il y a trop d'informations, ça la dépasse. Elle n'ose pas dire qu'elle n'est pas sûre de comprendre. Ses parents ne lui ont pas expliqué ces choses-là, les choses des taux et du patrimoine ; eux-mêmes n'ont pas fini de rembourser leur baraque – il y a leurs voitures aussi, trois, et puis leur nouveau poêle à pellets, et leur petit jacuzzi pour leurs soixante ans, sûrement qu'ils ont dû merder quelque part. Mick et elle aimeraient faire un peu mieux qu'eux, sauf qu'ils ne savent pas par quel bout commencer.

Jess parlerait à Mick ce soir. Mick ne s'y connaît pas davantage qu'elle, mais il jouerait l'homme, et elle ferait semblant d'y croire pour se sentir moins seule, même si au fond ça ne réglerait rien. Il dirait *T'inquiète*, il taperait les mots de la dame de l'agence sur son smartphone avec ses gros pouces d'artisan qui glissent toujours à côté, il s'énerverait d'être si inadapté, *Putain d'écrans tactiles de merde*, il jetterait le téléphone sur le canapé, ils remettraient ça au lendemain ; dans dix ans, ils en seraient toujours au même point.

Ou alors ils n'avaient qu'à accepter la proposition de Simone de s'installer avec elle là-haut, au Grand-Mollard. Au moins temporairement. La maison était immense : un ancien corps de ferme en pisé typique du Dauphiné, construit à la fin du XIXe siècle, en forme de L, sur deux étages – le rez-de-chaussée déjà refait par Mick et Franck Santos, son associé. Mick adorait ce genre de rénovation : les décennies de terres compactées offrant de relire l'histoire du coin.

Simone n'occupait que le rez-de-chaussée, faute de pouvoir monter les escaliers. Ils auraient l'étage rien que pour eux. Ils pourraient en faire un truc canon avec les talents de Mick et les copains bricoleurs. Et puis Simone pourrait leur garder Lyana de temps en temps. Sauf que Mick faisait un blocage. Il trouvait l'idée *cheloue*. Comme quoi les gens allaient parler, comme quoi c'était bizarre d'habiter chez une personne âgée qui n'est même pas de leur famille ; on risquait de les prendre pour des *profiteurs*, des *assistés*, ou pire : des *cassos*. Et c'était peut-être l'insulte ultime pour Mick Bianchi, lui qui, depuis son alternance, avait toujours trimé pour ne dépendre de personne : un bosseur qui compte pas ses heures, un pote fiable sur qui on peut compter.

Jess ne le voyait pas du tout de la même manière. Sans se le formuler, elle aimait l'idée de ce drôle d'attelage qui se fout du sang, des héritages, de la terre, de l'âge. D'apparence, Simone était bien la vieille dame de quatre-vingt-dix ans que le temps avait fait d'elle. Jess avait pourtant l'impression de la côtoyer à chaque âge : tantôt la jeune fille remontée, ou l'enfant espiègle, tantôt l'épouse fatiguée, ou l'amie à l'écoute. Elle était très attachée à Simone. Autant qu'à cette ancienne ferme en pisé. Ça lui paraissait suffire comme motif d'emménagement. Et qu'importe si, sur le papier, Simone était la grand-mère de Constance. Les papiers mentent.

Seul compte le plaisir d'être à l'autre, de se tenir ensemble. Jess n'avait pas eu le temps de connaître ses aïeules – mortes de trop d'enfants et de trop de tracas. Constance, la petite-fille officielle, était, quant à elle, partie depuis une paye – *qui part à la chasse*… Lorsque Constance appelait sa grand-mère, elle semblait toujours le faire *parce qu'il faut*. Dure de la feuille, Simone mettait le haut-parleur. Quand Jess se trouvait dans les parages, elle laissait traîner son oreille. Constance parlait pressé, comme à la télé ; ses talons claquaient sur le pavé, et les klaxons, et les sirènes, et les portes du métro… Soudain, les trépidances et les importances de la capitale s'invitaient dans le petit salon muet ; un grand courant d'air de la ville s'engouffrait dans le combiné. Simone entendait davantage Paris que sa petite-fille. D'une main, elle tenait l'appareil ; de l'autre, elle vérifiait le branchement de son sonotone, elle n'osait pas interrompre Constance, Constance se serait agacée, Constance n'avait *pas que ça à faire*, il ne fallait pas que ça traîne ; pas comme Jess, qui aimait prendre le temps des choses et puis des gens. Tout compte fait, Simone comprenait l'essentiel : sa petite-fille était très occupée, requise par de grandes menées. Elle disait de sa voix douce : *C'est bien, ma grande, c'est bien, je suis fière de toi.*

Jess ne voulait plus rien savoir de Constance. Elle évitait d'allumer la télé. Elle s'était toujours retenue de la stalker sur les réseaux sociaux.

Elle écoutait des radios sans risque de Convaincus : France Bleu, Radio Isa, RTL, Nostalgie, Skyrock. Elle n'avait pas besoin d'entendre plus loin qu'ici. Pas besoin d'être rattrapée par l'état des choses. Non pas qu'elle s'en désintéresse. Mais sa vie était là. Là, dans ce paysage sans sous-titre. Là, entre les lieux-dits et tout ce qui ne se dit pas. Dans ce taillis de brumes qui fait taire l'horizon. Il faut beaucoup aimer les hivers pour vivre par ici. L'hiver, considérait Jess, n'était rien d'autre que l'envers délavé de l'été. Plus rustre, moins facile. Qui mettait tout à l'arrêt : les routes, les perspectives, l'espèce. Même la connerie, dans une certaine mesure.

« Terminus, tout le monde descend ! » cria-t-elle en se garant devant le collège La Garenne.

Sur le chemin du retour, son car à vide, elle se laissa aller à ses pensées en détaillant le décor. Du moins, ce qu'elle pouvait en deviner. Les colonnes de pneus agricoles autour des radars tourelles. Les noyeraies et les vergers. Les Smarties des balles d'enrubannage vertes roses bleues et les silos à grains pareils à d'énormes biberons d'acier. Les affreux dômes verts de la nouvelle unité de méthanisation, à l'origine d'une interminable guerre de tranchée entre agriculteurs et riverains. Les panneaux publicitaires pour l'Asian buffet et la promo sur les radiateurs d'appoint chez Weldom. Les antennes relais griffant le ciel, et, comme des traits d'union ventrus, de gros boyaux barrant la vue :

les câbles électriques. Gamine, elle y voyait des remontées mécaniques reliant aux villes, prouvant que l'on existe par ici, reliés, éclairés. Et désormais fibrés.

Jess distinguait les appels de phares avant de reconnaître le véhicule : son père ou sa mère, l'utilitaire de Mick, le Kangoo de la Poste de Yanis, le C15 de Raymonde ou parfois le tracteur John Deere vert de Léa et Victor. Elle aimait ces saluts lumineux qui réchauffent le brouillard, tout ce petit peuple des départementales à la régie son et lumière des matins. Surtout, elle aimait cette suspension qu'offrait le trajet retour, avant que ne commence sa deuxième journée. Le large diamètre du volant, la caresse du cuir en tirer-glisser, le ressort du fauteuil en velours sous ses fesses, la maîtrise exacte du porte-à-faux dans un virage serré. Ça n'était que dix minutes, mais, durant ces dix minutes-là, elle se sentait avoir prise.

Elle monta le volume de Nostalgie. C'était *Résiste*. À point nommé : ils l'apprenaient à la chorale. Jess n'avait jamais cessé de pousser la chansonnette : tous les jeudis à la chorale, tous les samedis aux soirées karaoké du bar des Sports, et à chaque fête de village. Pas dit qu'elle y prendrait encore le même plaisir si elle avait fait le Conservatoire, comme l'y avait poussée Constance. Toutes les stars de leur adolescence ou presque avaient raccroché le micro : Diam's, Lorie, Alizée, les L5, Nâdiya, Leslie, Larusso. Même Britney.

Seule Simone comprenait ça – ce bonheur amateur de chanter pour chanter. Quand on veut, où on peut, dans son car, sous la douche, en cuisinant. Sans être su, sans être vu, sans se donner à voir. Libre.

L'état de Simone commençait toutefois à la préoccuper sérieusement. La vieille dame avait beau être en pleine forme dans sa tête, elle se cassait la margoulette de plus en plus fréquemment. Il se trouve que Mick était souvent d'astreinte à la caserne quand Simone appelait pour qu'on vienne l'aider à se remettre à l'endroit. Elle tentait toujours de dédramatiser en riant : *C'est rien c'est rien, c'est l'âge, toutes ces années ça pèse un âne mort pour seulement deux jambes et une canne, si au moins le sol était au plafond je vous embêterais pas, je pourrais rester comme ça, les quatre fers en l'air.* L'an dernier, elle s'était cassé la hanche, à force. Trois mois d'hôpital et de rééducation.

Et puis elle se mettait à oublier des choses bêtes. Comme le passage de Yanis pour le *Dauphiné libéré* ; celui de Nadine, le matin pour la toilette et le soir pour le coucher ; et celui de l'infirmière et du docteur Grazia pour les médicaments. Elle oubliait même la visite de ses enfants, Béatrice et Jacques, les parents de Constance, qui venaient en général le week-end. *Ah ça m'était parti.* Ça les aurait arrangés, eux, que Simone veuille bien se rapprocher. Ils lui avaient trouvé une résidence autonomie à Grenoble, un appartement adapté avec un parc sécurisé, des jeux de mémoire, de la gym douce, une borne Mélo et tout et tout. C'était sans compter l'entêtement de Simone, accrochée à son Grand-Mollard comme une moule à son rocher. Elle se fichait bien d'avoir un environnement plus fonctionnel et que son fils passe la voir tous les jours. On l'enterrerait là-haut, avec sa Grande Sure et sa brume, les quatre fers en l'air s'il le fallait. Le plus dur pour elle avait été de renoncer à sa voiture. Sa Panda 4 × 4 rouge avait représenté son indépendance. Surtout après la mort de son Robert. Jess lui avait redonné quelques leçons de conduite à l'auto-école, histoire qu'elle reprenne confiance, mais sa vue avait trop baissé. Ce n'était pas raisonnable. Jess s'était engagée à l'emmener où elle voulait quand elle voulait.

Curieusement, Simone n'oubliait jamais les passages de Jess pour chanter. Le lundi, le mercredi et le vendredi. Sa mémoire des paroles non plus n'avait pas bougé. Brel, Ferrat, Brassens, Piaf, Gréco, Barbara, et même les chants traditionnels de la région. Tout était là, pris dans les plis de ce qui jamais ne s'enfuit.

2

Constance venait d'entrer en plateau quand son iPhone se mit à sonner au fond de son sac monogrammé, coincé entre son iPad, ses Vogue, sa trousse de maquillage, ses AirPods, sa pilule et ses antidépresseurs. Il sonna une première fois. Une deuxième. Une troisième.

« Sérieux ?! s'énerva Lizzy, la maquilleuse. Elle peut pas mettre son putain de portable en silencieux ? Et puis c'est quoi, cette sonnerie de merde ? »

C'était la sonnerie Abri. Constance en changeait presque toutes les semaines. Elle avait essayé Bouilloire, Chalet, Bord de mer, Pivert, Temps qui passe. Aucune qui fasse l'affaire. Les sonneries du Nokia 3310, au moins, ne trompaient pas leur monde : Mozart 40, Toreador, Merry Christmas. Et puis, sur le Nokia 3310, vous pouviez jouer au Snake sans aucune alerte pour vous emmerder. Pour calmer ses angoisses, Constance prenait tout ce qui se présentait. Dans son smartphone,

Petit BamBou et Mind tentaient tant bien que mal de se faire une place dans le bourdonnement des *push Le Monde*, France Info, Mediapart, *Le Parisien*, *Libération*, France Inter, RFI, et l'essaim des notifications Instagram, X, TikTok… De même qu'à quatorze ans elle pouvait consacrer des heures à découper Britney dans *Fan 2* ou à collectionner des figurines de dauphins, elle passait aujourd'hui un temps fou dans les rayons des parapharmacies à lire la composition des sérums antirides, captivée par les promesses de régénération de l'acide hyaluronique et du bakuchiol comme par celles garantissant équilibre émotionnel et sommeil profond. Elle avait tout essayé : du matcha collagène aux peptides hydrolysé à la poudre d'ashwagandha, sans oublier le sacro-saint Rescue aux cinq essences florales et aux vingt-sept pour cent d'alcool. En fin de compte, c'étaient encore les antidépresseurs qui marchaient le mieux. Et la gnôle, la vraie, quoiqu'il eût mieux valu, soi-disant, éviter le mélange – ce dont tout le monde se souciait comme d'une guigne, pourvu qu'on ait l'impression d'aller bien.

La sonnerie s'était tue. La personne qui tentait de joindre Constance s'était résignée. De toute façon, Constance est peu joignable. On peut la voir, oui. Plusieurs fois par semaine à la télé, à la tête de « Démêlés » et de « Dos à dos », ou bien en tant qu'invitée d'émissions dites de débat d'idées. Sa manucure et sa voix sont désormais familiers à de nombreux Français. On peut la voir, on peut l'entendre ; son Instagram est certifié, chacune de ses publications cumule des centaines de cœurs. Son avis compte. Elle fabrique une opinion à ceux qui n'en ont pas. On peut la voir, on peut l'entendre, mais on ne peut pas la joindre. On ne peut pas avoir besoin d'elle. Et même quand il lui arrive de décrocher pour du perso – ses parents, ses amis, Solal –, elle n'est pas vraiment là. Elle est prise. Elle doit préparer l'émission. Elle a un déj. Elle est dans le taxi, dans le métro – ça va couper. Elle est stressée, voire angoissée. On sent bien qu'on la dérange. Ce n'est pas le bon moment. Ce n'est jamais le bon moment. D'ailleurs, sa messagerie n'invite pas à laisser de message, elle dit juste : *Bonjour, Constance Debord, Démêlés, Dos à dos, Alpha Production, je ne suis pas disponible. Bip.*

Ce soir, elle a opté pour un chemisier lavallière Maje, un pantalon à chevrons, un semi-permanent bois de rose et un wavy. Le dernier « Démêlés » de l'année avant la coupure des fêtes revient sur la progression de l'abstention et du vote pour l'extrême droite, devenue le premier parti en voix et en sièges. *Fâchés ? Fachos ? Comment en est-on arrivé là ? Nous tenterons d'en sonder les multiples ressorts*, annonce Constance à l'antenne. Pour en débattre, la directrice éditoriale d'un *think tank* libéral, un politologue à la tête d'un institut de sondage, un essayiste en vogue spécialiste d'à peu près tout mais d'essentiellement rien et une éditorialiste courant les plateaux. Constance a une migraine pas possible, et le triptan qu'elle a gobé n'y fait rien. Elle n'en peut plus de ces projecteurs en pleine tronche et de ces gueules, toujours les mêmes. Cela dit, ils sont faciles à faire venir. Un texto de la prod et déjà dans le taxi. Pas comme les chercheurs de province qui doivent se cogner trois Intercités et un RER.

Depuis quelque temps, l'idée de rendre l'antenne la traverse de plus en plus souvent. Chaque matin, elle a l'impression de se réveiller un peu plus à côté de sa peau. De ne pas retrouver son corps là où elle pensait l'avoir laissé. Le fond de teint lui tire, et la poudre par-dessus – elle les sent qui se craquellent au-dedans. Pourquoi faut-il que les maquilleuses la recouvrent à ce point ? Elle voudrait arracher la pellicule depuis son front, comme la peau sur le lait, regarder tomber le masque. Marre de jouer ce rôle. Les premières années, ça lui plaisait, oui. C'est même comme ça qu'elle s'est fait connaître. Madame Vraies Gens, madame Laissés-pour-Compte. À croire qu'elle tenait seule le registre de soixante-huit millions de colères. Désormais, cette étiquette l'enferme. Tout ça parce qu'elle vient d'un bled. Elle en vient, oui. Et après ? Elle y a vécu autant de temps qu'à Paris. Et depuis qu'elle est présentatrice, elle ne part plus tellement en reportage. Elle ne saurait même pas dire à combien est le litre de SP95 en ce moment, ni si les départementales sont repassées à quatre-vingt-dix kilomètres-heure. Au fond, ça l'arrange. Ces semaines étaient éreintantes – de trains, de zones commerciales, d'Ibis Budget, de mitigeurs de douche capricieux, de sandwichs triangle aux nitrites. En même temps, à l'époque, elle avait des choses à raconter plutôt qu'à commenter. Aujourd'hui, elle capitalise.

Lorsque la crise des Gilets jaunes avait éclaté, elle avait compris plus vite que d'autres. Le rond-point de la ZAC du Valfroid avait été parmi les premiers à se mobiliser. C'était chez elle. Du moins le croyait-elle. Elle avait prononcé les mots que ses confrères voulaient entendre : *trou du cul du monde*, Pétaouchnok, *abandon, fracture.* Elle avait vu dans leurs yeux. La commisération. Des mots convoquant chez eux des images de contrées sinistrées – carcasses d'usine, commerces vacants, agences d'intérim, taux d'alcoolémie élevé, femmes battues, Restos du cœur. Ce qui, sans être tout à fait faux, n'était pas totalement vrai non plus. Mais pour ceux qui n'y vivent pas – ou plus –, *la province est une même personne.* La ruralité se dit au singulier et se traverse à grande vitesse. Dans le folklore des faubourgs aperçu depuis le siège #nofilter : lieux-dits et villes moyennes, cités des champs et sous-préfectures, Grand Est et Côte d'Azur, littoraux et montagnes, plus beaux villages de France et zones dépecées. On lui trouvait ainsi du *mérite* d'en être arrivée là *en partant de si loin.* Elle s'était tue. Elle n'avait pas dit sa mère prof d'histoire, son père directeur de MJC. Elle n'avait pas dit la fanfare du Valfroid, la bibliothèque, la salle des fêtes et les assos qui ne savent plus où donner de la tête. Elle n'avait pas dit les livres à la maison, le piano, les musées et les cinémas le week-end. Ces ressources qui, dès l'enfance, l'avaient préparée à se barrer. En fait de *déracinement*, elle avait été conditionnée au départ tout au long de sa scolarité. Elle n'avait jamais eu à trahir. Dire cela eût été prendre le risque d'altérer ses efforts. C'eût été reconnaître qu'elle ne s'était pas *arrachée* à ses Terres blanches par la seule grâce de sa bonne volonté, mais parce qu'on lui en avait donné la possibilité. C'eût été énoncer une dissonance, un larsen, que personne n'avait envie d'entendre. Et concéder que d'autres ne le pourraient jamais.

Alors Constance laissait croire. Elle disait *lieu-dit*, *France périphérique*, *diagonale du vide* comme d'autres disaient *cité*, *banlieues*, *quartiers.* Constance savait le pouvoir de ces mots mis dos à dos, qui actionnent la même bobine mentale : prolos-ploucs-fachos-barbecue ; racailles-arabes-deal-police ; bobos-wokes-écolos-tofu. L'époque était pleine à la gueule de ces idées double face, adhésives ; médias et leaders d'opinion se gargarisaient de ces obsessions identitaires et de ces batailles culturelles vendeuses, préférant les amalgames aux agglomérats, l'irréconciliable aux accommodements. Comme si ces patchworks de champs et de clochers traversés à trois cents kilomètres heure n'hébergeaient aucun contraste. Comme si ces lieux-là, pour déserts qu'ils soient, ne comptaient pas également des profs, des médecins, des notaires, des ingénieurs, des artistes. Seulement des paysans en charrette et des prolos en bleu de chauffe. Comme si demeuraient encore deux sociétés adjacentes, celle des villes savantes et celle des patelins apprentis, distinctes et séparées, la seconde n'étant qu'un pendant négatif de la première, subsidiaire et marginal. Au fond, ce qui se tramait derrière la fascination pour les transfuges n'était ni plus ni moins que le symptôme d'une époque épuisée par la complexité. Et, en ne précisant pas d'où elle parle, Constance alimentait elle aussi cette fuite en avant manichéenne.

De l'autre côté de la France, dans les canapés, à l'heure où l'on espère que le sommeil aura enfin eu raison des mômes, Constance était relativement appréciée. Cela dit, à cette heure avancée de la soirée, tout se regardait. Pas qu'on s'identifiât à elle, non. Mais disons qu'on se sentait un peu « parlés ». Constance passait bien à l'écran. Mignonne sans être belle ni sexy. Juste ce qu'il fallait pour plaire aux maris sans mettre en rogne les épouses. De bon ton sans faire bourgeoise. Suffisamment neutre pour n'être classable ni à gauche ni à droite. En somme, elle correspondait à ce que l'audiovisuel sait produire de mieux : du consensus télégénique.

Certains auditeurs lui trouvaient toutefois des manières. Des gestes. Des vêtements. Une façon de froncer le visage, de lever le menton et de tenir les mots en bouche qui n'était pas d'ici. Finalement, elle agaçait. On était assez vite tenté de scroller sur Instagram ou Vinted. En général, le mari finissait par zapper. Que les blagues d'Hanouna étaient peut-être un peu limite mais, au moins, on se marrait. Et par les temps qui courent, ce n'était pas du luxe. Surtout après une journée de chantier ou de bureau.

La télé n'avait jamais été pour Constance qu'un faire-valoir. Un moyen comme un autre de prendre Paris et de venger sa peau. Elle empoignerait ses dorures, ses queues, ses cheminées, ses moulures. Elle chevaucherait ses ponts, ses egos, ses institutions. Jusqu'à la dernière érection. Bref : la même sempiternelle histoire depuis Balzac. Et puis la télé était assez commode pour ne pas prendre le risque de l'existence. Commenter la vie des autres tout en attirant la lumière à leur place, c'était tout bénef. Résultat des courses : à trop surplomber, elle ne savait plus vivre au premier degré. C'est-à-dire : *faire* des choses, être aux autres, avec une présence incarnée et non filtrée. Surtout, elle avait perdu son sens de l'autodérision qui leur valait de sacrés fous rires avec Jess.

L'académicien à col roulé était parti dans une de ces épouvantables logorrhées postillonnantes qui suffisent à expliquer la hausse de l'abstention.

C'était d'ailleurs étonnant qu'on invite encore ce genre de prototype masculin d'un autre siècle se fichant de l'équité du temps de parole autant que de la parité. Constance aurait dû l'interrompre. Mais elle était lasse de faire cesser ces hommes-là. Elle songeait à ses cernes, à elle. À sa dette de sommeil. À la énième crise de jalousie de Solal la veille.

Ses yeux détraqués qui la regardent comme une présumée coupable. Son strabisme au cœur. Un œil qui transperce, l'autre qui dévisse. Elle le trompe, c'est évident. Il dit *C'est mon métier, Constance, je suis metteur en scène, je sais reconnaître les visages qui mentent*. Il est plus fort qu'elle en langage. Elle parle à la télé, mais lui fabrique des dialogues. Lui l'a déjà trompée à maintes reprises ; pourtant, il va la perdre dans un grand labyrinthe et, à la fin, évaporée, c'est elle qui s'excusera. Elle repense à la brume du Valfroid qui pouvait vous faire douter de vos propres contours. Solal est un illusionniste qui vous éteint à coups de mots. Elle a peur de disjoncter. Bientôt, il implorera son pardon. Cette prise de conscience soudaine l'étrangle ; ne pas perdre ses moyens maintenant, c'est du différé, mais tout de même, on est à l'antenne. Elle aurait presque envie qu'il la frappe pour de vrai. Qu'on la croie. Ça tourne en boucle, c'est là, ça ne part pas, la scène dans tous les sens.

Constance fixa son invité à double menton qui n'en finissait décidément plus de parler.

Il s'écoutait. Comme Solal. De ces narcisses accapareurs, intérimaires à leurs semblables, présents partout mais entiers à personne, qui rendent l'autre mendiant et périssable. L'homme interrompit finalement ses raclements de gorge, probablement à court de lui-même. À moins qu'il n'ait eu une extinction de voix. Bon débarras.

En revenant dans sa loge, elle se rua sur son iPhone pour prendre sa dose de notifications, impatiente de partager les stories la mentionnant et de comptabiliser ses nouveaux followers. Solal, au moins, ne pouvait pas lui prendre aussi loin que ça. Elle ne vit pas tout de suite qu'elle avait trois appels en absence d'un même numéro. Elle était dans le taxi quand enfin elle écouta son répondeur.

3

Dix petits chiffres. Jess n'aurait jamais cru devoir composer à nouveau ce numéro un jour. Pas besoin de chercher dans son répertoire. C'était le premier numéro de portable qu'elle avait appris par cœur. Avant celui de Mick, avant ceux de ses parents. Toutes les deux avaient eu leur premier Nokia 3310 en même temps, l'année de la troisième. Ce numéro, par cœur, et son prénom, Constance, tellement prononcé, tellement pensé ; tant et tant raturé dans la marge des feuilles à grands carreaux ; gravé au canif dans la paroi de l'abribus : *Constance + Jessica = BestFriends4Ever*. C'était aussi le nom de leur Skyblog commun : *$Jess&Constance4Ever$*, avec des dollars et des étoiles, parce que c'était stylé et que les émojis n'existaient pas à l'époque de l'ADSL et des premières webcams. Dix petits chiffres et un prénom écrit en lettres capitales dans le champ « Personne à prévenir en cas d'urgence » du carnet de liaison et de l'agenda Diddl. *Les filles du lieu-dit* : c'était comme ça qu'on les appelait au

Valfroid. Simone, elle, les surnommait *les chaussettes dépareillées*. Elle disait aussi *Vous êtes comme cul et chemise*, et elles auraient voulu savoir qui était le cul, qui était la chemise. Poussées comme du lierre l'une contre l'autre, l'une envers l'autre, là-haut, au Petit-Mollard. Tantôt chez Jess, tantôt chez Constance, comme si leurs deux maisons n'en formaient qu'une et que leur lieu-dit était une île. Tout pourtant les séparait.

À commencer par leurs parents. En dépit de leurs coordonnées géographiques identiques, ceux-là ne pouvaient pas se voir en peinture. Les uns se plaignaient de ces travaux du dimanche qui n'en finiraient jamais, des tas de gravats devant la maison, du rotofile et des aboiements en continu, de cet accent lourd. Les autres ne supportaient pas ces fonctionnaires payés à rien foutre et surtout à faire la leçon à ceux qui se lèvent tôt. Béatrice et Jacques, les parents de Constance, s'étaient rencontrés pendant leurs études à Grenoble et étaient venus s'installer au Petit-Mollard, dans la deuxième maison familiale de Simone et Robert, à la naissance de Constance. Soucieux d'offrir à leur progéniture de l'air pur et des grands-parents présents. Nadine et Patrick, les parents de Jess, se connaissaient quant à eux depuis le bac à sable de l'école maternelle du Valfroid. Ils avaient acheté cette baraque de guingois à la naissance de Jess, faute de pouvoir accéder aux lotissements neufs qui se construisaient en sortie de bourg. Patrick avait beau être bricoleur, son taxi-ambulance six jours sur sept et vingt-quatre heures sur vingt-quatre avait eu raison de l'avancement des travaux. Seule la chambre de Jess avait été terminée : du linoléum bleu et une frise dauphins, bientôt recouverte de posters de Britney et de Diam's arrachés dans *Star Club*. Au plafond, des stickers phosphorescents. Comme pas mal de filles de leur génération, Jess et Constance cultivaient alors une étrange passion pour les cétacés en porcelaine expliquant peut-être que l'on retrouve autant de ces affreuses figurines dans les vide-greniers. *C'était bien la peine de s'emmerder à poser une tapisserie si c'est pour la dégueulasser avec de la Patafix*, gueulait Patrick. Constance aimait bien ce joyeux bordel des voisins. Chez les Guyot, au moins, on se marrait. Il n'y avait pas vraiment d'horaires ni tellement de parents. On pouvait garder ses chaussures. Regarder *Buffy contre les vampires*, *Sous le soleil* et *Un, dos, tres* sans demander la permission. Dans les placards, il y avait du vrai Oasis, des vrais Chocapic et même des Pitch. Le dimanche, on n'était pas obligé d'aller se promener au plateau du Grand Ratz. Jess ne détestait pas traîner chez Constance, même si elle trouvait ça curieux que ses parents soient tout le temps à la maison, requis par des tâches stationnaires et silencieuses (corriger des copies, lire des livres, préparer la soupe) et pourtant sans cesse préoccupés (des horaires, de la poussière, de la météo, des repas, de leur sommeil, des guerres et de la faim dans le monde). C'était comme s'ils vivaient au conditionnel, en sourdine.

Jess se demanda si le numéro de Constance n'avait pas changé, depuis le temps. Possible. Auquel cas elle regarderait dans le répertoire papier de Simone. « Personne à prévenir en cas d'urgence ».

Quand elle y pense, c'est presque drôle. Constance n'avait jamais prévenu personne, elle. Son bac et son entrée à Sciences Po en poche, elle avait foutu le camp. Comme ça. Du jour au lendemain. Sans un regard, sans un mot. Combien de SMS et de messages MSN laissés sans réponse ? Combien de mails ? Jess aurait pu crever dix fois. Elle s'en était rendue malade. À tenter de comprendre ce qu'elle avait pu dire ou ne pas dire, si elle avait trop fait ou pas assez.

Passé la colère, il avait bien fallu se résigner. Apprendre à être *sans*. Sans Constance. Apprendre à *ne plus*. Ne plus partager ni les heures, ni l'Airbus, ni les chemins, ni les peurs. Ne plus prendre part au même air. Ne plus rire en commun. Les premiers temps, elle s'était sentie bancale. Dépareillée pour de bon. C'était comme si elle n'avait jamais connu ni le Valfroid, ni le lieu-dit. Il fallait devenir seule. Recommencer avec les mêmes endroits, désormais étrangers. Et l'abribus et les rues et le bar des Sports et la salle des fêtes et le parvis de la gare, barbouillés de leurs souvenirs. Il fallait se réapproprier chaque mètre carré vécu à deux et, depuis l'hier de chaque lieu, se risquer au présent. Il fallait oublier Constance en la sachant bien vivante, détachée ; être avec sa douleur et la conscience que celle-ci n'était pas réciproque. Prend-on un jour le pli de l'absence ? Le manque peut-il être rassasié ? Le deuil des vivants seulement possible ? Se déprend-on jamais de ceux qu'on a aimés ? Le pire avait probablement été les nuits, qui venaient saper les efforts du jour. Les rêves qui resquillent leur place et vous passent dessus. Les algorithmes qui sans cesse cherchent à vous rappeler l'existence de celui ou celle que vous voudriez oublier. C'est peut-être ce qu'il y a de plus cruel dans le deuil : la possibilité qu'ont ceux qui nous désertent de continuer à nous occuper. À tout moment et sans crier gare.

Jess s'était sentie d'autant plus seule que personne, dans son entourage, ne comprenait. Après tout, elle n'avait pas été quittée par Mick. Constance et elle ne comptaient pas faire leur vie ensemble, à ce qu'on sache. Et puis des amis qui l'aimaient, elle n'avait que ça ici. *Une de perdue, dix de retrouvées*, dit le dicton. Elle n'avait pas non plus trouvé de chansons ni de films sur cette douleur-là. C'était comme si les ruptures et les peines d'amitié n'existaient pas. Ou en tout cas ne valaient pas celles de l'amour.

Elle s'était récité le numéro plusieurs fois dans sa tête. Elle l'avait même prononcé à voix haute, pour voir. Elle n'avait pas réussi à le composer tout de suite. Ça impliquait d'appuyer sur le téléphone, de laisser sonner, de prendre le risque d'entendre Constance décrocher, là-bas, de l'autre côté. L'effacer lui avait tellement coûté. Et quand, des années plus tard, la pensée de son amie avait fini par se dissiper pour de bon, voilà que Constance était revenue par la fenêtre. En l'occurrence, par la télé. Jess avait bondi du canapé : comment Constance s'était-elle démerdée pour réapparaître soudain dans son salon ? C'était un samedi soir de décembre. L'année du rond-point de la ZAC, quand elle était enceinte de Lyana. Jess n'était pas parvenue à décoller sa rétine de l'écran, scrutant chaque détail du visage de Constance. C'était bien elle. En plus taillée. Elle, avec ses dents très rangées, les ongles manucurés, les cheveux brushés, un chemisier. Elle, lustrée d'un nouvel air parisien, poncée de ses aspérités plouc, gommée de son reste d'accent, un timbre plus rauque, travaillé. Elle, en train d'évoquer *sa province* et les lieux-dits dans lesquels elle avait grandi, le Grand-Mollard et le Petit. Elle, qui se permettait de parler de la dépendance des gens de la campagne à la bagnole, du prix du carburant, de l'impatience à décrocher le permis, de l'attente sous l'abribus, des longs trajets en car. Pire : elle disait *nous*, comme si elle en faisait encore partie. C'était vraiment l'hôpital qui se foutait de la charité. *Visibiliser les territoires oubliés* mon cul. Tout ce qu'elle voulait, avait toujours voulu et voudrait toujours, c'était visibiliser sa gueule. Elle avait juste trouvé un nouveau filon pour se faire exister.

La colère ravivée avait tenu Jess des jours durant. Heureusement, les mots de Simone l'avaient un peu apaisée. Bien sûr que la vieille dame était fière de la réussite de sa petite-fille, mais à choisir, lui avait-elle confié, elle lui aurait préféré la joie de partager du temps avec elle. Quoique plusieurs photos de Constance soient encadrées sur son buffet, Simone avait toujours veillé à ne pas parler d'elle devant Jess. Il en allait ainsi de Constance comme d'une disparue. Qui parfois réapparaissait par le petit écran. Et de temps à autre en vrai, au moment des fêtes, pour rendre visite à sa grand-mère. Elle laissait des cadeaux de là-haut – étoffes, macarons, reliures – que Jess pouvait remarquer. Mais Constance n'avait jamais cherché à reprendre contact. Pas même à l'informer de sa présence. De toute façon, elle n'aurait pas eu le temps. Elle passait en coup de vent, deux jours. Apparemment accompagnée d'un homme suffisant voûté sur son smartphone. C'est le privilège de ceux qui sont partis mener des vies plus trépidantes : ils sont pressés. On s'adapte à eux. Comme si leurs minutes pesaient plus lourd, valaient plus cher. Simone ne se plaignait jamais. Elle prenait ce que sa petite-fille et ses enfants voulaient bien lui accorder. Elle se savait condamnée à encombrer.

Jess, au contraire, aspirait à la compagnie de Simone. À ce réconfort immédiat qu'elle ressentait auprès d'elle. C'était depuis gamine. Ici, il ne pouvait rien lui arriver. L'horizon se laissait caresser par-dessus la brume. Il lui semblait que cette maison en pisé était le seul endroit au monde où le temps se donnait à voir. Probablement grâce à la présence de l'horloge comtoise, campée d'un seul tenant, du sol au plafond, avec son coucou et ses aiguilles, trois, en forme de dagues minuscules. Pour Jess, le temps n'avait d'autre musique que l'horloge de chez Simone, l'écho des cloches de l'église et les sonnailles des vaches en train de paître, plus bas. Elle aurait pu croire en Dieu rien que pour ces sons. L'odeur aussi la berçait, mélange d'air froid et de feu de bois, d'encaustique et de mauve. Après avoir poussé la chansonnette, elles taillaient une bavette – *discuter le bout de gras*, disait Simone. Jess y trouvait davantage d'intérêt qu'avec des gens de son âge.

Simone avait toujours quelque chose sur la langue qui piaffait d'être exprimé. Il lui fallait se tenir au courant. Être à la page. Chaque matin, après le passage de Yanis à la boîte aux lettres, elle épluchait le journal, assise à la grande table de la salle à manger, à sa place, tout à gauche, du côté de la cuisine, la place qui avait toujours été la sienne, de tout temps, du temps des enfants, de Robert, des cousinades qui étiraient les dimanches et les ventres ; c'était la place la plus commode, celle qui lui permettait de surveiller ses fourneaux, de retourner son gigot ; elle disait *Mangez mangez les enfants*, sans jamais s'asseoir tout à fait. Elle avait beau vivre seule désormais, elle n'aurait pas osé prendre ses aises, elle qui toute sa vie s'était efforcée de se rapetisser ; elle ne se serait pas assise à une autre place, non, elle aurait eu l'impression de s'asseoir sur quelqu'un, elle imaginait la tête qu'aurait faite son Robert ; on n'occupe pas la place des morts ni celle des absents. Simone voulait bien que le monde change, mais pas sa place autour de la table. Elle avait bien fait de ne pas suspendre l'abonnement de Robert au *Dauphiné*. Ça lui assurait la visite quotidienne du facteur – ce qui, en ces temps de réorganisations incessantes à La Poste, est inestimable. Aussi parce qu'elle aimait ça, aller aux nouvelles. Pas les grandes ni les lointaines. Simone ne lisait pas *Le Monde* ni n'écoutait la matinale d'Inter – si c'était pour qu'on lui casse les pieds avec des sorties culturelles où elle ne ficherait jamais les orteils. En revanche, elle était demeurée fidèle au « Jeu des 1 000 euros », chaque midi, et à son canard local, épluché du début à la fin, en lissant les pages du plat de la main, armée de sa loupe. Quoique ce soit beaucoup de boulot pour finir chiffonné dans le poêle à bois ou en emballage pour le fromage. Simone n'adhérait pas à cette convention qui voudrait que le grand âge se passionne pour la météo. Elle s'intéressait au temps, oui. Celui qui passe, celui qu'on perd, celui qu'on prend, celui après lequel on court. Pas à celui qu'il fait. Puisqu'il était là, chaque matin recommencé, quel intérêt de le savoir à l'avance ? Il ne restait plus tant de suspense, à son âge. Simone n'aimait pas les prévisionnistes : météorologues, politologues, idéologues, démagogues, *tous ces diseurs de bonne aventure en -ogues, creux comme des bogues*. De toute façon, qu'on tire les cartes des nuages, des âmes ou des urnes, ça tombait toujours à côté.

Récemment, Jess et Simone avaient beaucoup causé de la fermeture du guichet de gare. Vingt ans que Mourad Saïdi le tenait. Il était le corps, les mains, le visage de la Société nationale des chemins de fer. Sa mémoire aussi. La gare du Valfroid était bien davantage qu'un quai de départ et d'arrivée. C'était un lieu. Un toit. Et, pour des générations d'ados, la vraie cour de récré du collège La Garenne, situé juste en face. Le père de Samira n'avait pas seulement été guichetier, il avait été pion, conseiller d'orientation, confident.

Et puis la gare avait une histoire. De forme rectangulaire et symétrique, avec une façade de couleur beige en pierre de taille, un toit en ardoise et de grandes fenêtres aux volets de bois vert, l'édifice était typique des petites gares de province construites partout en France à la fin du XIXe siècle. La République en avait fait son étendard, avec les écoles et les mairies. Davantage d'instruction, davantage de réseau ferré : l'égalité républicaine et l'unité nationale n'entendaient laisser aucun patelin sur le bord de la route. L'extérieur du bâtiment était orné d'élégantes aigrettes métalliques. Au sommet se trouvait une imposante horloge octogonale à chiffres romains dont Mourad aimait à rappeler qu'elle symbolisait la modernité et le progrès à l'époque de l'expansion du chemin de fer et de l'industrie. À l'intérieur, le hall était demeuré spacieux et lumineux, quoique les lampes à gaz, les larges banquettes et les panneaux en bois aient été remplacés depuis longtemps par du mobilier « moderne » – mais bien plus laid.

C'était tout cela que la fermeture du guichet venait congédier. La mobilisation des habitants, plusieurs semaines durant, avait été vaine. À l'heure d'Internet et de la « modernisation de l'action publique », on se fichait bien des horloges sur les toits et du sourire des guichetiers. Les applis, les chatbots et les IA suffisaient. Mourad avait été remercié, incité à partir en retraite anticipée avec ses primes. Quant à la petite ligne, si elle marquait encore l'arrêt deux fois par jour, elle accusait de plus en plus de retards et de pannes. On connaissait la chanson. Centenaire, la voie ferrée n'avait pas été retapée depuis soixante ans. Elle était belle, pourtant, avec ses ouvrages d'art et ses versants offrant une vue imprenable sur les massifs de la Chartreuse et du Vercors. Mais pas assez rentable pour qu'on la rénove. Le coup était d'autant plus dur à encaisser que ça commençait à faire : ces dernières années, on avait perdu la maternité et les urgences de l'hôpital de proximité, plusieurs bureaux de poste, des trésoreries et des classes. Chaque fois, les banderoles et les haut-parleurs devant la sous-préfecture n'y avaient rien changé. On se sentait pris pour des cons.

Jess avait fini par composer le numéro. C'était quitte ou double : soit il n'était plus attribué, soit Constance décrochait, et alors il faudrait réussir à parler. Elle tomba sur un répondeur. La même voix pressée et éraillée qu'à la télé. *Bonjour, Constance Debord, Démêlés, Dos à dos, Alpha Production, je ne suis pas disponible.* Et puis *biiiip*, rideau, ça vous laissait comme ça. Tricarde. Sans même vous inviter à laisser un message, un SMS, n'importe quoi. Elle s'était empressée de raccrocher, soulagée. Puis, s'apercevant qu'elle n'avait pas tellement le choix, elle retenta. Ce ne fut qu'à la troisième fois qu'elle se lança. Elle aurait dû se préparer. Il aurait fallu qu'elle ne tremble pas, qu'elle garde les trémolos serrés derrière ses dents ; qu'elle prenne une voix de circonstance, qui en a vu d'autres, qui maîtrise la situation. *Euh bonjour Constance. C'est Jess... Jess Guyot. Jess Guyot, du Valfroid. Enfin oui, tu vois. C'est à propos de Simone... Enfin, de ta grand-mère. Euuuh... quelque chose d'important à t'annoncer... ce matin... Simone... voilà, c'est compliqué... merci de me rappeler.* Le répondeur lui proposa de réécouter son message ou bien de le réenregistrer ; pas question de s'infliger ça deux fois, et puis elle n'aimait pas avoir affaire à elle-même, et encore moins à sa voix.

Après avoir raccroché, elle capta qu'elle n'avait pas réussi à émettre le mot. Pas même pour elle. Elle ne voulait pas le laisser sortir. Morte. Simone était morte. Elle était partie comme ça, sur la pointe des pieds. Bientôt, son nom rejoindrait les avis de décès du *Dauphiné*, qu'elle lisait attentivement et assortissait de commentaires bien sentis – untel était un *troufion*, unetelle manquerait au bourg. Morte. Simone aurait préféré qu'on dise qu'elle avait cassé sa pipe ou passé l'arme à gauche – ça avait tout de même plus de panache.

Comme à l'époque où Constance s'était barrée, Jess n'avait rien vu venir. C'était sa mère, Nadine, qui l'avait trouvée le matin, en arrivant pour sa toilette et le petit déjeuner. Le matin de la Saint-Sylvestre. Simone ne devait pas avoir envie de s'ajouter le poids d'une année de plus. Le jour de la pédicure. Tout était prêt sur sa table de chevet : le vernis rose, son préféré, le dissolvant, la lime, le séparateur d'orteils. Nadine avait appelé Jess ; elle avait tout de suite prononcé le mot. Jess était montée directement après sa tournée de car. Il faisait pâle et pénible. Une lumière glabre. Simone reposait dans son lit médicalisé, les bras longs de chaque côté, un rayon de sourire au visage, l'air malicieux de quelqu'un qui aurait joué un bon tour. Les volets étaient ouverts. La Grande Sure veillait, digne et blanche. Jess avait déplié la barrière de lit et s'était couchée là, au creux de Simone, dans son parfum de mauve. Elle lui avait chanté *Les Gens qui doutent*, d'Anne Sylvestre. L'une de leurs chansons préférées.

4

Constance se tenait droite, en contrebas de la Grand'Rue. Raide dans sa doudoune. Sur le parvis de ses souvenirs. Sa capuche par-dessus sa peine, bien qu'il ne pleuve pas. La boutique P. Bourbon & Filles-Pompes funèbres et marbrerie n'avait pas bougé. La mort ne connaissait pas le chômage. Constance détailla la devanture en se demandant si Stacy Bourbon, avec qui elle était au collège, avait repris l'affaire familiale. *Plus de deux cents modèles de monuments : inhumation, crémation ou mixtes. Une vingtaine de couleurs de granit. Conception de monuments sur mesure. Entretien et fleurissement de sépultures.* On aurait dit une plaquette de salon de l'automobile.

Dès qu'elle avait su, elle avait préparé deux énormes valises, commandé un G7 pour la gare de Lyon, laissé des messages à ses collègues et à Solal. Sa grand-mère était morte. Sans tambour ni trompette. Elles ne s'étaient pas dit au revoir, elles ne se reverraient pas. Constance n'avait pas pleuré, du moins pas encore. Probablement qu'elle ne pleurerait pas. Elle devrait, mais ça ne sortait pas, jamais, ou pas sous cette forme. Constance avait toujours eu la tristesse solide. C'était difficile à faire comprendre aux autres, le fait qu'on puisse être triste, et même très malheureuse, mais résolument sèche. D'un homme, on dit qu'il prend sur lui, qu'il est fort. D'une femme, on dit qu'elle manque de cœur. Au point qu'elle avait parfois douté de la sincérité de sa peine. À l'instant, par exemple, elle n'osait pas se formuler qu'elle ressentait aussi quelque chose d'agréable, qui n'altérait en rien sa douleur. Du soulagement. Le soulagement qu'un cas de force majeure se soit soudain imposé à elle, l'arrachant à ses obligations, à Paris, à la télé… Et à Solal.

Ses parents étaient arrivés l'avant-veille. Depuis, ils étaient occupés à gérer les formalités de la mort. Constance avait ainsi appris qu'il existe autant de styles et de matériaux pour les cercueils (chêne, merisier, sapin, acier, bambou, osier, carton ; style parisien, lyonnais, tombeau, américain) que de coupes pour les jeans. Rebelote pour le capiton et les poignées. Ensuite, il faudrait résilier l'existence de Simone de tous les formulaires, passer à la mairie faire inscrire dans le livret de famille sa mort « réelle et constante » – des fois qu'elle changerait d'avis.

Constance avait vu le corps de sa grand-mère tôt le matin, dans la chambre funéraire. Pneumatique, formolé. C'est terrible tout ce que la mort confisque de l'être aimé, ne laissant au deuil que des arêtes et des regrets. Constance ne réalisait toujours pas. C'était peut-être mieux ainsi. Elle huma le froid de la Grand'Rue. Elle n'était pas sûre d'être prête à la remonter et, avec elle, ses souvenirs. Voilà des années qu'elle n'était pas repassée dans le centre-bourg. Quand elle descendait pour les fêtes, elle se rendait directement chez Simone. La Grand'Rue lui paraissait bien moins longue, moins raide qu'avant ; l'église romane et la mairie à l'autre bout, moins hautes. On aurait dit que tout avait rétréci au lavage de la mémoire. Était-ce parce qu'elle était plus petite la dernière fois ? Ou bien à force d'arpenter des boulevards et des trépidances ? Les deux, probablement. Il lui semblait que les trottoirs et les façades s'étaient tassés, que la denture des toits était plus basse. Seule la barre de la Chartreuse avait conservé son gabarit. Ce relief l'avait immédiatement apaisée au sortir du train. Immortel, lui. Et l'écharpe de brume. Les cloches sonnèrent 10 heures, et une bande de choucas décanilla du clocher. Elle avait oublié ces drôles de corvidés anarchistes, le bordel qu'ils foutaient. Et les ragondins, et les sangliers. *Calamité*, c'était ça qu'on disait. À Paris, le froid n'avait pas cette odeur de propre, pris dans les gaz d'échappement et la sueur des moteurs.

Elle a envie qu'il se mette à neiger soudain. À gros flocons, sans réserve. Elle voudrait entendre les craquements compacts sous son poids. Comme les mercredis après-midi, quand Simone les emmenait, Jess et elle, faire de la luge. Elle songe à la doudoune à capuche fourrée qu'elles avaient achetée à la foire de la Saint-Martin. Chacune la même, avec la moumoute tout du long. Les parois givrées de l'Airbus, les matins d'hiver, en attendant le car. Trois parois et un toit en bois autoclave, un banc. La brume, les champs et la peau du vent en guise de quatrième mur. Leur fief. Elle sent encore la pente du chemin du Diable sous la plante des pieds, jusqu'aux lombaires. La bosse des bogues, des pommes de pin, des années. Au printemps, l'arceau des frênes formant une capuche de feuilles de part et d'autre du sentier. L'odeur des champignons et de la terre mouillée. Jess qui chantait *Ma philosophie* d'Amel Bent, *mais toujours le poing levé.* Les croche-pattes des racines et les gamelles, parfois. Elle revoit leurs vieilles Atemi crottées qu'elles planquaient derrière la borne blanche et jaune de la RD28, *Trop la latche, ces baskets.* Vite, elles enfilaient leurs Air Max 90, Cendrillon avec leurs souliers de vair. C'est Jess qui les lui prêtait. Elle en avait deux paires, plus des TN Requin et des Buffalo. Constance faisait du 39, pas du 38. Ça ne rentrait pas tout à fait, elle retroussait ses orteils, mais c'était toujours mieux que de s'afficher en Kickers bicolores. De même qu'ils ne mangeaient que bio et rassis, ses parents se refusaient à acheter du *made in* Bangladesh fabriqué par des enfants. Elle en aurait chialé, de leurs principes de merde et de leur vote écolo. Le grand air, le *made in* France et le protocole de Kyoto ne l'avaient pas empêchée d'être défigurée par l'acné, et moquée, à ce qu'elle sache.

Heureusement qu'elle avait Jess. Jess pour supporter l'étendue d'ennui et la brume à perpétuité. Petites, elles s'amusaient d'avoir exactement la même adresse. Sans numéro. *Le Petit-Mollard, Valfroid.* Elles étaient toutes deux enfants uniques, mais elles partageaient une adresse. Elles étaient donc un peu sœurs. Elles auraient tellement aimé habiter en bas, au-dessous des nuages, parmi les autres. Là où les lampadaires tiennent tête aux angoisses. Là où les choses ont un contour, les routes des trottoirs, les rues des devantures, les samedis soir une salle des fêtes. Là où parvient encore la rumeur des choses, où l'on se sent un peu *partie de*, recensés, statistiques. Le Valfroid était leur ville. Grenoble était trop loin, trop grande ; réputée polluée, et *pleine de racailles*. Et Dieu sait que la réputation compte ici.

Elle se décida à remonter la Grand'Rue, soupesant tout ce qui manquait à la rétine. Elle repensa aux commissions avec Simone et Jess, les jours de marché, quand sa grand-mère les gardait. Le temps que ça prenait, s'arrêtant tous les trois pas, avec leur Caddie, pour prendre langue avec Mme Unetelle ou M. Machin, *et vos enfants*, *et la santé*, cinq minutes dans la vue chaque fois, sans compter la file interminable chez le boucher, le poissonnier, à la crémerie, à la boulangerie... Au vu du nombre de rideaux baissés et de panneaux *À céder*, les commissions devaient être plus vite expédiées aujourd'hui.

Même Jackie Lingerie avait mis la clef sous la porte. Tout resurgit en bloc, comme une giclée de pus. Son reflet dans la cabine d'essayage. Les affreux soutiens-gorge Playtex de grand-mère à armatures. La déchirure de ses seins, sortis tout à trac. Lourds, douloureux, moches. Et ses furoncles aux épaules et dans le dos qui la brûlaient sous les bretelles du soutif. Jess s'y collait sans rechigner, armée d'Eau précieuse et de Kleenex. À l'époque, il n'y avait pas Instagram et le *body positivisme* pour se sentir moins affreuse. Alors elle avait cherché dans les romans, les films, les séries. En vain. À croire que jeune fille et laideur étaient un oxymore. Les héroïnes ressemblaient toutes à Jess : seins *pointus*, peaux *tendues*, jambes aérodynamiques ; à vous faire lâcher mariage et enfants pour des gamines du même âge que les vôtres. Aucun mot ne se risquait à décrire celles aux cuisses agronomiques, les striées, les violacées, les purulentes. Pouvait-on parler de jeunes filles à propos de celles-là ? Des années de luxueuses ventes privées de lingerie parisienne ne répareraient jamais les mots et les images qui avaient alors fait défaut. Constance aurait tout donné pour les seins de Jess : ses bulletins scolaires, ses livres, sa trajectoire, tout.

Ce n'est qu'au bout d'un certain temps qu'elle remarqua que la Grand'Rue était orpheline de son arôme. Le beurre manquait au nez. Constance s'inquiéta soudain de ne pas pouvoir mordre dans un pain au chocolat de Bernard, servi par le grand sourire coché aux joues de Martine. Elle en eut confirmation en découvrant la devanture défraîchie : on lisait BOU-G-RIE, le reste des lettres édentées, et, dans la vitrine, un écriteau *Local à céder*. Un mot invitait l'aimable clientèle à bien vouloir désormais se tourner vers le distributeur de baguettes situé à côté. Effectivement, une curieuse machine se trouvait là, semblable à une cabine téléphonique – *Ma baguette 24 h/24 – 7 j/7.* Constance se souvint d'un reportage là-dessus. Ça existait aussi pour les pizzas, les huîtres et un tas d'autres produits régionaux. Vu depuis le XIe arrondissement, elle avait jugé ça *formidable.* Maintenant qu'elle faisait face à cette espèce de tombeau à quignons, ça lui foutait le bourdon.

Raymonde Serpolet et son conseil municipal avaient remué ciel et terre pour ameuter des repreneurs prêts à racheter le fonds de commerce. Hélas, le seul candidat qui s'était déclaré avait un profil trop marginal, quoique à l'image de l'époque : un ancien *digital nomad* reconverti dans la boulangerie en même temps qu'au rastafarisme – il portait des dreads, vivait en camion et ne jurait que par les farines anciennes, du genre khorasan. Raymonde n'aurait jamais pris le risque de déclencher une guerre du pain – on savait ce que ça avait donné avec la hausse de la taxe carbone. La baguette tradition portait bien son nom qui, avec sa bonne vieille mie blanche, ses deux quignons pour caler les gosses en rentrant de l'école et son prix résistant tant bien que mal à l'inflation, parvenait encore à maintenir un semblant d'unité nationale. Liberté, égalité, pain-beurré. En outre, ledit candidat n'entendait pas travailler plus de deux jours par semaine, au nom du temps libéré. C'est ainsi que le Valfroid avait fini avec un distributeur de baguettes qui ne prenait pas de congés, celui-là.

Constance fut surprise aussi de découvrir que l'ancien boucher-traiteur proposait désormais des légumes en vente directe. Aux salades de museau, boudin noir et pâtés en croûte qu'affectionnait tant Simone avaient succédé courges, fanes, topinambours et autres légumes chiants comme la pluie. Le troupeau de saucissons pendus au plafond n'embaumait plus l'air, troqué pour des mobiles en rafia.

« Ça alors ! Constance Debord ! »

Elle sursauta. Elle avait reconnu sa voix avant de reconnaître son visage et sa laine polaire Millet. Tout s'était enchaîné si vite depuis la veille. Pas même le temps de lister tous ceux sur lesquels elle allait possiblement tomber. Pour le coup, elle aurait bien fait l'impasse sur Victor. Qu'est-ce que ce tocard foutait encore là, lui qui, à l'époque, ne jurait que par son tour du monde et son école d'ingé ?

« Toutes mes condoléances pour Simone, dit-il d'une voix rentrée. C'était une sacrée femme. Elle va manquer au bourg. »

Elle bredouilla en baissant la tête. C'était comme si elle avait seize ans, soudain. Plus de plateaux télé ni d'auditeurs, plus de followers. Elle avait seize ans et se demandait si ses boutons étaient assez camouflés, si ses mèches lissées cachaient suffisamment ses joues, si son sweat recouvrait bien ses cuisses de Schwarzenegger. Heureusement, Victor n'avait besoin de personne pour parler, lui non plus. Ça aussi, elle l'avait oublié. Pour le coup, ça l'arrangeait.

« J'te vois passer à la télé, des fois, dit-il. Bon, j'vais pas te mentir, en général je zappe. J'ai pas trop le temps pour ces choses-là, les infos, les débats… »

Il continua un moment sur sa lancée, expliquant que, de toute façon, il ne votait plus, même pas pour faire barrage – marre d'être pris pour un castor, tous les mêmes, pour ce que ça changeait, ou alors en pire, y a qu'à voir le coup du départ à la retraite à soixante-quatre ans, et le revenu des paysans, et les 49-3, et les violence policières, on en parle ? Il aurait pu se faire arracher une main plus d'une fois avec leurs conneries, non non, c'est bon, il avait mieux à s'occuper, entre la ferme, son petit et sa femme. Il avait dit *le petit* et *femme* avec un tel rien à foutre.

Leur histoire avait donc été à ce point négligeable ? Dire qu'elle avait sérieusement envisagé de tout plaquer pour suivre ce *narvalo* – tiens, c'était drôle que ce terme d'ici lui remonte. Tout ça parce qu'à l'époque il faisait semblant de lire Bakounine et portait un keffieh. Quand elle pensait qu'elle lui avait donné sa virginité dans la vieille Ford Fiesta de sa mère, sur le CD de Kyo. Le mec, c'était pas le chemin qu'il avait parcouru, c'était le pâté de maisons. Et ce pélo qui l'avait larguée juste après, à trois mois du bac et du concours de Sciences Po. Un ballon d'essai, c'est tout ce qu'elle avait été. Et ça se disait contre l'exploitation d'autrui. Voilà à quoi ça tient, en fin de compte, une trajectoire. Autant aux dés de départ qu'à la tombola des connards. Victor en était désormais au couplet sur *la caste*, le *système* et *tout ce qu'on nous cache*. Elle était décidément abonnée aux mecs ayant un rapport compliqué à la vérité. Elle l'interrompit.

« Ta femme… tu es donc marié ? »

Ça faisait cinq ans, oui. Avec Léa Caron. Constance eut un deuxième choc. Léa. Effectivement, Léa aussi en pinçait pour Victor. Sauf qu'elle n'était pas de l'espèce des ballons d'essai. Constance tenta de masquer son trouble. C'était idiot, il y avait prescription. Mais combien de fois avait-elle espéré que Victor ait des remords ? Même durant ses premiers mois à Paris, dans l'amphi Boutmy, elle y pensait. Il aurait suffi d'un appel pour qu'elle fasse demi-tour, elle l'aurait suivi au bout du monde ou au bout du campus de Grenoble Universités-Gières, ils auraient pris une studette, ils seraient allés soutenir les Brûleurs de loups au stade des Alpes. Le week-end, ils seraient rentrés au Valfroid en Opel Corsa ; le samedi soir, au bar des Sports, où elle aurait retrouvé Jess, ils auraient raconté Grenoble, la grande vie ; le dimanche, ils auraient déjeuné avec Simone et leurs parents. D'un dimanche à l'autre leurs serviettes les auraient attendus dans leur rond, et leur couette d'enfant sur le lit. Elle aurait prolongé l'adolescence, serait devenue adulte à domicile. Aujourd'hui, ils auraient deux bagnoles dont une électrique, des étagères de bocaux hermétiques et de plantes grasses d'inspiration Pinterest, un môme et un livret de famille, des réservations de vacances, un Thermomix, des crédits qui valent d'être vécus.

« Mais Léa, elle faisait pas psycho ? » demanda-t-elle.

Victor lui résuma. Le cancer foudroyant du père de Léa. Ces saletés de produits phyto. Le choix de Léa de reprendre l'exploitation, de la convertir en bio quand tous les agris du coin courent après l'agrandissement, les bâtons dans les roues, leur difficulté à faire accepter le changement de modèle, les aides qui tardent à arriver, la tyrannie des cours et des prix, les pressions climatiques et sanitaires, même plus le temps de relever la tête… Constance ne parvenait pas à avoir d'empathie pour lui.

Ses parents toujours retenus par les pompes funèbres, Constance décida d'aller prendre un café. Ça ne lui ferait pas de mal, vu comme elle était dans le coaltar. Elle fut surprise, là encore, en poussant la porte du bar des Sports. Le *multitout*, comme on le surnommait ici. La devanture laissait déjà entrevoir une modernisation des lieux : *Vape*, *Puff* et *CBD* trônaient à côté des traditionnels *Café Tabac Loto FDJ PMU Presse*. Et ce nouveau logo Presse commandé par le ministère de la culture : en lieu et place de l'emblématique losange jaune à la plume rouge vieux de trois quarts de siècle, un nouveau design se voulant « plus moderne et plus attractif ». Ça avait coûté un fric monstre et ne plaisait à peu près à personne, sauf à être graphiste ou web-designer.

L'intérieur avait été complètement ripoliné, désormais plus proche des codes du coffee-shop urbain que du vieux rade dans son jus. Le client était invité à suivre un parcours agencé : espace épicerie Proxi, relais postal, compte Nickel, cartes de téléphonie, relais colis et même une sorte de guichet *Paiement de proximité* pour honorer les petits impôts locaux, les avis de cantine et de crèche, tout ça sur un terminal de la Française des jeux. *Une chance au grattage, une chance au tirage*, pensa Constance. Pas sûr que ça marche avec la taxe foncière, cela dit. L'espace jeux était mieux achalandé encore, avec un meuble de présentation, une borne PMU et un écran diffusant les courses hippiques et les tirages Amigo – que certains anciens appelaient encore Rapido.

Constance n'en revenait pas qu'on puisse faire entrer autant de choses sous un même toit. Contrairement à la Grand'Rue, qui lui semblait avoir rapetissé, la salle du bar lui paraissait beaucoup plus vaste. Plus lumineuse aussi, avec des baies vitrées donnant sur la terrasse, un revêtement de sol plus élégant et des peintures dans un ton taupe. Le zinc en Formica avait été conservé pour la touche rétro ; au-dessus pendaient des câbles noirs et des ampoules à filaments apparents dans le style industriel à la mode. Les vieux tabourets en skaï rouge avaient été remplacés par des chaises en hauteur à piétement noir mat. Aux murs, quelques-uns de ces cadres aux proverbes mondialisés : *Happiness is not a destination, it's a way of life*, sur fond de dessins d'attrape-rêves.

Derrière le comptoir, elle s'attendait à trouver Chantale – *la* Chantale, comme on disait autrefois. Une figure locale parcourant chaque matin cent vingt kilomètres pour livrer ses clients âgés tandis que son mari tenait le bar. En lieu et place, elle trouva Samira et Pierre. Mariés, à en croire leurs alliances. Ils avaient repris l'affaire en couple et bien été obligés de diversifier l'activité ; la vente de tabac et d'alcool ne suffisant plus à vivre. Le bar des Sports avait tant bien que mal résisté au cours des choses, faisant office de dernier commerce populaire de la Grand'Rue. Samira était métamorphosée, elle aussi. Vingt kilos de moins. Constance songea à cette bande de cassos qui la traitait de *gros loukoum*. Et les pions qui ne bronchaient pas. Ou lorsque, pendant les boums, tout le monde se tournait vers elle aux premières notes de Raï N'b Fever, Leslie, Faudel, Khaled, ou Magic System, comme s'il s'agissait de *ses* chansons, comme si l'Algérie et la Côte d'Ivoire, c'était la même histoire. Et Samira qui se sentait obligée de sortir les seuls mots d'arabe qu'elle connaissait – *mabrouk*, *le le le*, *habibi*, *inch'allah*. Elle n'aurait même pas su les orthographier. C'était hier. On pouvait pareillement se foutre de la gueule des gros, des roux, des gays, des Belges, sans que personne y trouve rien à redire. Et il y avait encore des gens pour penser que *c'était mieux avant*.

Elle reconnut Mourad Saïdi et fut étonnée de le découvrir là, derrière la caisse, et non au guichet de la gare. C'est lui qui, le premier, s'approcha.

« Bonjour Constance », dit-il de sa voix douce en lui posant la main sur l'épaule.

Comme s'ils s'étaient quittés la veille. Ses tempes étaient grises désormais, mais son regard avait la même capacité d'accueil.

« Ça fait longtemps. Mes plus sincères condoléances pour ta grand-mère. Quelle tristesse, quelle perte pour notre village », poursuivit-il en secouant la tête.

C'était dans la peine des autres que Constance pouvait sentir les larmes lui monter. Samira lui adressa, à son tour, ses condoléances, quoique avec plus de retenue. Du menton, elle désigna l'écran plat suspendu au-dessus du comptoir :

« On te voit passer, des fois », ajouta-t-elle tout en continuant à essuyer ses verres.

Samira ne l'avait toujours pas regardée dans les yeux. Elle semblait chercher à se donner une contenance, un volume dans lequel plonger sa gêne, la distance, les années. Constance jeta un œil vers l'écran. CNews diffusait des images chaotiques, assorti d'un bandeau alarmiste. Le son était très bas, heureusement. Elle n'avait pas envie d'entendre les commentaires vénéneux des présentateurs. Seul un homme était scotché à la télé en buvant son café, assis à l'extrême droite du zinc. Elle ne le reconnut pas ; lui ne leva pas la tête. Elle remarqua seulement sa chevalière armoriée au petit doigt. C'est alors qu'elle aperçut une gamine en train de jouer aux poupées sur un tapis derrière le bar.

« Notre fille, Yasmine, précisa Samira en souriant. Elle était patraque aujourd'hui, alors elle a eu le droit de louper l'école. »

La voix de Samira n'avait pas changé, un timbre grave et velouté. Constance la trouva rayonnante, les hanches marquées par un jean taille haute, ses cheveux frisés ramassés en queue-de-cheval, et toujours ce port de tête immense. Le regard de Constance s'arrêta ensuite sur une borne qu'elle n'avait pas vue en entrant, semblable au distributeur de baguettes, avec écrit : *Votre billet de train près de chez vous.*

« Je te présente ma remplaçante », dit Mourad avec un sourire ironique.

Il lui expliqua comment, moins d'un an après sa retraite anticipée, des commerciaux avaient démarché Samira pour qu'elle accueille une borne SNCF permettant d'acheter des billets de train et de renouveler sa carte grise. Leur argumentaire était rodé : les politiques avaient mis la charrue avant les bœufs en fermant les guichets. Les gens ne s'en sortaient plus tout seuls sur Internet. La numérisation à marche forcée avait laissé des tas de quidam sur le carreau. Ça avait même un nom : l'illectronisme. Vœux sur Parcoursup, allocation chômage, logement, retraite : c'était clique ou crève. Résultat : les taux de non-recours aux droits explosaient. Il fallait *remettre du service public dans les villages*. Mourad rit jaune. Le même argument avait été utilisé pour le service dit de *Paiement de proximité* après la fermeture de la trésorerie, et auparavant pour le relais postal, après celle du bureau de poste.

« Sacré tour de passe-passe, n'est-ce pas ? » maugréa Mourad.

C'était d'autant plus absurde qu'il se retrouvait désormais à aider les moins dégourdis d'Internet à acheter leur billet sur la borne. Constance en resta comme deux ronds de flan. Ça paraissait dingue, oui. Elle eut un pincement en repensant à son guichet de gare. Le sourire de Mourad tandis qu'il glissait les longs billets rectangulaires dans le passe-document. Ceux-là servaient de marque-page et d'éventail. Que s'était-il donc passé, en l'espace de quinze ans, pour que les campagnes se transforment en distributeurs automatiques ?

Raymonde fit alors son apparition, en trombe, le souffle court, des dossiers sous un bras, un cageot de noix dans l'autre, son border collie entre les jambes.

« Constance ! s'exclama la maire du Valfroid en déposant sa cargaison sur le comptoir pour venir l'embrasser, les joues fraîches. Quel plaisir de te voir malgré les circonstances… Tes parents m'ont prévenue que tu arrivais. Je n'ai pas de mots pour notre Simone… »

Raymonde Serpolet était une femme vigoureuse et affairée, faite d'un seul tenant, aussi petite que large ; à l'école, Constance et Jess la surnommaient *le Rubik's Cube*. Elle avait les cheveux très frisés, courts et poussant à la verticale, ce qui lui donnait l'air d'un cèpe ou d'une chanterelle, avec de fines lunettes rectangulaires rappelant sa qualité d'ancienne directrice de l'école primaire. Elle était toujours vêtue de la même laine polaire Quechua, d'un coupe-vent Aigle d'époque – les anciens avec le logo aux quatre couleurs – et de vieilles godasses de marche usées jusqu'à la corde. Bien entendu, elle ignorait être à la pointe des tendances, avec le grand retour de hype des polaires Patagonia et autres vêtements techniques en Gore-Tex et mousquetons, à la faveur des confinements et de l'appel de la nature. Ex-militante de la Jeunesse ouvrière chrétienne, Raymonde, elle, était fidèle à sa conviction selon laquelle un vêtement se doit avant tout d'être fonctionnel, et un être humain, au service des autres. C'était son deuxième mandat, et elle comptait bien rempiler aux prochaines municipales, en mars.

Raymonde n'aurait rien pu sans Brigitte Blanchet, l'indéboulonnable secrétaire de mairie : dix bras, trois têtes, trois mairies et des dizaines de logiciels épouvantables entre lesquels elle faisait le grand écart. Brigitte connaissait l'arbre généalogique de chacun et les cadastres sur le bout des doigts. Elle était aussi grande et impassible que Raymonde était tonitruante et courte sur pattes.

Ces deux-là ne chômaient pas. Derrière son bureau croulant sous la paperasse, Brigitte voyait défiler les rouspéteurs : pour un caniveau qui déborde, des branches qui dépassent, des trous dans la chaussée. Elle écoutait les âmes en peine venues trouver de la compagnie. Le nombre de tâches entre lesquelles elle jonglait était effarant

– budget, projets d'arrêtés municipaux, registres de l'état civil, recensements, règles d'urbanisme, gestions des concessions du cimetière, tenue des élections… Sans compter les laissés-pour-compte de l'ordinateur qu'elle aidait dans leurs télédéclarations à la PAC ou les pompes funèbres réclamant des actes de décès.

Quant à Raymonde, elle courait toujours d'un bout à l'autre du bourg : ici l'église menaçant de tomber en ruine, là des chemins ruraux à entretenir. Et puis la guerre du transfert de compétences avec la communauté de communes pour l'eau et l'assainissement, les servitudes de passage pour le déploiement des câbles de fibre optique, les demandes de subventions, les dotations réduites à peau de chagrin…

C'était ça, une municipalité : des acronymes barbares et des équilibres de ficelle, des tonnes d'onglets ouverts et des directives contradictoires, des démissions à pallier et des feux de tous les côtés… Le tout pour trois clopinettes, pas mal de jérémiades et, parfois, des sourires. Il fallait pourtant bien que certaines y mettent les mains pour mieux vivre en commun.

Quand elle n'était pas en train de courir au Valfroid, Raymonde passait le gros de son temps sur les routes, au volant de son C15, flanquée de sa chienne Nonna. Cet aspect de sa fonction ne la dérangeait pas. Hormis quand c'était pour aller reconnaître un corps accidenté – ce qui, Dieu soit loué, n'arrivait pas tous les quatre matins. Le plus usant n'était ni la route ni les griefs mais les plantages de logiciel. Lesquels condamnaient à faire des *tickets de signalement* jusqu'à ce que le seul informaticien pour dix bleds à la ronde trouve le temps de passer. Au volant, au moins, Raymonde ne répondait plus de rien. Elle pouvait savourer Véronique Sanson peinarde. Hélas, le trajet avait toujours une fin. Elle se garait sur le parking d'une morne zone d'activité viabilisée au milieu de nulle part. Le bâtiment flambant neuf de la ComCom – en béton bardage bois – était coincé entre un concessionnaire agricole, un vétérinaire, un entrepôt logistique et une agence France Travail. Les chômeurs avaient intérêt à avoir le permis. Malgré l'effort de mobilier aux couleurs pop et les plantes artificielles dans le hall d'entrée, la froideur de ces vilaines constructions réglementaires foutait à Raymonde un bourdon pas possible.

Sans parler des réunions à la méga-Région – là, ce n'était pas vingt bornes, mais cent cinquante, avec la neige et le verglas, n'en parlons pas. Et pas de tarif préférentiel pour les petites communes venant des fins fonds. Manquait plus qu'on remplace les C15 par des Hummer et ce serait l'Amérique, cette affaire. Raymonde n'avait alors qu'une hâte : regagner ses pénates pour une soirée karaoké chez Samira ou un loto à la salle des fêtes. On n'aurait pas dit comme ça, mais, quand elle s'y mettait, la sexagénaire pouvait être une sacrée boute-en-train.

Samira lui servit son habituel double expresso et demanda à Constance ce qu'elle prenait :

« C'est pour moi. »

Si la mort de Simone attristait le Valfroid, la visite de Constance, en revanche, réjouissait Raymonde. La Parisienne. La journaliste. Et dire qu'elle l'avait connue haute comme ça. La maire ne manquait d'ailleurs jamais de rappeler à qui voulait l'entendre qu'elle l'avait eue comme élève en primaire et que Constance parlait déjà mieux que les autres. Oui, la grande Constance Debord, la spécialiste de la France *d'en bas*, était une enfant du Valfroid passée par l'école Pierre-et-Marie-Curie. C'était un curieux mécanisme que de ressentir de la fierté par procuration pour ces enfants dits *du pays* qui avaient *réussi*, alors que ces enfants, la plupart du temps, ne partageaient plus rien de nos conditions d'existence.

Cette fierté à deux vitesses gavait Jess. On est fiers des premiers rangs, de ceux à qui les profs prédisent qu'ils *iront loin* et qui, pour ce faire, n'hésitent pas à déserter, à trahir, à écraser. Mais on se fout de ceux du fond qui, pour que les premiers de cordée réussissent, prêtent l'épaule, font la courte échelle. Ceux qui, comme Mick et elle, ne vont ni loin ni nulle part, se contentant de demeurer, avec leurs ambitions relatives, leur bac techno, leurs championnats départementaux, leurs médailles de presse locale. Parce qu'il en faut bien qui restent pour tenir la baraque. Même ceux qui revenaient occuper des postes de profs, de soignants ou d'agents territoriaux dans des établissements du coin n'avaient pas droit à de tels égards. Pour qu'on s'exclame, il fallait être monté à Paris et passer à la télé.

Constance n'aurait pas été contre un petit gorgeon de chartreuse, histoire de se remettre. Mais il était 11 h 30. Elle opta pour un café crème et s'installa au comptoir, dos à l'entrée, sans enlever sa doudoune. Raymonde avala son double expresso d'une seule lampée. Elle devait filer. Constance nota que la veille, à la même heure, elle se trouvait encore à Paris. Elle se sentait complètement décalquée, flottante dans sa peau, comme si les tissus avaient lâché. Elle resta là un moment, seule dans le bruit des autres et du percolateur, voûtée, touillant son café et ses émotions emmêlées.

5

Elles ne se voient pas. Elles ne se sont pas encore vues, pas même soupçonnées. La seule qui les a vues, les deux, la seule qui les tient à nouveau serrées dans son regard, Constance et Jess, Jess et Constance, les filles du lieu-dit – la seule, pour l'instant, c'est Samira. Depuis son comptoir, Samira voit tout. Elle est aux avant-postes du Valfroid. Elle voit les détours, les évitements, les volets trop longtemps fermés. Elle voit les filatures et la place inhabituelle de certaines voitures. Elle voit les passages chez le docteur Grazia ; ceux qui rasent les murs pour se rendre à la distribution des Restos, tôt le vendredi. Elle voit et elle entend, aussi. Les messes basses, les rumeurs, les jalousies. Samira sait tout mais tait bien. Elle a été à bonne école avec la Chantale. De même que les paysans savent tout de la terre, les tauliers ont tout à taire. Il y aurait d'ailleurs fort à craindre si ceux-là se mettaient à balancer. Tenir sa langue est la première qualité que requiert le métier. Pour s'effacer,

Samira n'a pas de mal. Là encore, elle a appris des meilleurs. *Travaille bien et surtout fais pas de vagues* : souvent, elle se demandait si les parents des autres leur apprenaient à rétrécir, à eux aussi. Elle reste ramassée derrière son comptoir, pareille à son père hier derrière son guichet de gare. Elle sert, elle ne prend pas parti, elle ressert, elle sourit, elle hoche la tête sur la pointe des pieds, elle relance. Parfois, quand il n'y a personne à servir, elle se campe au milieu de la salle, la main gauche en appui sur une table, le poing droit sur la hanche avec un torchon, et elle laisse aller ses pensées, comme le faisait la Chantale avant elle. Elle se dit que c'est drôle, cette manie de singer les autres, de s'enfoncer dans leurs gestes, leurs expressions, leurs façons. En fin de compte, on n'est jamais que de grosses éponges. Les fachos auraient beau fermer les frontières et rejeter tout ce qui, à leurs yeux, représente l'étranger qu'ils n'y parviendraient pas. C'est trop tard, c'est en eux, fiché. Les autres leur sont rentrés au-dedans.

Constance et Jess, Jess et Constance, jamais bien loin. C'était pareil à l'époque : il suffisait d'en voir une pour apercevoir l'autre. Constance est assise au bar, échouée. Ça doit faire cinq minutes qu'elle fixe sa tasse et touille son café, désormais froid. Elle n'a même pas ôté sa doudoune. Pour un peu, on la prendrait pour un pilier de comptoir. Elle est méconnaissable par rapport à celle qu'on voit à la télé. Tout est toujours question de perspective.

Jess vient d'entrer dans le bar, le souffle court, la mine défaite, le nez rouge de s'être trop mouchée, bancale sur ses bottines à talons fourrées. Sous les yeux, ça lui fait deux bogues, une autre paire de paupières, le mascara et les larmes ont tracé des rigoles noires sur ses joues.

Samira devine la scène qui va se jouer. Elle sait à quel point Jess a douillé à cause de Constance, ce qu'il lui a fallu d'efforts pour encaisser. Tout est suspendu dans cet instant sans tain dont elle est l'unique témoin. Elle voudrait pouvoir appuyer sur pause, les voir s'immobiliser, rembobiner. Alors Jess ravalerait ses larmes et ressortirait du bar en marche arrière, la cuillère de Constance tournerait dans sa tasse en sens inverse.

Jess renifle de plus belle en s'avançant vers le comptoir. Simone lui manque déjà à chaque coin de la journée. Jess pressent qu'elle ne s'y fera pas ; elle sait d'avance tous ces moments vaut-riens qui avec elle valent tout, ces chansons qui la réclameront à bout portant. Elle ne s'était pas sentie ainsi quittée depuis le départ de Constance. Elle en voudrait presque à Simone d'être partie sans un mot, elle aussi. C'est peut-être de famille. Elle se demande si le chagrin, faute de disparaître, finit au moins par sécher.

Recroquevillée au-dessus de sa tasse, Constance touille. Elle remue, mais n'y voit pas plus clair, infoutue de lâcher une larme. Alors que Simone n'a pas d'autre petite-fille pour la pleurer. La porte du bar vient de s'ouvrir et un grand courant d'air s'est engouffré. Constance frissonne. Elle se sent courbaturée comme si elle avait couru des kilomètres. La bourrasque traîne avec elle une fragrance de printemps. Du lilas. Elle pense immédiatement à Jess. Jess avait ce parfum-là qui rassure l'atmosphère. Elle se retourne.

Constance suspend son geste, Jess se fige dans ses jambes. Elles se sont parlé au téléphone, mais c'est la première fois qu'elles remettent des visages. Ça fait quoi, quinze ans, vingt ans ? Constance tente de faire le calcul mentalement ; elle est nulle en cours du temps. Le temps ne s'écoule pas davantage que ses larmes.

Ça fait précisément dix-sept ans et demi qu'elles ne se sont pas revues ; Jess, elle, a tenu le compte. Elle n'est pas près d'oublier la naissance de son absence. C'est maintenant que Constance débarque, sérieux ? Dix-sept ans plus tard, quand Simone a clamsé ? Quand y a plus rien à espérer, plus rien à profiter ? Ç'aurait été trop lui demander de poser son cul dans un TGV de temps en temps ? Cul qu'elle a pris, soit dit en passant. Des joues, aussi. Comme quoi, la capitale n'achète pas tout. *Cheh*. Jess la redécouvre au naturel, sans le maquillage, sans le brushing, les projecteurs et tout le tralala. Elle devine quelques cicatrices d'acné. C'est vrai qu'elle avait pris cher, miskina. N'empêche. Jess retrouve cette espèce de froideur qui la rend lointaine même quand elle est juste là. Tout le contraire d'elle.

Jess détaille rapidement les vêtements de Constance : doudoune The North Face matelassée, baskets blanches siglées d'un V, grosses lunettes carrées et, à l'épaule, un genre de sac à pain en tissu comme ils ont tous, en ville. Ça a un nom, mais Jess a oublié. Dessus, c'est écrit *Les filles en Rouje – Paris*. Elle ne reconnaît pas les marques, ni Veja ni Jimmy Fairly, mais elle voit bien la qualité. Tout Parisien qui se respecte se doit d'afficher un style sobre teinté de convictions écologiques. Qu'importe si ça vaut le salaire annuel d'un honnête travailleur népalais. Au Valfroid, les fringues servent d'abord à bosser. Ils gardent la mémoire des corps qui ont plié, soulevé, conduit, chargé. Ici, les marques sont celles des petits patrons qui embauchent. On les porte fiers, quoique leurs jeux de mots soient discutables : LoutouMat', Zingueur'du mat, Is'Hair coiffure, Rébarba'Tiff… Le numéro de portable y est affiché, pas besoin d'applis de rencontres. À quoi bon, de toute façon ? Pour espérer *rencontrer*, il faudrait déjà ne pas se connaître. Et Dieu sait si parfois on aimerait s'oublier.

Ce dont on aurait besoin, c'est plutôt d'une appli pour s'éviter. T'as intérêt à être discret si tu veux te taper le voisin. Y a qu'à voir pour sa mère. Comme quoi sa Clio de l'ADMR avait été aperçue au bois de la Viouse. Tu parles d'une affaire, pour les gars de la chasse. Sa daronne fait bien ce qu'elle veut de son cul. Et puis ce serait pas volé, vu ce que son corps a donné à ce coin.

« Salut Jess », finit par lâcher Constance en se levant de son siège pour s'approcher.

Elle a un sourire crispé. Jess ne saurait pas dire s'il s'agit de tristesse ou bien de gêne. Constance lui tend la joue pour faire la bise, mais Jess recule d'un pas.

« Salut », se contente-t-elle de répondre.

Constance tique. Elle a du mal à comprendre l'animosité de son ancienne amie. De son côté, Jess hallucine d'une telle désinvolture. Constance est devenue amnésique ou quoi ? À moins qu'elle ait pas trouvé d'autre manière pour briser la glace que de faire comme si de rien n'était ?

Comme si, trois mois avant de fêter leurs dix-huit ans, elle n'avait pas laissé Jess comme une conne avec son cadeau d'anniversaire sur les bras. Elle s'était donné du mal, en plus. Un tirage photo encadré d'elles deux sous l'Airbus, de retour du lac de Paladru. C'était l'époque où Mick commençait à lui tourner autour. Faut dire ce qui est : il était franchement *cheum* avec son brouillon de moustache et ses dents embouteillées. Et puis trop gringalet. Son truc à elle, c'était les *bad boys*, 50 Cent, Eminem... Mickaël Bianchi, c'était plus le style 2Be3 ou Manau. En plus, il la saoulait avec son wheeling devant l'Airbus et ses raps tout moisis. Pour un mec au lycée, franchement. Bac pro technicien du bâtiment, d'accord, mais ça empêche pas de faire un effort. Mick aurait sûrement viré cassos s'ils s'étaient pas maqués. Ils font les malins, tous, mais leur réputation tient d'abord aux meufs.

Constance, elle, avait immédiatement flairé le potentiel motorisé de Mick. Pour deux meufs à pinces, québlo dans leur lieu-dit, à qui les parents refusent le passage du BSR, c'était quasi inespéré. Quand Jess y repense, Constance aurait au moins permis ça : Mick et elle. Constance n'avait pas le cul de son côté mais le calcul, indiscutablement. Va savoir ce qui, des deux, mène le plus loin. Trois étés de suite, Mick avait officié comme chauffeur pour les emmener au lac de Paladru. Le premier été, il devait se taper deux fois l'aller-retour sur son scoot pour les emmener l'une après l'autre. Vingt bornes. Toute sa paie d'apprenti y passait. Il devait vraiment être en chien. Ensuite, il avait eu son permis et sa Golf ; tout de suite, Jess l'avait trouvé plus intéressant. Le moteur tuné, les jantes, les basses… Entre-temps, sa gueule de tour de Pise s'était un peu redressée, il avait découvert le rasage et s'était fait poser un diams à l'oreille. C'est ainsi que Mick avait eu Jess : aux kilomètres. Davantage que des après-midi au lac, Jess se souvenait des trajets. Son ventre. L'autoroute là-dessous. La liberté sans péage. Sa main à la fenêtre, la caresse de l'air sur ses avant-bras, ses poils comme des épis de blé, sa peau piquetée comme celle du poulet. Mick au volant, Constance à l'arrière, le flow d'Eminem pleine balle, son corps qui craque aux coutures, si bien au milieu d'eux, le cache-cache des rayons de soleil à travers les feuillages, le tourniquet des températures – fraîcheur des bois le long de la Furieuse, chaleur des places écrasées de soleil à laquelle seuls résistent les boulistes. Elle aimait les sempiternelles affiches annonçant bals, ball-traps, soirées mousse, en police de caractères Comic Sans Ms. Odeurs de rivière, de forêt, de vase, de gasoil, de résine à l'approche des aciéries Bonpertuis ; fragrances de monoï et de Jean-Paul Gaultier dans l'habitacle – le parfum de Mick. Son désir pour Mick avait probablement pris racine à cet endroit-là, dans cet entrelacs d'effluves, organiques et plastiques.

Jess avait fini par donner le cadre à Simone. Qu'elle s'en débarrasse. Elle ne voulait plus rien qui lui rappelle cette meuf. Il lui avait fallu plusieurs années pour regarder les choses en face : ces histoires de frangines cachées qu'elles s'étaient racontées, gamines, étaient du *balnave*. De gros mythos. Elles s'étaient davantage subies que choisies. Une amitié arrangée, contingente comme les dés ayant conduit leurs géniteurs à finir dans ce même lieu-dit. Puisqu'il n'y avait pas d'autres gosses avec qui jouer. Elle eût été une vache que ç'aurait été pareil.

Jess s'accoude au comptoir. Elle ne va tout de même pas faire demi-tour parce que Constance. Elle est chez elle, ici. Samira ne lui demande pas ce qu'elle prend ; elle lui sert son double allongé et lui bipe son colis Vinted sans un mot.

« Merci de m'avoir prévenue aussi vite pour ma grand-mère », dit Constance.

Ma grand-mère. Jess hallucine. Elle est pas du genre agressive, mais là, elle lui en collerait bien une. Partager un patronyme et un ADN n'autorise pas tout. Que sait-elle de *sa* grand-mère ? Des grilles de Sudoku et des réponses que Simone trouvait avant les autres au « Jeu des 1 000 euros » ? De ce pilulier qui lui fichait les nerfs en pelote, avec ses petites cases de vieillesse à traiter ? Du tracas d'avoir dû renoncer à sa Panda 4 × 4 ? Que sait-elle, Constance, de la hanche douloureuse, du visage qu'on ne reconnaît plus dans le miroir, des bas de contention qu'on aurait aimés plus sexy quand même ? Sait-elle les trémolos dans la voix de Simone quand elle chantait *La Montagne* ? La fierté et la peine qui se battaient en duel dans ses yeux quand elle voyait passer à la télé sa petite-fille, cette inconnue ?

Elles se tiennent à un mètre l'une de l'autre. À mille lieues. Jess n'a rien répondu. Constance met ça sur le compte de la tristesse. Tout le monde a l'air abattu. Elle ne les croyait pas aussi proches, Simone et elle. Sa grand-mère ne le lui avait pas dit. Elle savait la présence quotidienne de Nadine, par contre. La pensée de la mère de Jess l'apaise. Adolescente, Constance se confiait plus facilement à Nadine qu'à sa propre mère. Cela dit, les rapports entre les uns et les autres avaient eu le temps de changer. Comment aurait-elle pu le savoir, elle qui appelait si peu ? Ça filait, voilà tout. C'est toujours ce qu'on se raconte, après coup. Quand c'est trop tard. C'est d'ailleurs paradoxal, à bien y réfléchir, d'appeler *nos proches* ceux qu'on fait souvent passer après, ceux qu'on s'autorise à ajourner et à négliger, s'inventant d'autres urgences. Il eût été moins hypocrite de les appeler *nos éloignés*.

Elle détaille Jess de biais. Jean slim, bottines à talons et fausse fourrure, parka avec écrit Transports 2000 dans le dos. Des ongles capsules tellement longs que c'est à se demander comment elle peut tenir un volant. Et toujours ses créoles dorées dans lesquelles on pourrait faire du hula-hoop. Jess est toujours aussi belle, se dit-elle. Même avec de la morve au nez et les yeux bouffis, même avec la racine des cheveux décolorée et sa crinière peroxydée sèche comme de la paille. C'en est d'ailleurs agaçant. Elle a conservé cette moue atrocement sexy, ce je-ne-sais-quoi d'insolent. C'est dans l'échancrure des yeux, la cambrure des lèvres, le retroussement du nez, la saillie des pommettes. La génétique est décidément une chienne.

De surcroît, Jess a toujours eu une présence. Le genre de truc qui ne s'explique pas, qui ne s'imite pas. Elle entre dans une pièce, et il n'y a plus qu'elle. Elle aimante jusqu'à l'air. Et puis sa voix, qui ne s'entend pas mais s'écoute. Le timbre rauque, la pointe pâle d'accent dauphinois. Elle aurait fait un carton à la télé, Constance persiste à le croire. C'était pas faute de l'avoir encouragée à persévérer, dans le temps. Quand elle pense que Jess avait été prise au conservatoire de Grenoble et s'était dégonflée. Trop loin, trop grand, trop de monde, trop pollué, trop de racailles. Sauf qu'à un moment, faut se donner les moyens. Ça suffit pas d'être élue miss Dauphiné. C'était pas avec le public de la salle des fêtes Rose-Valland qu'elle allait remporter la Star Ac. À en croire le logo de sa veste, elle travaille désormais dans les transports. Comme son père avant elle. Du gâchis. Constance ne peut retenir ce jugement.

Jess a dû l'entendre, car elle lève la tête et leurs regards s'accrochent. Jess lève un sourcil réprobateur. Elle dégage quelque chose d'indiscutable qui ferme immédiatement la gueule de Constance. Quelque chose qui s'en branle royalement et n'a pas besoin de contenance. Qui se fout de plaire, d'être validé, de répondre aux attentes. Le corps campé. Un truc parfaitement à sa place, appartenu. Voilà, ce doit être ça : Jess, contrairement à elle, s'appartient.

6

La nuit qui suivit l'enterrement de sa grand-mère, Constance ne put fermer l'œil. Elle avait préféré s'installer dans le salon, sur le vieux canapé en cuir, et laisser à ses parents l'ancienne chambre de Simone, à l'étage. Elle resta un moment comme ça, ballante, bercée par le métronome de l'horloge comtoise battant la mort des secondes. L'air était imprégné de cette somnolence si particulière du temps vécu, mélange de naphtaline de tapisserie et de vieux livres. Constance songea que son odeur à elle aussi changerait en vieillissant. Elle fixait le lignage des poutres en bois, tentant de retrouver les traits qu'elle y discernait, enfant : là des yeux allongés, ici une bouche effilée, des sourcils froncés. Le lit médicalisé lui faisait face au milieu de la pièce, pareil à un tombeau, sa potence comme un pendu.

Vers 5 heures, après un sommeil haché, elle se leva pour aller respirer le parfum de Simone dans son coussin. La fleur de mauve. Elle n'en connaissait pas qui console mieux que celui-ci. Elle n'osait pas s'y allonger. Elle repensa à ces derniers jours : la chambre mortuaire, le funérarium, l'enterrement. Cette foule d'inconnus venus rendre hommage à Simone. Ces visages oubliés qui s'étaient rappelés à elle en l'espace de quelques jours : Jess, Mick Bianchi et leur fille, Nadine et Patrick Guyot, Martine et Bernard Lavoir, Raymonde Serpolet, Mourad et Samira Saïdi, Pierre Costa, Victor Roussel et Léa Caron… Et tous ces inconnus venus lui prendre les mains et la regarder au fond des yeux, semblant y chercher un peu de sa grand-mère. Des anciens de la chorale dont Simone avait été cheffe de chœur, des amis de la Maison pour tous, du comité des fêtes, du club des aînés, de l'amicale bouliste. Aussi longtemps qu'elle avait pu conduire sa Panda 4 × 4, Simone avait été de tous les moments du village. Constance ne s'attendait pas à devoir partager son deuil avec ces étrangers. Elle n'imaginait pas qu'il fût possible de manquer à autant de gens. Chacun y allait de son anecdote. Elle avait ressenti de la honte doublée de culpabilité. Celle d'apprendre à connaître sa grand-mère au travers du récit des autres. Celle, ensuite, de ne pas être à la hauteur de son aïeule. L'impression d'usurper son titre de petite-fille, de profiter d'une peine redirigée.

Elle erra dans la semi-obscurité, à tâtons, guidée par le souvenir des sons et sensations de la maison : les borborygmes du frigidaire, les craquements du plancher, le grincement plaintif des marches, la douceur de la rampe d'escalier sous la paume, le feu de bois de la cuisinière. Quelque chose en elle s'ameublissait à mesure qu'elle s'emparait à nouveau des gestes. Rien n'avait bougé. Tout était là. À sa place. Dans ses automatismes retrouvés. Elle en aurait chialé. Aucun de ses succès télé ou de ses posts les plus likés ne pouvait concurrencer cette consolation qu'offre la permanence d'un lieu. Il ne suffit pas de déserter les endroits pour que les endroits nous désertent. Elle fut soulagée de constater que son corps savait toujours les pas de la maison. Ses yeux se faisaient à l'obscurité, reconnaissant le contour des meubles et les volumes. Ses genoux n'avaient pas oublié le degré d'angle des marches, ni ses pieds le couinement des lattes ; sa tête avait conservé le réflexe de se baisser sous la charpente pentue à l'étage.

Arrivée à la salle de bains, elle savoura le clic net, situé, du vieil interrupteur à levier. Du plat de la main, elle caressa les carreaux de faïence, le tabouret en Formica, le gant en crin. Elle ouvrit l'armoire de toilette, joua à voir son reflet dans les trois miroirs. Côté gauche, les affaires de Simone : l'unique rouge à lèvres vieux de quarante ans, le gros poudrier à houppette qui en fiche partout, le flacon Guerlain encore à moitié plein. Une vie n'avait pas suffi à Simone pour venir à bout de ses artifices. Côté droit, les affaires du grand-père

Robert, fauché tandis qu'il distribuait le courrier à bicyclette. Tout était encore intact : le blaireau, la lotion Pétrole Hahn, l'eau de Cologne Mont St Michel, l'épouvantable pince à ongles. Au centre de l'armoire : des Doliprane périmés, des brosses à dents surnuméraires ébouriffées et la pommade verte Vegebom, qui pue mais soigne tout, des hémorroïdes aux cors sur les pieds.

En redescendant au salon, Constance s'aperçut que la pièce comptait nombre de photos d'elle, à tout âge. Jusqu'à un tirage récent, extrait d'un passage télé, que Simone avait fait encadrer. Constance reconnut la chemise Courrèges que Solal lui avait offerte. Il savait acheter son pardon, au moins. En ouvrant le premier tiroir du buffet, elle tomba sur cinq DVD avec son prénom écrit au feutre, numérotés. Elle lança le numéro un dans le lecteur. Il s'agissait de son premier plateau. Simone avait tout enregistré. Un vrai travail d'archiviste. Elle prit conscience de toutes les fois où sa grand-mère l'avait vue au travers d'une télé, dans son fauteuil releveur, seule. Le poids qu'avait dû peser son absence, la quantité de ses silences. Ne lui avait-elle pas elle-même imposé un deuil, d'une certaine façon ? À ses parents aussi, peut-être. Il n'y avait jamais eu de reproches et, s'il y avait eu de la peine, elle n'en aurait rien su. On ne l'avait pas blâmée pour les Noëls où elle était restée à Paris parce que trop prise par le travail. En réalité : parce que Solal n'y tenait pas, indifférent à sa famille comme à ses amis sans page Wikipédia, ses relations étant ou calculées ou consolatoires. La seule fois où il avait rencontré Béatrice et Jacques, à leurs vingt ans de mariage, il avait trouvé le moyen de lui imposer un interrogatoire parce qu'il avait surpris les regards sur elle d'un vieil ami de son père. Au fond, le fait qu'ils ne descendent plus semblait arranger tout le monde.

À 6 heures, ne parvenant toujours pas à trouver le sommeil, Constance se souvint qu'elle avait oublié de visiter le grenier. Enfants, Jess et elle adoraient y monter. Ç'avait été leur première cabane, avant l'Airbus. Leur bateau-pirate, avec ses trésors. Constance tira l'échelle. La trappe de visite opposa quelques résistances. Quand elle l'ouvrit enfin, elle fut prise d'éternuements. Sa main gauche tâtonna au sol, dans la poussière, à la recherche de la lampe torche rouge. Elle fonctionnait encore. Elle éclaira la mansarde avec une excitation enfantine et tomba tout de suite sur le cadre. L'un des derniers objets à avoir été entreposés là, semblait-il. Elle l'attrapa et souffla sur la poussière. Elle ne connaissait pas cette photo d'elle et Jess sous l'Airbus.

Elles rentrent du lac de Paladru. On voit la roue avant du scooter de Mick. C'était avant la Golf, avant que Jess la laisse tomber pour Mick. C'est lui qui prend la photo. Un Kodak jetable avec la molette qui fait cric-cric, vingt-sept prises. Jess est debout sur le banc en train de chanter, sa trousse

Lulu Castagnette en guise de micro. Constance est en dessous, au premier plan, un peu floue. Elles ont les mêmes Air Max, la paire en double de Jess, qui lui faisait mal aux pieds. Jess est en débardeur, on voit les fils de son bikini, la trace du bronzage, sa peau caramel, son piercing au nombril – comme Britney, à qui elles voulaient tellement ressembler. Constance, elle, est en T-shirt blanc à col rond. Elle ressent à nouveau la brûlure de sa peau en dessous, cette peau qu'elle ne peut offrir ni au soleil ni aux yeux lourds des garçons, ses cuisses qui frottent l'une contre l'autre et lui causent de l'eczéma. Jess ne saurait jamais, elle, l'épuisement de ne pas pouvoir laisser aller son corps. La pesanteur des complexes. Jess ne saurait jamais comme elle serrait les dents à l'arrière, spectatrice de leurs regards et de leurs tentatives maladroites par-dessus le pommeau de vitesse. Comme elle se sentait de trop. Comme elle était de trop.

À ce moment-là, c'était Jess, la déserteuse. Et elle, Constance, l'attachée. Vissée au lieu-dit. Elle révisait dans sa chambre en se perçant des boutons. Faute de pouvoir profiter de son âge, elle le charcutait ; sa mère lui disait d'arrêter, qu'elle allait avoir des cicatrices. Sa mère avait raison, et aujourd'hui s'y ajoutent ses premières rides. Mais c'était plus fort qu'elle. Elle avait besoin de s'abîmer. Dans le sport. Dans les livres. Dans la satisfaction qu'offrait l'effort. Elle découvrit l'existentialisme de Sartre, l'angoisse de Kierkegaard, l'abécédaire de Deleuze. Elle investit le seul lieu de son corps qui lui signalait encore la possibilité d'une jouissance : sa tête. Pendant ce temps, Jess se laissait trimballer par Mick à droite à gauche, elle sortait, elle promenait son corps tout neuf, elle chantait aux fêtes de village, déshabillée par les regards des pères et ceux, outrés, envieux, des mères. Jess pouvait tout. Tant pis, Constance pourrait l'avenir, elle l'enfourcherait, elle allait partir, réussir, elle vengerait ses laideurs pied à pied, elle se débarrasserait de cette peau qui faisait des bouloches, elle ne servirait plus ni de ballon d'essai ni de chandelle. Elle ne les calculerait plus, tous. Elle ne tirerait pas un trait, mais huit cents kilomètres. Elle irait exister plus loin, plus grand, par trois fois. Elle deviendrait de ces filles qui claquent. Talons. Portières. Carrière.

L'odeur passe à travers la photo, jaune. Sèche. On devine la fin d'après-midi à la lumière. Elles plissent les yeux ; sa main en visière lui cache le haut du visage. À l'arrière-plan, les balles de foin et les guérets bien peignés de juillet. En retournant le cadre, elle tombe sur un mot écrit au feutre indélébile, avec la date de son anniversaire : *Joyeux anniversaire ! Fini l'Airbus, fini les narvalos, fini la chanson ra petits petons ! À toi le permis, à toi la bagnole, à toi la liberté et les sorties au lac. J'irai où tu iras, qu'importe la place et qu'importe l'endroit. Ta BFF, Jess.*

La mélodie de Céline Dion résonna dans sa tête. Constance était partie trois mois avant la date. Elle n'avait jamais passé le permis. Elle n'avait jamais eu de voiture. À quoi bon ? Aucune utilité. Bientôt, on lui ouvrirait les portières. Ses parents s'étaient installés dans le centre-ville de Grenoble quelques mois après. Elle ne piétinerait plus jamais nulle part.

En descendant du grenier, le cadre à la main, elle fut surprise par le jour qui commençait à se hisser et, avec lui, la brume. L'horloge comtoise sonna 7 heures. Constance n'avait aucune envie de rallumer son iPhone. Aucune envie de voir soudain le monde lui sauter à la figure, d'affronter les affolements de l'époque, alertes, mails, WhatsApp, Insta, DM, voices, etc. Tout était si calme. Elle n'était pas prête à laisser le dehors la rattraper. Pas déjà. L'absence de sommeil la mettait dans un état second. Elle se sentait suspendue. Pas si mal, curieusement. L'impression de s'être rapprochée d'un vieil endroit d'elle-même, comme on découvrirait le double fond d'un tiroir.

Elle sortit du placard la vieille cafetière italienne Bialetti. Elle n'avait pas non plus envie d'allumer France Inter. C'était la première fois depuis des années. Elle ne voulait pas savoir plus loin qu'ici ni au-delà de maintenant. Elle ne voulait pas entendre ses confrères critiquer ni encenser. Elle voulait prolonger cet état de ouate, au-dehors et au-dedans. Un vent froid faisait galoper les nuages et effeuillait l'horizon. On entendait les sonnailles des vaches, en contrebas, dans les pentes des combes. Au loin, l'unique cloche de la petite chapelle. Lui revint une phrase qu'avait un jour balancée son père : *C'est vraiment un temps à se foutre en l'air.* Ils étaient à table. C'était un dimanche soir. Sa mère en avait lâché sa louche dans la pâte à crêpes. Avec tout le mal qu'elle se donnait pour égayer la veille du lundi. Ce n'est que plus tard que Constance avait pris la mesure de l'angoisse de son père. En ce qui concerne la météo, il n'avait pas tout à fait tort. Même si les seuls qui passaient vraiment à l'acte, c'étaient les agriculteurs. Chaque année, on en retrouvait au bout d'une corde. Le genre d'hécatombe silencieuse qui n'avait droit ni à la une des journaux ni aux hommages nationaux. Certes, la rudesse du climat n'aidait pas toujours à prendre la vie du bon côté. Ado, le brouillard lui foutait un cafard terrible. C'était peut-être d'ailleurs lui qu'elle avait cherché à fuir en premier. Tout ça pour mieux s'y replonger avec Solal.

Ça ne semblait pas atteindre Jess. Rien ne semblait atteindre Jess. Ni les humeurs du ciel ni celles des sentiments. Comme Simone, Jess était de cette drôle d'espèce des optimistes. *Arrête don' de t'mettre la rate au court-bouillon, ma fille*, lui préconisait sa grand-mère. Elle sourit en se remémorant cette expression. Il devait tout de même bien être question de génétique et de terrain psychologique.

En la matière, Constance avait hérité des dénivelés de son père.

Ce matin, curieusement, elle se sentait tout à fait stable. Le Grand-Mollard, chez Simone, était situé un peu plus haut que le Petit, où elle habitait ado, si bien qu'on dépassait de quelques têtes les nuages. La vue de la Chartreuse bien en chair avait quelque chose de protecteur. Quoi qu'il arrive, ces hauteurs demeureraient. Imprenables. Constance était comme déchargée d'elle-même. Elle avait l'impression d'avoir pied, de nouveau.

La salle d'attente du docteur Grazia était restée dans son jus. Murs de moquette bistre, carrelage gris, affiches de campagne de prévention du sida ou montrant des bébés joufflus pendus au sein de leur mère. L'horloge à cadran indiquait 18 h 30. Même les aiguilles semblaient avoir du mal, tirant le temps dans un son de cliquet, traînant l'écho des secondes. Un visiteur inattentif aurait pu se croire dans *Retour vers le futur*. Des flyers et des numéros verts indiquaient toutefois un changement d'époque et de fléau : lutte contre les violences intrafamiliales et harcèlement scolaire. Constance aurait pu passer des heures ici, assise dans sa fatigue, se foutant de paraître, pouvant laisser s'écouler son corps : pleurer, se moucher, tousser, se racler la gorge. La salle d'attente du toubib était l'un des rares espaces publics où l'on pouvait encore se montrer dans l'étendue de ses laideurs.

Ici, elle n'était pas Constance Debord de « Démêlés » et « Dos à dos », mais la petite-fille de Simone. Elle pouvait baisser la garde, n'avoir plus aucune opinion ni prétention. Elle pouvait se ronger les ongles à nouveau. Personne ne l'attendait au tournant.

Quand elle poussa la porte, ils étaient déjà trois. Une dame âgée, un homme en pantalon de chantier et sa fillette sur ses genoux, la goutte au nez et les joues comme deux tomates. Il lui fallut quelques secondes pour saisir que c'était Mick. Elle l'avait revu à l'enterrement de Simone, mais avait encore du mal à remettre tout le monde dans son nouveau visage et sa nouvelle couleur de cheveux. On croit toujours qu'on va retrouver les gens tels qu'on les a laissés, des années en arrière.

Elle trouva mignon que ce soit lui qui accompagne la petite.

« B'jour », lança-t-il simplement en lui adressant un signe de tête sous sa casquette, avant de retourner à la lecture chuchotante de *Popi*.

Elle avait oublié qu'il est quasi impossible, ici, de ne pas croiser des gens qu'on connaît, où que l'on aille, qui que l'on soit. Sa relative notoriété nationale était pour le coup hors-jeu. Seule comptait la réputation locale. Or, en la matière, elle n'en avait pas davantage que les Lyonnais et les Grenoblois propriétaires de résidences secondaires dans le coin.

Elle était reconnaissante au médecin de lui avoir dégagé si rapidement un créneau, malgré ses journées à rallonge. Le docteur Grazia était de ces médecins de campagne à l'ancienne comme tous les patelins désespèrent d'en voir revenir. *Le patrimoine immatériel du Valfroid*, disait Simone. Personne ne connaissait les habitants aussi intimement qu'elle, témoin des affres de chaque âge, le petit et le grand, ainsi que de cette sorte de long automne où les femmes se réveillent en sueur et où les hommes balbutient, tête basse : *Ça ne fonctionne plus en bas*.

Au docteur Grazia, et à elle seule, on osait montrer. Et parfois dire. Il n'y avait pas de planning familial ni de psy par ici. Et même s'il y en avait eu, parler de soi, se regarder le nombril, tous ces *trucs-là*, c'était pour les gens des villes, ceux qu'on voyait dans *En thérapie*. Avec le docteur Grazia, c'était différent : on pouvait mettre des mots sans avoir l'impression de s'écouter. Elle ne comptait ni les heures ni les kilomètres, poussant sa Xsara Picasso (deux cent cinquante mille au compteur) jusque dans les vals, les écarts et les fermes les plus reculés ; ne renonçant devant aucun corps, aucun abandon, aucun remugle ; présente jusqu'aux misères où plus personne ne s'aventure guère, sinon le facteur, l'auxiliaire de vie ou les pompiers. Parfois, les gendarmes ou le diacre. On ne lui connaissait ni compagnon ni enfants, sinon ceux du Valfroid.

L'ennui, c'est que le docteur Grazia commençait à montrer des signes de fatigue. La route pesait lourd dans ses lombaires, plus les barrières d'herbage et les marches d'escalier. À l'approche de sa retraite, tout le monde commençait à se faire du mouron. À la mairie, Raymonde et Brigitte ne ménageaient pas leurs efforts pour tenter de lui trouver un remplaçant. Tout plutôt que d'en arriver à installer une cabine de téléconsultation avec stéthoscope en libre accès, praticien connecté, paiement sans contact. *La santé en drive*, pestait le docteur Grazia. Faute de médecins, de plus en plus de bourgs devaient s'y résigner. C'était mieux que rien. Mieux qu'une maison de santé ayant coûté les yeux de la tête sans un toubib pour venir s'y installer. Ou alors roumain, et seulement pour un temps. La désertification des uns faisait les choux gras des autres.

La porte du cabinet s'ouvrit, laissant entrer une bouffée de ce parfum clinique et alcoolisé. Le médecin passa la tête dans la salle d'attente avec un grand sourire :

« C'est enfin à nous ! »

Constance put mieux la détailler : elle n'avait pas changé. Petite, montée sur ressorts, les mêmes fossettes espiègles creusant ses joues rondes. Ni le temps ni la dureté de ses journées ne semblaient entamer son entrain.

« Merci infiniment de me recevoir aussi vite, salua Constance.

— Oh, tu sais, un patient de plus ou de moins… De toute façon, j'ai toujours autant de retard, comme t'as pu le voir ! Mais ici on n'est pas en Amérique, pas de médecine *fast-food.* »

Effectivement, Constance avait patienté une heure et demie. Ses parents s'étaient même inquiétés de savoir s'ils devaient l'attendre pour dîner, eux qui étaient si à cheval sur les horaires. Il lui avait paru avoir quinze ans de nouveau.

Le docteur Grazia désigna la toise murale où elle mesurait Constance autrefois :

« T'as bien grandi depuis la dernière fois. »

Et elle partit de son long rire en colimaçon auquel personne ne résistait.

« Dis-moi, alors, qu'est-ce qui t'amène ? La mort de ta grand-mère, je suppose ? Quelle tristesse… Notre Simone… Et puis sans prévenir, en plus ! Le pire, c'est que, l'avant-veille, quand je lui ai rendu visite, elle se portait comme un charme. Enfin, autant que le permettaient son âge et ses tracas, mais rien d'alarmant. Moi aussi, elle va me manquer, tu sais. »

Constance avait oublié la principale raison des retards systématiques du docteur Grazia : sa propension au bavardage. Mais, pour le coup, ça lui faisait vachement de bien d'entendre autre chose que la branlette de plateau de ces messieurs les agrégés.

Le docteur l'examina de pied en cap, et Constance commença d'expliquer. Elles parlèrent longtemps. De tout. Assez pour que le médecin estime nécessaire qu'elle s'arrête. Et qu'elle s'arrête pour de vrai. Pas seulement quinze petits jours. Au moins trois mois, sinon quatre. Le docteur Grazia avait suivi son ascension de loin en loin. Elle n'avait pas le temps de regarder la télé, non, mais Simone lui donnait régulièrement de ses nouvelles. Le docteur voulait savoir : depuis quand n'avait-elle pas pris de congés ? Qu'elle se fasse bien comprendre : des congés sans téléphone, sans mails, sans notifications ? Constance se renfrogna. Un arrêt aussi long lui paraissait démesuré. Elle tenta bien de protester en invoquant ses grosses responsabilités, les émissions, les auditeurs, les chiffres, ses patrons, des échéances électorales importantes…

« Tu as vu ta tension ? interrogea le docteur. Pour quelqu'un de ton âge, c'est vraiment pas terrible. D'ailleurs, je vais te prescrire une prise de sang et on va faire un check-up complet. Il y a un nouveau labo sur la zone d'activité des Champs-Plaisants. »

Constance leva les yeux au ciel, comme quand elle avait quinze ans.

« Écoute, dit calmement le médecin en repositionnant ses deux avant-bras sur le bureau, c'est pas pour t'embêter, mais ton mode de vie, Paris, la télé, tes soirées, tous ces gros bonnets que tu fréquentes, et puis ce Solal, là… Moi, ça me tracasse. »

Elle marqua un silence.

« Je veux dire, ils ont pas l'air de te faire beaucoup de bien, ces milieux-là. T'es toute pâle, ta tension n'est pas bonne, t'es sous antidépresseurs, tu regardes ton téléphone toutes les deux minutes, t'as besoin de Donormyl pour fermer l'œil… C'est très bien que tu puisses compter sur ces béquilles pour t'aider. Après tout, pour certains, c'est l'alcool, la coke et le cannabis. Mais il me semble que ça dit quelque chose. Tu penses pas ? »

Constance se tut. Elle n'avait pas grand-chose à répondre. Elle se faisait l'impression d'un lapin pris dans les phares d'une voiture.

Le médecin reprit :

« Et puis tu sais, je me souviens de la Constance d'hier. T'en bavais déjà des ronds de chapeau, avec ta peau, tes migraines, la mention au bac, le concours de Sciences Po… Quelque part, c'est comme si t'avais toujours eu besoin de te faire du mal pour te prouver que t'existes. Il serait peut-être temps de te foutre un peu la paix, non ? J'te dis pas de tout envoyer balader, mais au moins de t'offrir une petite pause pour y penser… Trois, quatre mois, franchement, c'est quoi dans une vie ? »

Constance en resta interdite. Stupéfaite d'être ainsi percée à jour. Son médecin de famille venait de lui offrir l'équivalent de dix séances de psy. Ses vergetures, son acné, le Roaccutane, sa première fois avec Victor, la pilule du lendemain : le docteur Grazia avait été là, chaque fois, rassurante, lui évitant les regards inquisiteurs. Elle s'était souvent demandé comment elle aurait fait, sans elle. Et comment faisaient les autres qui n'avaient pas cette chance. Celles qui tombent en cloque et doivent parcourir des kilomètres pour aller se faire avorter. Mineure, piétonne, sans transports en commun. Voilà ce qu'était, aussi, être une jeune meuf dans un bled. Double peine.

Aujourd'hui, elle lui évitait peut-être de passer tout à fait à côté d'elle-même.

« Et puis j'vais te dire, poursuivit le docteur, t'arrêter maintenant, alors que t'es déjà dans le rouge, c'est te rendre service pour plus tard. Et rendre service à tes patrons et à tes auditeurs. T'aurais une grippe, t'irais pas répandre tes microbes en plateau. Bon ben là, c'est pareil. »

Constance leva un sourcil circonspect.

« OK, mais admettons, si je m'arrête trois mois… Je fais quoi, en fait ? Je vais pas regarder le plafond et faire des câlins aux arbres.

— Tu pourrais par exemple te poser ici quelque temps, puisque tu as la maison de Simone. Ça te permettrait de prendre un peu l'air, de bouquiner, de revoir des copains d'enfance, je sais pas, moi… De te recentrer sur ce qui compte vraiment pour toi. Prends-le comme une sorte d'estive d'hiver. Et on pourrait se voir ici tous les quinze jours pour faire le point. »

Loin d'elle l'idée que la campagne était un médicament, précisa le docteur Grazia. Elle ne lui proposait pas une de ces retraites méditatives à la mords-moi-le-nœud, avec des chèvres naines, pour lesquelles certains citadins stressés étaient prêts à débourser des centaines d'euros. Pas plus qu'elle ne l'encourageait à tout plaquer. Ceux qui faisaient ça se fourraient le doigt dans l'œil, si on voulait son avis. Soi-disant qu'ils aimaient les montagnes, la randonnée, l'altitude ; soi-disant que leurs diplômes et leur carrière n'avaient aucun sens, qu'ils voulaient retrouver un métier manuel. Passé le premier hiver, y avait plus personne.

« Et qui c'est qui les ramasse à la petite cuillère dans sa salle d'attente, hein ? Je te le donne en mille ! »

Ah ça, elle en avait vu passer un paquet depuis le Covid. C'est sûr qu'au printemps, piou piou les petits oiseaux et l'horizon chlorophylle, ça fait envie. En vérité, seule une poignée s'installait pour de bon. N'est pas campagnard qui veut. Surtout par ici. Il fallait avoir pratiqué les grandes contradictions pour être apte à l'existence dans ce coin-là.

Quoi qu'il en soit, la vie que menait Constance ne lui semblait pas franchement meilleure pour la santé. Le docteur n'accusait pas Paris. Les procès en jacobinisme étaient, selon elle, un peu faciles. Elle était suffisamment maligne pour faire la part des choses et ne pas incriminer une géographie certes mal fichue, mais qui en soi n'y est pour rien. Paris était un nez proéminent au milieu de la carte de France, et ce depuis les Capétiens, ce n'était hélas pas maintenant qu'on allait inverser la vapeur, surtout en engraissant les métropoles et les régions. Il n'en demeurait pas moins de prolos là-haut aussi. Et de petits-bourgeois ici-bas. Elle pointait plutôt ce que Constance avait *fait* de sa vie à Paris. Sa politique d'aménagement intime. Les milieux qu'elle avait choisi de fréquenter, et les hommes d'aimer.

Constance était un peu sonnée. Mais elle avait apprécié ce ton de franchise, et surtout le fait que son médecin ne prononce pas les mots tout cuits de managers qu'on lui aurait servis ailleurs : burn-out, dépression, traumas, résilience.

Elle était ressortie du cabinet avec sous le bras un formulaire Cerfa d'arrêt de travail et, au ventre, une espèce de gros vide de soulagement frotté de culpabilité. Il allait bien falloir trouver un truc à dire à ses équipes et à la prod. Certes, elle n'avait pas à se justifier. Vu son âge, il y avait fort à parier qu'on la soupçonne d'être au début d'une grossesse difficile – ou, en tout cas, tendue vers ce but. Il fallait reconnaître que, pour une fois, ces foutues injonctions sociales l'arrangeaient.

Restait à savoir comment elle allait pouvoir occuper tout ce temps. Elle avait évidemment une petite idée, mais ça lui foutait les jetons.

7

Ce matin-là, Constance s'était promis de ne pas reculer. Ses parents venaient de repartir pour Grenoble, non sans lui avoir fait des provisions pour un mois et dégoté un vélo électrique. C'est vrai que c'était tout de même autre chose, de pédaler au grand air. À Paris, elle pratiquait ce truc inavouable : du vélo en salle. Ils étaient comme ça une trentaine alignés dans le noir, sous des stroboscopes, une boule à facettes et des remix de tubes commerciaux, à se faire hurler dessus par un coach. Certains venaient carrément en cuissard et chaussures à cale du Tour de France. Constance cachait cette pratique honteuse. De même qu'elle avait immédiatement planqué cet épouvantable sac à dos Basic-Fit orange – une calamité urbaine, au même titre que les ragondins. Cela dit, s'agissant de maintenir une chaîne postérieure qui se respecte, ou du moins qui ne s'écroule pas, c'était relativement efficace.

Son père lui avait montré tous les réglages de la baraque, non sans lui laisser un annuaire d'artisans – dératiseurs, bûcheron, menuisier –, les compétences de Constance en bricolage consistant essentiellement à appeler AlloVoisins. Plus caricatural, tu meurs. À croire que le maniement d'une perceuse était inversement proportionnel au nombre d'années d'études. Ils avaient fait retirer le lit médicalisé. Constance s'était sentie ado de nouveau. Pendant une semaine, elle avait mis les pieds sous la table. Le soir, ils avaient parlé. Enfin, surtout sa mère et elle, parce que son père n'était pas plus bavard qu'à l'époque, et à vrai dire on ne savait jamais trop à quoi il pensait derrière ses yeux plissés comme des traits d'union, ni s'il était vraiment là. Ils avaient rattrapé un peu le temps perdu. Mais il y avait une retenue. Ce n'était pas évident de se rapprivoiser après ces kilomètres de silence.

Il n'avait pas été question de son couple ni d'un éventuel désir de maternité. Elle leur avait su gré d'être moins lourds que certains collègues en la matière. Depuis qu'elle avait passé la barre des trente berges, et plus encore depuis qu'elle approchait les trente-cinq (autrefois considéré comme le seuil des grossesses tardives), la petite musique ne cessait d'augmenter. Les milieux qu'elle fréquentait ne l'épargnaient guère, censés être plus progressistes. Lasse. Il se trouvait toujours une productrice en vue (en général divorcée et dans tous ses états que son rejeton ait raté Henri-IV et aspire à vivre sur une ZAD) pour s'inquiéter à sa place de son horloge biologique. Quand ce n'était pas carrément de la congélation de ses œufs. Son ventre n'était pas encore gros qu'il était déjà chose commune, matière à délibération. Or pour se sentir le courage de renoncer un temps à la possibilité de s'appartenir (et pour avoir la foi de se faire à nouveau exploser les seins), encore eut-il fallu être deux. La parole avait beau commencer à se libérer autour du non-désir d'enfant, ou de la possibilité de le réaliser autrement – seule, par exemple –, l'inconscient collectif continuait de classer les nullipares au rang des femmes inabouties et soupçonnables, comme autrefois les lesbiennes. Voilà un sujet dont elle aurait bien aimé parler avec sa grand-mère. Elle pouvait l'entendre soupirer d'ici : *On se posait pas toutes ces questions, nous, de notre temps.*

En tout cas, ça n'avait pas été désagréable de se faire un peu dorloter. Elle aurait même pu s'y habituer. Quoique non, fallait pas exagérer. En moins d'une semaine, ses parents avaient déjà repris leur règne indiscutable, s'autorisant à lui reprocher de laisser traîner ses affaires dans les pièces communes. Un jour de plus, et sa mère se permettrait des *J'ai dit à table, ça va être froid.* Ces manies étaient plus intolérables encore à trente-cinq piges : désormais, en plus de devoir les supporter, elle s'y reconnaissait. Mieux valait donc se dire au revoir avant de se mettre dessus. De toute façon, ils repasseraient. Il faudrait bien finir par la ranger, cette maison. Et ça promettait d'être long. Combien de cartons pour emballer une vie ? Il faudrait aussi décider de ce qu'elle allait devenir. Mais chaque chose en son temps.

La Panda 4 × 4 de Simone ne lui servirait pas, hélas : pour ça, il lui manquait le permis. C'était justement sa grande résolution. Le passer. Puisqu'elle n'avait rien d'autre à faire. Et puisque le bled avait encore son auto-école. Ce serait bien utile, un volant. Probablement davantage qu'un mec et un gosse. À Paris, elle avait commencé à réviser le code avant de lâcher l'affaire.

Ce matin-là, elle était donc descendue au village bille en tête. L'auto-école Roulier n'avait pas changé, elle non plus, avec sa fière devanture semblant défier les âges et les taux de vacance commerciale : *Roulier & Fils, une affaire qui roule depuis 1968.* C'était une institution locale. L'un des rares établissements de la Grand'Rue, avec le bar des Sports et les pompes funèbres, à avoir résisté à la lame de fond qui avait emporté la plupart des petits établissements à mesure que la ZAC étendait ses tentacules. Autant que la mort et les débits de boissons, la conduite était de ces valeurs refuges imperméables aux crises.

Roulier père, un ancien chauffeur-routier fan de Johnny, avait créé l'établissement en 1968. On pouvait y passer un permis pour à peu près tout ce qui roule : moto, cyclomoteur, bagnole, transport de personnes, remorque, poids-lourd… Et même venir y suivre des stages de sensibilisation à la sécurité routière pour récupérer ses points. L'excès de vitesse était d'ailleurs l'un des rares sujets à mettre tout le monde d'accord, quels que soient le genre, le décile de revenus et la couleur du vote. Ces stages avaient ainsi vu naître des amours improbables, ainsi de cet agent des espaces verts membre de la fédé de chasse et de cette prof d'arts plastiques militante à la Ligue pour la protection des oiseaux. Même le mieux entraîné des algorithmes d'appli de rencontres n'aurait pas pu ça. L'auto-école proposait également quelques stages de remise à niveau pour personnes âgées.

Le local était vieillot, quoique chaleureux. À l'entrée, on tombait directement sur le bureau des inscriptions, dont les murs étaient recouverts de calendriers Renault, rappelant l'époque pas si lointaine du pétrole glorieux. Sur les armoires traînaient de vieux panneaux de toit-école aimantés – des « bananes jaunes », comme on dit dans le milieu. Derrière se trouvait la salle de code, toujours plongée dans l'obscurité : vingt places, des chaises coques en plastique, un vieil écran rétractable coincé entre l'armoire et le mur, un store vénitien aux lamelles pétées qu'on n'essayait plus de remonter et une lucarne dans la porte. S'y croisaient de jeunes apprentis, des chauffeurs-routiers roumains, des camping-caristes seniors bien décidés à profiter encore, quelques exilés sans papier embauchés par des patrons du coin ainsi que des bikers à barbe et bagouzes ne désespérant pas d'emballer une nénette si y avait moyen…

C'était sans compter sur la mère Roulier, qui veillait au grain. Elle avait une affaire à faire tourner et des taux de réussite à maintenir. Pas question de laisser repartir quiconque sans son code, son permis et ses points. On la voyait régulièrement passer une tête au travers de la lucarne, hissée sur la pointe des pieds. La mère Roulier était une femme de petite taille, coupe à la brosse poivre et sel, demi-lunes sur le bout du nez, grosse laine polaire. Elle avait l'air sévère des bonnes femmes qui mènent leur monde à la baguette et ne sont pas là pour beurrer des sandwiches. Depuis la mort du mari d'un cancer du pancréas (son taux de Ricard par litre de sang n'y était pas étranger), elle avait repris la boîte et salariait trois moniteurs : Julia et Éric, ses deux enfants, plus Jess, la fille Guyot.

À côté de l'auto-école se trouvait le garage de son beau-frère, avec ses deux pompes à essence d'un autre temps auxquelles plus grand monde ne venait se faire servir, sinon les personnes âgées et les agriculteurs pour le gazole non routier, revendu à bon prix. Pour le reste, on voulait bien soutenir le commerce local, mais fallait pas pousser : à vingt centimes de moins le litre chez Auchan, c'était vite plié. Les petites stations essence indépendantes, comme les gares et les boulangeries, étaient ainsi reléguées au statut de décor Instagram. La mère Roulier commençait à en avoir ras-la-casquette de ces marioles à Ray-Ban prenant la pause devant les pompes. Cette espèce de fascination morbide des citadins pour le disparu la dépassait. Il fallait les voir, lors des brocantes, se ruer sur les carafes Ricard, les moulins à café, la vaisselle Arcopal. Cette façon qu'ils avaient de saisir et de s'exclamer devant ces vieilleries – *combien ?* Ossuaire d'un monde paysan et ouvrier englouti dont ils ignoraient à peu près tout. Peut-être en manquaient-ils, de souvenirs, pour s'approprier ceux des autres et empailler le temps. Ils s'en repartaient avec sous le bras la certitude de l'authentique.

Toujours est-il que la mère Roulier n'était pas du genre à se faire amadouer par qui que ce soit. On ne la voyait ni aux vœux du maire ni à la fête des associations. Tout juste était-elle affiliée à l'association des commerçants, artisans et prestataires de services du Valfroid. Pour le reste, elle passait sa vie dans cette auto-école, qu'on voyait allumée jusque tard dans la Grand'Rue, avec le cabinet du docteur Grazia et le bar des Sports.

Quand Constance s'était pointée, Mme Roulier ne l'avait pas remise. Elle avait pourtant été dans la même classe que sa fille Julia durant tout le collège. Ça ne lui était pas arrivé depuis longtemps, mais cet anonymat soudain n'était pas pour lui déplaire. Mme Roulier lui avait tout expliqué d'une traite, d'un ton militaire : le code, les heures de conduite, les tarifs.

« Des questions ? »

Constance avait fait non de la tête et avait payé rubis sur l'ongle. Au moins, elle ne pouvait plus faire machine arrière.

8

« Mais t'es sûre qu'ils comptent la vendre, au moins, la baraque ? » demanda Mick, l'air perplexe.

Il venait de rentrer d'un chantier aux Abrets-en-Dauphiné. Il était dégueulasse, le pantalon et la parka recouverts de peinture et de produits, le visage noirci par une pellicule de poussière collée par la sueur, et de mauvaise humeur par-dessus le marché : sur le chemin du retour, il avait failli emplafonner l'utilitaire de devant à cause d'un sénateur qui parlait à la radio. Ce gros bonnet payé par leurs impôts, à la retraite cinq fois plus élevée que celle d'un Français moyen, était en train d'expliquer en toute tranquillité qu'il fallait tout de même relativiser la pénibilité du travail des déménageurs et des couvreurs, puisque ces derniers étaient désormais équipés d'exosquelettes. *Enculé !* avait beuglé Mick en tapant des deux mains sur le volant. Manque de pot, le gars de devant avait freiné juste à ce moment-là. Ça avait été moins une.

Jess lui laissait d'ordinaire le temps d'arriver et de se débarbouiller. Mais, ce soir-là, elle n'avait pas pu s'empêcher de lui sauter dessus. Faut dire que le truc dont elle voulait lui parler avait tourné dans sa tête toute la journée. Elle avait failli en abandonner des gamins sur le bord de la route. Ça va que les sixièmes du premier rang l'avaient rappelée à l'ordre, *Madame, madame, les Bourrelières, vous avez oublié les Bourrelières.* Elle avait freiné aussi sec. Les troisièmes du fond avaient poussé des cris. *Madaaaame, j'ai failli me crever un œil avec mon mascara.* C'était pas le moment de faire une connerie, en plus : avec le nouveau système de géolocalisation embarquée, elle serait cramée direct. Ça leur suffisait pas, là-haut, de faire la leçon en permanence ; on était fliqué pour tout, maintenant. Un collègue de Haute-Vienne venait d'être mis à pied parce qu'il s'arrêtait devant chez les gosses pour leur éviter de marcher au bord d'une départementale dangereuse. Cette poucave de smartphone l'avait balancé. Voilà qui n'allait pas aider à résorber la pénurie de conducteurs de car scolaire.

Remarque, si on lui retirait sa tournée, elle pourrait toujours postuler au nouveau camping-car France Services stationné sur la place de la mairie. Encore un tour de prestidigitation né de l'esprit agile de quelques *cost-killers* bien inspirés, dont les effets dévastateurs sur la vie des administrés se mesuraient directement dans les urnes. Ainsi, après avoir fermé un tas de guichets et remercié quantité de Mourad partout dans le pays, ces nouvelles structures « tout en un », regroupant en un même lieu une dizaine de services publics, se faisaient fort de « ramener du service au plus près des habitants ». Des guichets tenus par deux agents, quichés dans des halls de centres sociaux ou, parfois, ambulants. Rationalisation des coûts et des gens, ni vu ni connu. Les campagnes 2.0 compteraient bientôt plus de bornes automatisées et de *lockers* Amazon que d'habitants.

« Franchement, j'y ai réfléchi, et je vois vraiment pas les parents de Constance garder cette maison », relança Jess.

La petite était couchée, ils s'étaient mis à table et Mick semblait mieux disposé.

« Ce serait beaucoup d'entretien, maintenant qu'ils vivent à Grenoble. Et Constance est à Paris. Déjà qu'ils venaient de moins en moins souvent voir Simone, pourquoi est-ce qu'ils voudraient soudain passer leurs week-ends ici ? »

Elle n'en démordait pas. C'était l'occasion ou jamais. Il fallait essayer de racheter la maison de Simone. Puisqu'ils cherchaient à devenir propriétaires. Combien de fois s'était-elle imaginé vivre là-haut depuis que Simone le lui avait proposé ? De surcroît, Mick et Franck s'étaient déjà occupés de rénover et isoler tout le rez-de-chaussée. Ils n'auraient plus qu'à faire l'étage et les combles, puis la grange dans un second temps. Jess visualisait déjà les soirées mémorables qu'ils pourraient y organiser. Et pourquoi pas imaginer des gîtes, histoire de mettre du beurre dans les épinards.

Ils n'étaient pas si nombreux que ça, dans le coin, à savoir travailler le pisé. C'est à ce mélange de terre argileuse et de gravier tassés que les anciennes fermes et les bâtiments bourgeois du Dauphiné devaient leur belle couleur ocre, donnant un caractère si particulier au paysage local. Certes, la petite boîte de Mick et Franck ne jouait pas dans la même division que l'entreprise de Langret. Cela dit, quand on cherchait des maçons traditionnels familiers des techniques anciennes, c'est vers eux qu'on se tournait. Les Grenoblois, les Lyonnais et les Parisiens accourus dans le coin ne s'y trompaient pas, qui constituaient le gros de leur clientèle. Le bâti éco-responsable était dans l'air du temps, et il fallait avoir un certain budget pour préférer ces matériaux nobles et locaux au parpaing ou au placo. *Comme quoi, on n'a pas attendu les écolos-bobos pour faire avec ce qu'on a*, raillait Mick au comptoir le samedi soir. Mick et Franck travaillaient avec des enduits à la chaux, au chanvre ou à la terre, des isolations naturelles au liège ou à la laine de chanvre, des toitures ancestrales ou végétales. Ils tenaient ces savoir-faire de leurs aînés, des passionnés qui croyaient au caractère vivant des matériaux et aux murs qui respirent. *Restaurer sans altérer*, disait le Pépé de Mick, tailleur de pierre italien, qui s'était pris de passion pour le pisé en arrivant dans le Dauphiné. Et ce dicton : *Une maison dauphinoise doit avoir de bonnes bottes et un grand chapeau* – les bottes pour le soubassement en pierre afin de protéger de l'eau, le chapeau pour le toit.

Mick et son associé connaissaient les repaires de terre à pisé comme d'autres les coins à champignons, là où on trouve la meilleure moraine glaciaire. Les deux collègues étaient aussi pompiers volontaires à la caserne du Valfroid. Mick en aurait chialé, certains étés, quand les hêtraies ou les sapinières se mettaient à brûler et qu'on retrouvait des résineux morts sur pied. Fallait voir la gueule des rivières, aussi. À une époque, on pouvait s'y baigner en entier. Maintenant, c'était tout juste si ça vous montait jusqu'aux genoux. Ça lui foutait les nerfs en pelote pendant des jours. Mais qu'on ne le traite pas d'écolo. Par ici, ce seul mot sonnait comme un repoussoir. Le père Langret ne loupait jamais une occasion : *Alors la maison en chaux-chanvre s'est pas encore fait souffler par le grand méchant loup ?* Et il partait de son vilain rire en resservant des gorgeons. Mick serrait les dents, se retenant de lui balancer à la gueule que le béton a une durée de vie bien inférieure à celle du pisé, et qu'il n'y a pas d'expression plus mal trouvée que « dur comme du béton ».

Si le père et le grand-père de Mick avaient un temps revendiqué voter Laguiller, et même Mitterrand, ce genre de penchants restaient aujourd'hui discrets, pour ne pas dire honteux, vu la tronche de la gauche, les procès en « bordélisation » et l'état calvitique des troupes dans les anciennes sections locales du PS et du PCF. Les arrivistes comme

Langret n'avaient plus qu'à récolter. Mick se sentait pris en étau. Ces bobos qu'il aimait détester étaient aussi ceux qui lui donnaient du boulot.

Il haussa les sourcils, circonspect :

« OK, admettons qu'ils la vendent. Un corps de ferme en pisé avec le rez-de-chaussée refait, sur les hauteurs du Valfroid avec vue, ça doit valoir son petit billet. Pas dit que ce soit dans nos moyens. »

Les dernières visites leur avaient laissé un goût amer. Chaque fois qu'ils pensaient être sur le point de conclure, un couple de Grenoblois de Lyonnais ou de Parisiens soumettaient une meilleure offre. C'était d'autant plus agaçant qu'ils n'avaient souvent aucune attache par ici. Ils achetaient moins pour y mener leur existence principale que pour y trouver une résidence secondaire. Autrement dit un *pied-à-terre* – eux qui n'avaient les pieds nulle part –, un jardin d'agrément pour venir se ressourcer, prendre du bon temps, télétravailler au vert, randonner. Ils n'étaient pas prêts pour autant à abandonner cinés, musées, Biocoop et *afterworks*. Ils voulaient le meilleur des deux mondes. Mick et Jess ne pouvaient pas supporter tous ces mots. Ils avaient la désagréable impression de n'être qu'un décor, une toile de fond pour citadins stressés et cadres retraités en quête de bucolisme, d'authenticité, de sens et de *slow*, à l'abri des fracas du monde moderne. À croire qu'on n'en foutait pas une rame par ici. Les bleds devaient tenir tout seuls, sans profs ni soignants, sans ouvriers ni paysans, par la grâce des métropoles ruisselant jusqu'à eux.

Quant aux *déjàlà*, ainsi que Mick et Jess se surnommaient (Lyana le prononçait en un mot), c'était tout juste si on les prenait en considération : figurants un peu flous et pittoresques. On ne leur adressait la parole qu'à des fins intéressées : y a-t-il la fibre et la 4G par ici ? Combien compte-t-on de boulangeries ? Et où est la gare la plus proche ? On s'exclamait de la beauté des montagnes en humant *l'air pur* avec emphase. On n'imaginait pas qu'eux aussi pouvaient avoir, outre leur boulot, leurs crédits et leurs mômes, des envies de voyages, des films et des livres préférés, des ambitions ou même des contrariétés. On ne leur posait pas la question. De toute façon, on comprenait mal leur accent à couper au couteau.

« Ouais, enfin ça va, Mick, tempéra Jess. On est en Isère, j'te rappelle. Pas sur la côte basque, dans le Lot ou en Bretagne, avec les Airbnb de partout et des gens en mobile home parce qu'y a plus rien à acheter, tempéra Jess. On n'a pas la mer ici, on doit encore pouvoir trouver un truc correct.

— Bah moi, j'te parie que ça nous pend au nez aussi, grogna Mick. Téma la Creuse ! Personne voulait y vivre, comme quoi c'était le coin le plus pété de France, et maintenant même là-bas ça achète. Dis-toi, y en a ils prévoient le coup de quand il fera quarante-cinq degrés l'été. »

Jess soupira fort en levant les yeux au ciel. Pas de doute, c'était encore son collègue des pompiers,

Daniel, qui lui avait bourré le crâne. Le type était ingénieur de l'environnement et passait son temps à faire des simulations en ligne pour dénicher le lieu de vie idéal, protégé des fléaux du futur. Il gagnerait peut-être quelques degrés, mais il ne serait jamais à l'abri des troufions. L'espèce humaine n'était pas programmée pour survivre à sa propre connerie. Alors quoi ? Mick l'agaçait à ne plus croire en rien. Des fois, elle le voyait bondir du canapé, mâchoire serrée, tempes qui cognent, prêt à frapper la télé. C'est vrai que c'était à chialer, d'être empêché de vivre là où on était né. Là où toute sa famille était enterrée.

« On n'en est pas encore à devoir chercher plus loin, à ce que je sache, objecta Jess, plutôt du genre à positiver. Faut juste être patients. »

Mais la seule menace suffisait à mettre Mick hors de lui. Les médias et les réseaux sociaux n'aidaient pas. Mick ne percevait pas l'effet de loupe ni la façon dont il avait, malgré lui, intériorisé les biais des journalistes parisiens. Ceux-là se complaisaient dans la dramatisation, montant en épingle les microconflits entre quartiers et bleds, néoruraux et natifs (pour des histoires de chant du coq, de cloches ou de lisier), titrant sur des *guerres*, des villages *déchirés*, *coupés en deux*. Il ne serait venu à l'idée d'aucun de ces pisse-copies d'aller filmer une copropriété parisienne, où les conflits de voisinage sont pourtant autrement plus fréquents.

Ces querelles fantasmées entre rats des villes et rats des champs auraient pu être risibles. L'ennui, c'est qu'à force d'être exagérées et martelées, elles finissaient par infuser. Il fallait redoubler d'efforts pour dépasser les a priori et vouloir se rencontrer. Les nouvelles stratégies de marketing territorial n'arrangeaient rien, auxquelles les collectivités consacraient un fric monstre depuis le Covid. Sorte de consultants provinciaux low-cost, les chargés d'attractivité territoriale rivalisaient d'inventivité pour trouver slogans et visuels aguicheurs promouvant une ruralité urbaine et connectée, une diagonale du vide remarketée : « Cap sur Perpettes-les-Oies et son espace de coworking municipal » ; « En route vers Pétaouchnok pour télétravailler hors du temps ». #QuitterParis, #Vivreauvert. Et voilà qu'Alès, Besançon ou La Roche-sur-Yon s'affichaient fièrement dans le métro. Béret, chaussures de rando, saucisson : on ne lésinait pas sur les stéréotypes. Sans parler de ces *hubs* des territoires et nouvelles applis promettant de faire matcher urbains stressés et coin de campagne désertés.

C'est ainsi que la nouvelle ComCom Viouse & Terres blanches (dont faisait partie le Valfroid) avait proposé de rebaptiser la traditionnelle Fête des ravioles et du gratin dauphinois : *La feria made in Valfroid* – ce qui, outre la dépossession des habitants, n'avait aucun rapport avec la choucroute. Ce qui revenait à dire le couscous *made in* pôle Nord. La levée de boucliers avait été immédiate. La campagne devenait décidément un spectacle branchouille joué sans les campagnards. Un récit confisqué par ceux des villes.

Chaque fois qu'il voyait passer un de ces visuels de ruralité muséifiée, Mick vrillait :

« Ils ont toujours pas compris qu'on s'en branle, de leur style de Parigots et de leurs grandes écoles ? Ils nous prennent pour des p'tits Africains à qui ils vont apporter la fibre et l'instruction ?

— En attendant, c'est pas avec nos bacs techno qu'on les décroche, les baraques », maugréait Jess.

De fait, les rares fois où Jess et Mick étaient amenés à côtoyer des ingénieurs ou des architectes, c'était au moment des visites immobilières. Ils se croisaient sur les pas-de-porte, juste le temps de prendre la mesure de leurs distances. Jess voyait leurs dossiers épais, reliés, la feuille de garde brillante avec des noms d'écoles et d'entreprises connues. Ils savaient y faire. Mick voyait leur assurance, cette façon d'accaparer l'espace d'avance, déjà propriétaires. Ils étaient de l'espèce de Constance. De l'espèce des prodiges et des mentions très bien. Qui enchante les profs, les parents, les banquiers. La dame de l'agence immobilière était déjà conquise. Mick et Jess visitaient en perdants.

Sinon, ils les frôlaient aussi parfois dans les rayons d'Auchan. Ou au bar des Sports. Pour l'indispensable. Retirer un colis Vinted. Profiter du wifi le temps d'une panne de box. On en voyait certains passer la journée à une table, murés derrière leur

MacBook et leur importance, la mine froncée, davantage connectés à Paris qu'au Valfroid, dans une sorte d'imprésence polie et pourtant offensante.

Samira leur avait donné un surnom : *les gens du clavier. Certains, j'vous jure, on dirait que tout leur est dû*, râlait-elle parfois avec les filles. Leurs oreillettes sans fil leur donnaient des airs de Shrek. Elle avait collé le code du wifi bien visible sur le bar pour ne plus avoir à dicter la combinaison interminable. Ça n'a l'air de rien, un code wifi scotché sur un bar. C'était pourtant dans ces petites touches impressionnistes que Jess et les autres voyaient leur bled changer. Ainsi des panneaux d'affichage municipaux où, sans crier gare, des stages de yoga et des cycles de méditation et naturopathie s'étaient frayé un chemin parmi les soirées loto et karaoké, les bals country, les tournois de pétanque.

Les *déjàlà* et les gens du clavier vivaient juxtaposés plutôt qu'ensemble. Chacun menait sa petite existence, trimballant sa vérité, ses a priori et son pré carré. Ce n'était pas qu'ils s'évitaient. C'était que, à moins d'un effort volontariste de part et d'autre, tout s'opposait à leur rencontre. Ils ne partageaient ni les mêmes activités, ni les mêmes goûts. Ni la même montre. Au bar des Sports, Mick et les collègues avalaient leur petit noir sur le pouce dès potron-minet. À 7 h 15, ils étaient déjà sur la route. Jess passait à 8 h 30, après sa tournée, avant de rempiler à l'auto-école. Ceux du clavier se pointaient rarement avant 10 heures, sauf s'ils avaient des gosses à l'école. Et encore, certains préféraient les scolariser à Montessori, sur Viouse. Jess avait regardé les tarifs par curiosité, ça lui avait troué le cul.

« OK, bah du coup on fait quoi si chaque fois que j'te propose un truc, t'y crois pas ? s'énerva Jess à la fin du dîner. On reste là, québlo dans cette loc de merde à éternuer du matin au soir et à mettre en danger la santé de notre gosse ? »

Elle aurait voulu garder son calme, mais elle n'avait pas pu s'empêcher de hausser le ton. Les larmes lui montaient aux yeux. Elle détestait se prendre la tête avec Mick. Mais il n'y avait pas pire sensation que celle-là : n'y rien pouvoir. N'avoir même plus prise sur son lieu de vie. Savoir qu'on aurait beau faire le max, se présenter sous son meilleur jour, être au taquet, au fond on n'aurait jamais les cartes en main. On ne pouvait qu'attendre et dépendre.

Dans de tels moments, Jess avait besoin de sentir qu'ils étaient deux. Une team. Solides. Partager la charge d'impuissance et d'espoir. Se remotiver. C'est à ça que ça sert un couple, non ? Mais Mick était défaitiste par nature. Et elle probablement trop optimiste, ascendant pigeonne. Quand il la laissait tomber comme ça, elle partait dans de grands à quoi bon sur le couple qui pouvaient lui tenir toute la soirée et finissaient en général en achats compulsifs sur Vinted.

Ils étaient au moins d'accord sur un point : tout plutôt que les lotissements pavillonnaires entre les Champs-Plaisants et la ZAC. Samira et Pierre venaient d'y emménager. Cuisine avec îlot central, barbecue, trampoline pour la petite. Sauf que les carrés de gazon devaient faire la taille d'un tapis de douche, on pouvait passer le sel aux voisins par-dessus le grillage. Paraît que c'était la nouvelle loi pour le climat, que même les maires devaient arrêter de délivrer des permis de construire à tort et à travers : désormais, fallait se serrer la ceinture. Qu'on leur indique directement le formulaire Cerfa pour un nouveau monde ! Tant mieux si Samira et Pierre étaient heureux, mais les maisons en carton-pâte et les murs en polystyrène, Mick avait assez donné, aux Champs-Plaisants, avec ses darons. Pas les barres de la Villeneuve ou de la Courneuve qu'on voit à la télé, faut pas croire. Une cité des champs ordinaires, ne faisant jamais parler d'elle : cinq lots d'immeubles de quatre étages donnant sur les montagnes, des odeurs de bacalhau à Brás et de chorba s'échappant des fenêtres, les vieux tenant la place de la fontaine, les jeunes des cages d'escalier, les femmes des fourneaux. Jamais de poubelles qui brûlent. À ce compte-là, autant rester dans leur passoire du centre-bourg. Ils ne demandaient pas la lune, juste un bout d'horizon sans vis-à-vis.

Jess devait trouver un moyen de parler aux parents de Constance. Après tout, Béatrice et Jacques l'avaient vue grandir et savaient la place que sa mère et elle avaient occupée auprès de Simone. Elle décida de laisser passer une ou deux semaines, pour respecter le temps du deuil.

9

Est-ce qu'elle hallucine ? Ce serait possible, vu son déficit de sommeil. L'histoire de la baraque de Simone la travaille. Elle sait pas comment s'y prendre. Et puis Simone lui manque, c'est vénère. Personne lui avait autant manqué depuis Constance, à l'époque. Elle rêve pas. C'est bien elle, justement, devant l'auto-école. Constance. Elle reconnaîtrait sa silhouette entre mille. Cette façon de se tenir au-dessus des autres, comme sur un promontoire, semblant dire *J'ai pas que ça à foutre, je fais que passer*. La tête et la poitrine hautes, l'air revenu de tout, et cette impatience sous le pied, pas loin de l'exaspération. Qu'est-ce qu'elle fout là ? Elle est pas encore remontée à Paris ? Et ses émissions ? Lui revient alors son affreux cauchemar de la nuit : Constance et elle devenues siamoises, condamnées à partager leurs jambes et leur tronc sans plus vouloir s'adresser la parole ni s'accorder sur la direction à prendre. À la fin, chacune tirait tellement fort de son côté qu'elles se déchiraient.

Qu'est-ce que Jess vient faire ici ? se demande Constance à son tour. Pour quelqu'un qui voulait rester discret, c'est loupé. Elle repense au cadre trouvé dans le grenier de Simone. Les voici désormais nez à nez. On dirait qu'elles ont treize ans. Gourdes tout pareil. Ne sachant où ranger leurs corps, leurs jambes par deux, et puis leurs mains. C'était plus simple quand elles étaient gosses et dormaient tête-bêche dans le lit de l'une ou de l'autre, emmêlées sous les draps, qu'elles repliaient pour se faire une queue de sirène.

Il faut bien dire quelque chose. Constance se lance.

« Salut, Jess. Toi aussi tu prends des leçons de conduite ? » hasarde-t-elle, non sans un certain embarras.

Jess la regarde d'un air interloqué.

« Ah non, du tout, moi j'en donne. Je bosse ici. On est trois moniteurs. »

Évidemment. Elle aurait pu deviner.

« Mais toi tu viens vraiment prendre des leçons de conduite ? questionne Jess sans trop y croire.

— Oui. Je me suis inscrite pour passer mon permis. Tant qu'à rester quelque temps… Ce sera moins stressant d'apprendre ici qu'à Paris. J'ai fait mes deux premières heures avec Éric. Là j'ai une leçon à 11 heures. »

Jess blêmit. Elle ne percute pas tout à fait. Quelque temps. Ici. Permis. Ça implique qu'elles vont devoir passer des heures ensemble, serrées dans l'habitacle de la voiture-école. Sauf à ce que ses collègues la prennent en charge. Ce serait compliqué. C'est une petite auto-école, ils ne sont que trois et se partagent tous les élèves ; elle ne se voit pas demander un traitement de faveur. Sans compter que ça bouscule ses plans pour la maison de Simone. Elle n'a pas le temps de penser à tout ça : il est 11 heures, c'est son créneau.

« Bon, ben on va se mettre en route », dit-elle en invitant Constance à s'installer dans le véhicule et à réviser ses réglages.

L'habitacle lui paraît avoir rétréci, soudain. Volant, boîte de vitesses, frein à main, double pédalier sous ses pieds, rétroviseur intérieur à sa droite pour contrôler les regards des élèves. Tout est à sa place, mais rien n'est à l'endroit. Si proche de Constance à nouveau. Dix-sept ans de silence, et les voilà qui se touchent quasiment. Son parfum à la fleur d'oranger. À chacun de ses mouvements un souvenir s'échappe, souffle si familier. On ne peut rien contre la mémoire olfactive, ce n'est pas *comme si c'était* hier, c'est hier au présent, elles piétinent sous l'Airbus, les mêmes Air Max 90, leurs quatre pieds jumeaux dans le même sabot, elles se dorment dessus dans le car, elles parlent, elles parlent, les prénoms de leurs enfants, et les agendas Diddl, et les premiers selfies aguicheurs devant la webcam pour leur Skyblog, et tu crois que Justin va demander Britney en mariage ? Ce parfum la bouleverse.

Dehors il fait un froid de canard, moins cinq degrés ; janvier ne fait jamais les choses à moitié. Pourtant, elle étouffe. La ceinture lui compresse la poitrine. Des heures. Elles vont devoir passer des heures ainsi. À quelques centimètres de peau. À respirer ce même petit cube d'oxygène. Son cauchemar devait être prémonitoire.

« On crève de chaud, non ? » dit-elle en ouvrant sa fenêtre.

Un filet d'air neuf pénètre l'habitacle, glacial et délicieux, qui remet les idées d'équerre. Constance a chaud, elle aussi. Elle stresse, s'applique à vérifier rétroviseurs intérieurs, latéraux, fauteuils, commodos, voyants lumineux sur le tableau de bord. Dehors, une brume pas possible, on n'y voit pas à dix mètres. Certes, y a moins de circulation qu'à Paris, ni SUV ni trottinettes lancées à toute berzingue. En revanche, elle avait sous-estimé le facteur temps de merde. Feux de brouillard, c'est où déjà, à gauche ou à droite ? Elle tourne les bagues rotatives dans tous les sens, c'est pas croyable d'avoir une mémoire de poisson rouge pareille ; trente heures, ça suffira jamais si après deux heures de leçon elle a déjà zappé un détail aussi crucial. Jess risque de la trouver bien pathétique. Le vrai cliché de la Parisienne sans aucun sens pratique. Et puis toujours aussi angoissée, par-dessus le marché. De tous les diplômes inventés pour hiérarchiser les gens, la conduite est celui qui la terrifie le plus. À choisir, elle préférerait repasser son bac ou Sciences Po. Elle ne peut plus reculer. Le forfait trente heures est payé. Non échangeable non remboursable. Ça lui fait quelque chose de retrouver le parfum de lilas de Jess. Il y a tellement de moments dans cette fragrance. Tellement d'heures l'une à l'autre. Le lieu-dit aussi était un habitacle. Un cocon. Au-delà, le vaste monde épris de vitesse.

« On va aller sur une petite route peu fréquentée pour réviser les techniques de démarrage, d'arrêt et le contrôle de l'embrayage », annonce Jess.

Constance suit ses indications, les mains bien comme il faut, à 10 h 10 – tenir sa trajectoire. La ceinture lui cisaille le cou. Elle jette un coup d'œil dans le rétroviseur. Solal. Pense-t-il à elle, au moins ? Il n'a pas eu l'air de tomber de sa chaise quand elle lui a parlé de faire un break. L'appart est à lui, de toute façon. Un grand appart haussmannien dans lequel il semble venir d'emménager. Une planque, aride et bancale. Meubles abîmés, bibliothèque trouée, talons infidèles dans les placards. Il n'a jamais tenté de lui y faire une place. Il y organise des fêtes pour être consolé, racle les fonds de répertoires pour se faire croire. C'est comme ça qu'il l'a eue. Il n'a pas non plus demandé : *Comment tu vas, ton deuil, ton bled ?* Solal se fiche de savoir plus loin que lui-même. Il était pressé ; elle entendait derrière lui la circulation et les ambitions. Elle s'était sentie loin. Jetable. Ça allait couper. Ça va toujours couper, avec lui. Elle l'aimait, croyait-elle. Lui ne l'a jamais rencontrée, tout compte fait. Depuis quelques jours, elle apprend à n'être plus ni vue, ni sue, ni likée, ni partagée. Pour montrer quoi, après tout ?

« On reste sur la voie de droite. On va prendre la prochaine à droite. On n'oublie pas le clignotant. »

Jess a immobilisé la 206 au milieu de la route pour montrer la manœuvre à Constance. Elles sont seules au monde dans ce décor ras de champs pelés et de givre, la voiture grise engloutie par la brume. Constance cherche la frontière du brouillard. Difficile d'imaginer que, dans six mois, ces mêmes terres seront couvertes d'un essaim de tournesols racolant le soleil.

Jess se sent conne à expliquer à une meuf qui passe à la télé comment débrayer. Il y a un décalage. Qu'est-ce que peut bien se dire Constance ? Jess doit lui faire de la peine, miskina. Elle qui n'a jamais quitté son coin, jamais éprouvé le désir d'aller voir ni plus haut ni plus loin. Le truc c'est qu'ici, elle est bien. Elle ne voit rien de plus urgent qu'être aux siens. Elle a besoin de les savoir à portée de pédales, de pouvoir se rendre disponible, sans quoi elle angoisse. Y a pas de mal à ça, non ? Constance doit trouver que c'est du gâchis, ce surplace. La société aime tellement le mouvement, les propulsions, les grandes vitesses. C'est sûr que monitrice d'auto-école au Valfroid, c'est moins sexy que soprano à l'Opéra. Les gens de Paris voient les choses comme ça. À sens unique. Dans le sens qui monte à eux, qui regarde vers eux. Jamais celui qui s'en retourne ou qui s'en branle. Ils sont le soleil ; le reste de la France, les tournesols.

Elle le sait qu'aux yeux des Parisiens les ploucs dans son genre mènent des vies dommages. Depuis l'école, on leur apprend à se penser *par rapport à* la ville, *par défaut* de l'urbain, comme si leurs contrées enfouies ne pouvaient pas être une fin. Parfois, elle s'amuse à imaginer l'inverse : des gosses nés intramoulures qui grandiraient en apprenant que, pour réussir, il leur faudra s'arracher à leur centre-ville et aller dans l'Ain, en Seine-Saint-Denis ou à Mayotte. Une société où les jeunes Parisiens soient complexés de n'être représentés nulle part.

Elle n'ose pas avouer à Constance qu'elle assure aussi le ramassage scolaire. Un bon complément de salaire. Quatre cent cinquante euros nets par mois en moyenne. Ça va pas chercher loin, mais ajouté à son Smic à l'auto-école, c'est correct. Et puis, par ici, on fait pas la fine bouche. Faut savoir prendre ce qui se présente. « Traverser la rue », dirait l'autre blaireau en chef. Comme si le boulot se trouvait sous le sabot d'un cheval. C'était pas la rue qu'elle avait traversée, c'étaient toutes les départementales du coin. En long, en large et en travers. Chaque mission d'intérim que lui avait refilée Adecco, elle l'avait acceptée : les étés au camping du lac de Paladru, préparatrice de commandes chez Noz, équipière polyvalente chez McDo, hôtesse de caisse à Gamm Vert, agente d'accueil chez Bodysport... Les noms de poste varient, parce qu'on ne peut plus dire *ouvrier à la chaîne*. Dans le fond, il s'agit toujours de répéter les mêmes gestes sept heures d'affilée, jusqu'à l'inaptitude ou au cancer. Sauf qu'on n'est plus syndiqué pour en avoir conscience. Tricards au carré.

Qu'importe, chez les Guyot, le travail, c'est sacré. Jess se fait une fierté d'avoir tous ses trimestres cotisés depuis son bac pro. Elle entend encore son père s'emporter contre les payés-à-rien-foutre – catégorie extensible dans laquelle il incluait les fonctionnaires comme les parents de Constance, les intermittents du spectacle et autres *assistés* accusés de profiter indûment des aides de la France. Sans parler des médias et des politiques, là-haut, *ces nantis qui pètent dans la soie et se gavent avec l'argent du contribuable. Toujours les mêmes qui crachent au bassinet*. C'est vrai que ça fout les boules, parfois, de voir que ça tombe tout cru pour certains.

Jess regarde Constance dans le petit rétroviseur latéral droit et se demande soudain combien elle peut être payée. Trop, certainement. Sans compter qu'à tous les coups elle doit être entretenue par un guignol encore mieux payé qu'elle, du genre à se balader en costard Hugo Boss et à la régaler partout. Quand elle pense que la proposition de

Mme Roulier, de l'embaucher comme monitrice, lui avait fait l'effet d'une promotion. C'était la première fois qu'on venait la chercher, elle, en son nom propre et au complet. Formation prise en charge par l'État, boulot à deux pas de chez elle, Smic horaire, pas de frais d'essence, mutuelle, tickets resto. La belle vie. Elle avait payé sa tournée au bar des Sports. Ils avaient fini à 4 heures du mat' debout sur le comptoir à chanter *Gravé dans la roche*, *Femme like U* et *Sobri*. À part la baraque, Jess n'aurait rien changé à sa vie.

Mais se voir à travers les yeux de Constance, c'est une autre affaire. Elle perçoit tout ce qu'elle n'a pas *exploité*. Son existence moyenne, amateure et pépère. Pourquoi le talent n'aurait-il que deux possibilités, être *exploité* ou bien *gâché* ? Simone avait raison : y a des mots comme ça qui n'ont rien demandé et qui se retrouvent mariés de force à des idées. Le talent ne se *profite* pas, ne se *déguste* pas, il s'*exploite*. Mais pour *capitaliser* sur quelque chose, encore faut-il en avoir l'idée, savoir comment s'y prendre.

Elle tente de se concentrer sur la leçon. C'est elle la prof. Elle doit assurer.

« Allez, vas-y, pousse la troisième un petit peu, encore, accélère, allez on passe la quatrième. T'as pas lâché l'accélérateur.

— Ah oui…

— C'est pas grave, c'est en faisant des erreurs qu'on apprend. Donc là, normalement, ce que t'aurais dû faire, c'est de relâcher totalement ton accélérateur pour pouvoir appuyer après sur l'embrayage. Tu vas rester en quatrième vitesse et stabiliser l'allure pour l'instant. »

Constance transpire fort. Sous les aisselles, entre les cuisses, les seins, sur les paumes. Elle n'avait pas transpiré comme ça depuis ses premiers *dates* avec des pélos sortis de Stanislas ou de l'École alsacienne – si elle avait su, elle aurait perdu moins de temps à se laisser impressionner. Lâcher le volant pour passer les vitesses lui coûte. Elle craint que Jess ne remarque les traces de sueur qu'elle y laisse. Qu'elle sente l'odeur de son angoisse.

Elle repense à ses parents quand ils descendaient à Grenoble. À l'arrière, elle voyait tout. Les yeux de son père dans le rétroviseur, ses mains cramponnées à 10 h 10 et puis son front. Son front, tout bourrelé d'angoisse. À l'extérieur, ça klaxonnait. Des voitures hautes et sûres qui connaissaient l'agglomération, elles – ses marteaux-piqueurs et ses déviations, ses écoquartiers et ses futures lignes de tram. Sa mère refusait d'y conduire. Elle n'aurait pas su. Elle ne conduisait que sa Twingo. La petite voiture. Les petits trajets. L'expédition se préparait autant qu'elle s'espérait. Vivre *à chaille*, c'est toute une logistique. Sa mère lui accordait un passage chez Jennyfer. Des mois durant, elle trépignait. Et tout à coup c'était trop. Trop la musique, trop les lumières, trop les Grenobloises ; leurs cuisses affûtées comme des ciseaux, leurs gestes experts. Le tournis. Elle avait honte d'elle et de sa mère, de leurs doudounes nouées autour de la taille, de leur sac à dos Quechua. Dans la cabine, sous les méchants néons, c'était terrible. Elle crevait de chaud et de dégoût. Sa mère disait *Ton père va nous attendre, montre-moi*. Elle laissait tout en plan. Elle voulait rentrer.

« T'entends le moteur qui fait un bruit de tracteur, là ? demande Jess. Ça veut dire que t'es en surrégime et que tu dois pouvoir passer la cinquième. »

Constance entend, oui, mais elle ne comprend pas. Blocage total. Il faut avoir les yeux et la tête partout à la fois, regarder devant, derrière, sur les côtés, dans les angles morts, sur les panneaux ; anticiper les autres, leurs accélérations, leurs dépassements ; respecter le Code de la route. Elle essaie de chasser sa peur irrationnelle de donner un mauvais coup de volant.

À l'antenne, c'est pareil : une peur absurde de se mettre à gueuler leurs quatre vérités aux invités. La maîtrise de soi est le truc le plus dur qu'elle connaisse. Jess doit la trouver tellement nulle. Surtout, elle doit halluciner : la meuf fait du direct à la télé et n'est même pas foutue de passer des vitesses. Et puis qu'est-ce qu'elle doit penser en voyant ses cuisses étalées sur le fauteuil ? Des steaks Charal. Elle a beau aller à la salle, son poids, elle l'a toujours pris là – des fois que ça se répartisse harmonieusement. La cellulite, c'est comme les emmerdes : tout en même temps, au même endroit. Le sport ne pourra jamais rien contre la foutue génétique.

Son regard est prisonnier de la route ; Jess, elle, a les yeux libres. Elle peut les laisser traîner partout, retourner l'habitacle. Elle ne remarque pas les cuisses de Constance, ni sa sueur, ni même ses premières rides aux commissures des yeux – elle a les mêmes. Son attention est à nouveau attirée par le détail des fringues : la qualité des tissus, des lunettes, les marques qu'elle ne connaît pas… Elle joue à deviner les prix. Ce soir, elle ira voir sur Internet. Elle découvrira que le pull en mérinos que Constance portait aujourd'hui équivaut à trois pleins d'essence.

« Tu vas doucement rétrograder en troisième pour sentir le frein moteur », indique Jess en mimant la manœuvre.

Leurs mains se frôlent au-dessus du levier de vitesses, qu'elles retirent aussitôt. Comme si elles venaient de se brûler.

10

« Simone aussi en avait après les ronds-points, tu sais. »

Constance ne savait pas, non, mais ça lui faisait du bien que Jess le lui dise. Elle en était à sa huitième heure de conduite, et elle venait de rater lamentablement l'insertion sur les trois carrefours giratoires menant à la ZAC. Jess avait pourtant pris trois plombes pour lui expliquer, à grand renfort de schémas, les secrets de cette spécificité française – et comment ne pas confondre rond-point et carrefour à sens giratoire. Constance avait fait à peu près tout l'inverse. Elle s'était insérée tête la première, le regard raide, incapable de dire quelle vitesse était enclenchée. Kamikaze. Manque de pot, un poids lourd avait surgi sur la gauche. Jess avait dû freiner sec et donner un coup de volant à droite pour éviter l'accident. Ça va qu'il n'y avait personne derrière elles. Constance en avait encore les mains moites et le cœur tremblant.

« C'est pas grave, respire, reprends tes esprits, ce sont des choses qui arrivent, tenta Jess. Je te le répète pour la prochaine fois : le regard mobile, la zone de danger avant la prise de décision, on dose son frein pour sentir si on peut se laisser glisser en seconde, s'il faut repasser en première ou s'arrêter. Et en cas de doute, mieux vaut marquer l'arrêt, puis repartir tranquillement. Ne jamais t'insérer si tu vois qu'il y a un véhicule déjà engagé dans la zone de danger. »

Constance hochait la tête et reniflait, penaude, comme une enfant qui aurait fait une bêtise.

« J'suis un vrai danger public, ça me désespère. Je vois pas du tout comment je vais pouvoir le décrocher, ce permis.

— Écoute, pour l'instant, on en est pas là. Et puis Simone était un peu comme toi, du genre à foncer pied au plancher sans regarder autour et en oubliant de mettre son clignotant », dit Jess en se marrant.

Elle se mit à raconter à Constance. Quand, il y a quelques années, Simone avait décidé de reprendre des leçons de conduite. C'était histoire de se sentir plus en confiance au volant après la mort de son Robert. Faut dire que le Code de la route avait pas mal changé depuis le temps. Des nationales avaient été rétrogradées en départementales, la ceinture était devenue obligatoire même à l'arrière, le taux d'alcool autorisé s'était réduit à peau de chagrin, et Chirac avait mis en place des radars automatiques. Dans sa petite Panda 4 × 4 rouge, Simone avait l'impression de rouler à l'envers. Surtout, les ronds-points avaient poussé comme des champignons. Simone les appelait des tourniquets. Tu parles d'un manège ! *Après, faut pas s'étonner que ce pays tourne pas rond*, elle disait. Si encore ils avaient été beaux. Mais Simone les jugeait épouvantables, plantés de cyprès et de cette affreuse tour Eiffel rouillée indiquant Paris > 600 kilomètres. *Y veulent pas nous y ajouter la Joconde aussi ! Y z'iont pas fait les beaux-arts, ceux-là.* Elle avait rétorqué la même chose au moment du passage à l'euro : remplacer des grands hommes par des ponts ou des portes censés évoquer l'unité européenne, non mais on aura tout vu ! Autant y mettre des ronds-points tant qu'à y être ! Jess, elle, leur trouvait quelque chose d'attachant, de même qu'aux abribus. De ces non-lieux à portée de tous, supports de revendications, avec leurs petites sculptures en ferraille et leurs banderoles : *École en danger – Nos enfants ne sont pas des moutons, Vends classe de CP-CE1 sur LeBonCoin*, ou *Recrute conducteur de car scolaire, un complément d'activité*. On y voyait parfois des demandes en mariage ou des déclarations d'amour. *Franchement*, rouspétait Simone. C'est plus le Code de la route, c'est les petites annonces. Paraît que la France en est championne mondiale. Plus de ronds-points que de variétés de fromage. Si le général De Gaulle avait vu ça ! Comme si la vie ne jouait pas assez de tours. C'était à se faire des torticolis cette histoire. Sans parler des panneaux publicitaires en veux-tu en voilà. Simone aurait préféré des panneaux stop bien francs ou des feux tricolores. Là, au moins, on savait pourquoi on patientait, et quand c'était son tour on pouvait y aller plein pot.

Le pire, c'est qu'une fois insérée dans le rond-point, elle se flanquait pile au milieu, à cheval sur les deux anneaux, ça bloquait tout le monde des deux côtés, elle refusait de lâcher son volant pour passer la seconde. Ça klaxonnait partout autour, mais elle s'en foutait comme de sa première chaussette. Simone restait imperturbable, sa petite tête dépassant à peine, si bien que les automobilistes ne devaient voir que son indéfrisable aux reflets mauves. Jess lui avait quand même installé un coussin rehausseur.

« Et puis gare à qui s'autorisait à lui sucer la roue ! Fallait la voir taper de la main sur le tableau de bord : "Eh, ils s'croient où, là ? On n'est pas aux autos tamponneuses !" »

Cette imitation les fit rire toutes les deux. Un rire à l'étroit, exigu, mais tout de même. Depuis quand n'avaient-elles pas ri l'une contre l'autre ? Simone se serait marrée, elle aussi. La vieille dame se tenait là, au milieu d'elles. Elles sentirent quelque chose se desserrer dans leur poitrine.

La seule fois où Simone avait trouvé le rond-point de la ZAC sympathique, c'était durant l'hiver 2018-2019. Ça lui rappelait le Front populaire, quand, petiote, elle manifestait sur les épaules de son père. Faut dire qu'on n'avait pas connu pareil barouf depuis des lustres. Tout le Valfroid en était, ou presque. Les agris, les artisans, les gratte-papiers, les élus. Même les condés venaient se réchauffer les mains autour du brasero et d'un vin chaud. Ambiance foire de Beaucroissant, les bêtes et les diseuses de bonne aventure en moins. Simone passait quasiment tous les jours avec son pliant, son panier et son plaid. Qu'elle n'avait pas été sa joie d'assister au guillotinage de la tour Eiffel à la scie. *Bon débarras Paris !* Simone venait raconter des histoires de naguère. Non pas qu'elle fût du genre nostalgique, plutôt qu'elle avait à cœur de transmettre l'avant. Avant les tourniquets quand il n'y avait que des emblavures et des garennes à l'horizon. Avant Auchan, McDo et les parkings à qui mieux mieux. Avant le baron McKinsey, ainsi qu'elle surnommait l'actuel chef de l'État.

Ah ça, on peut pas dire qu'elle le portait dans son cœur, celui-là. Dieu sait si elle en avait connu, pourtant, des bonimenteurs. Un siècle d'existence, ça vous laisse le temps de comparer. Mais des comme ça, qui se croient sortis de la cuisse de Jupiter, sans attaches ni reliefs, partis de nulle part, ne s'adressant à personne ! Alors, d'accord, ils mentent tous comme des arracheurs de dents, mais au moins ses prédécesseurs le faisaient-ils depuis quelque part. Que celui-là, pas la moindre trace d'accent, on aurait même pas su dire son fromage préféré. Il manquait de chair. *Agile*, *licorne*, *start-up*, *disruption* : Simone n'y comprenait rien, à tout son charabia lyophilisé. Même ses mots semblaient en orbite.

Quand Jess y repense… Le mal de chien qu'elle s'était donné pour lui écrire, à l'époque. Et en plus, elle y avait cru. Elle l'avait imaginé, le président en personne, avec ses vraies mains, ses vrais yeux, assis dans son fauteuil Starck sur son vrai cul, plongé dans la lecture des cahiers de doléances, dans le salon doré qu'on voit à la télé. Il aurait veillé jusqu'à tard, en bras de chemise, sous sa lampe de designer en cuivre martelé ; il aurait été tour à tour surpris, ému, amusé. Il aurait desserré sa cravate, envoyé valdinguer ses chaussures et ses faux-semblants. Il aurait ri, peut-être même qu'il aurait transpiré. Là, sous le mobilier national, il aurait été un vrai bonhomme avec un bide, des poils et des frissons.

Elle s'était appliquée à tourner ses phrases, à tracer ses lettres, les pleins et les déliés. On n'a plus tellement l'occasion d'écrire à la main. Encore moins d'être lu. Elle lui avait donné du « Monsieur le Président » à chaque début de paragraphe. Elle n'était pas du genre à chouiner. Ni à manger dans la main. Elle voulait juste qu'il sache ce que ça *fait* à l'intérieur. Ce que ça fait d'accoucher dans un camion de pompiers, au bord d'une départementale, par moins sept degrés, parce que la maternité du petit hôpital a fermé. Ce que ça fait de se cogner quarante-cinq minutes de bagnole pour donner la vie ou espérer la garder. Ce que ça fait de se demander comment on va se rendre au boulot, quand la caisse est tombée en carafe, et que la petite ligne de train ne circule plus. Ce que ça fait de mettre son corps au travers d'une école, d'une voie ferrée, d'un rond-point pour essayer de préserver son droit à exister à cet endroit non référencé. Et la trace que laisse au fond du ventre, amère, le diagnostic tardif d'un cancer. Et l'allocation non touchée, parce que plus personne pour nous expliquer. Et on s'inquiétait de leurs votes ? Mais parlait-on seulement des leurs, là-haut, dans le velours rouge des palais ? Ceux qui, de projet de loi en proposition, défont, détruisent, démantèlent, avaient-ils idée des rages qui marinent dans la saumure des poitrines ? Jess voulait lui dire : on ne reconditionne pas les colères comme des MacBook. Ça fait bien longtemps qu'on n'attend plus rien d'eux. Sinon qu'ils leur foutent la paix. Même ça, c'était visiblement trop leur demander. Il fallait encore qu'on vienne les faire chier avec des sens interdits et des traçabilités. Ce n'était pas seulement leur vitesse, qu'on limitait, c'était leur accès. Leurs possibilités, leurs plaisirs, leur retraite, leurs prétentions.

Manque de pot, l'histoire se fait toujours à Paris. La cathédrale Notre-Dame avait brûlé pile le jour où McKinsey était censé recauser des cahiers. On n'en avait plus entendu parler. Cahiers de déchéance. Jess n'avait aucune idée d'où ils pouvaient se trouver. Aux archives, paraît-il. Ou bien servant de butée de porte dans de vieilles mairies croulant sous la paperasse jaunie. Quelques élus ferraillaient pour les rendre publics. Mais la priorité nationale était ailleurs : le chef de l'État s'était donné cinq ans pour ressusciter Notre-Dame. La confiance des Français, elle, attendrait. Leurs petites églises en péril aussi. Qu'importe. Cet hiver-là, Jess s'était découvert une force qu'elle ignorait jusqu'alors.

Constance la tira de ses pensées :

« Elle devait vachement tenir à son permis, alors, pour reprendre des leçons de conduite ?

— Ah ça… C'était la prunelle de ses yeux, avec sa carte électorale. »

Elles roulaient désormais tranquillement sur une départementale déserte, plus propice aux souvenirs.

« Du jour où elle a perdu Robert, Simone a compris que son indépendance tenait dans ce bout de papier rose et sa retraite d'institutrice. Elle y était aussi attachée qu'à son adresse. »

D'ailleurs, elle avait été très chagrinée par une nouvelle loi obligeant les petites communes à numériser toutes leurs adresses avec un nom et un numéro pour chacune de leurs voies. Ce truc-là avait un vilain nom : l'adressage. Et une conséquence fâcheuse : faire disparaître le nom des hameaux et lieux-dits des adresses postales, ces dernières ne pouvant dépasser trois lignes. Tu parles d'une histoire ! Soi-disant que la géolocalisation était une nécessité pour les livreurs, les facteurs et les pompiers, qui sinon s'y perdaient. *Penses-tu !* rouspétait Simone. C'était surtout que les gens ne se connaissaient plus, travaillaient de plus en plus loin, et que les pauvres facteurs devaient réapprendre une nouvelle tournée tous les quatre matins. Comment voulait-on qu'ils mémorisent tout ça ? Elle le voyait bien avec Yanis, toujours à courir après la montre. Du temps de son Robert, c'était différent. Le facteur connaissait sa tournée mieux qu'un GPS. Il avait ses maisons – celle du coup de rouge, celle du casse-croûte. Puis fallait voir ce que cette affaire causait comme tracas à Raymonde et à Brigitte en mairie.

« Mais attends, ça veut dire que "Grand-Mollard" et "Petit-Mollard" vont disparaître des adresses ? » interrogea Constance.

L'air de rien, ça ne la laissait pas indifférente. Malgré tous les foutages de gueule que l'une et l'autre avaient essuyé à cause de ce toponyme glaireux, il demeurait sentimental. C'était leur adresse commune. Un patrimoine, au même titre que la chapelle et le lavoir. Celle qu'elles inscrivaient au dos des cartes postales de dauphins postées dans la boîte aux lettres de l'autre, au bout du chemin, sans être parties nulle part, sans timbre, pour la simple joie d'entendre *T'as du courrier*. C'était triste, de ne plus s'envoyer de cartes postales, songea-t-elle alors.

« Pas question qu'ils enlèvent nos panneaux, en tout cas », ajouta-t-elle.

Elle était attachée à ces traits d'union en noir et blanc, comme des sous-titres qui attestent que des vies, par ici, sont menées ; le lieu est *dit*, dit et vécu, pour les siècles des siècles.

Jess fut surprise que cette histoire de toponymie lui tienne à cœur. Depuis le temps qu'elle vivait plus là. Ça lui fit quelque chose qu'elle dise *nos* panneaux. Elles se turent un instant.

« Tu te rappelles la chanson ? lâcha soudain Constance. *Ra petits petons* ? »

Et elle se mit à l'entonner sur la note *do*.

Si Jess se souvenait. Combien de fois leur avait-on fait chanter cette variante de *Un kilomètre à pied* ? À croire qu'on voulait les préparer à piétiner. Elles rirent à nouveau de ce souvenir. Tout ce que, de leurs trajectoires, il pouvait contenir.

La portion de nationale 50 sur laquelle elles se trouvaient avait été refaite, douce sous les pédales. L'enrobé scintillait, rutilant, pareil à du cirage. On aurait pu caresser les nuages bas de cette fin janvier. Quelques rayons maladroits se faufilaient dans l'échancrure de la Grande Sure. Constance savourait ces rares moments où la route découvre son jeu, filante et dégagée. Elle savourait aussi tout ce qui lui signalait une décontraction de son corps – mâchoire relâchée, regard souple, cervicales légères. Elle commençait à acquérir quelques réflexes et à oser davantage. Au fond, c'était probablement ce qui l'avait poussée à passer son permis. Ce goût qu'elle cultivait pour l'effort – et, d'une certaine manière, la douleur qu'il contient. D'aucuns auraient trouvé ça complètement maso. Mais elle était comme ça, Constance : elle avait besoin d'en baver pour se sentir exister. Elle avait confiance. Tâtonner, s'entêter avait toujours produit chez elle des dessillements, débouché sur des horizons insoupçonnés d'elle-même. En ça, son prénom lui correspondait bien.

Elle se revoyait, seule dans sa chambre de bonne, au dernier étage sans ascenseur d'un immeuble du Ve arrondissement. Elle venait d'intégrer Sciences Po. Elle y laissait sa peau. Des heures et des heures attablée avec son acné, ses insuffisances, ses illusions de plouc finie, à chialer d'impuissance. Le téléphone qu'elle ne décrochait plus, les dix-huit ans de Jess qu'elle avait zappés, tous les messages restés sans réponse… Le monde à rattraper était si vaste qu'elle n'avait plus le temps d'exister. Elle avait eu moins de mal à mémoriser le Code constitutionnel que tous les autres ; ceux, tapis, embusqués, qui ne sont écrits nulle part : les vêtements, les façons, les mots, les gestes, les endroits. Ceux qui ne s'acquièrent qu'à force d'observation et d'obstination. C'est ainsi qu'elle était devenue boulimique de détails. Dix-sept ans qu'elle vivait comme ça. Sur la brèche. Pas étonnant qu'elle ait fini par couler une bielle.

« Dans cinq cents mètres, il y aura un stop, reprit Jess. Attention à bien t'arrêter en seconde : si tu glisses la première avant l'arrêt, tu seras tentée de repartir sans marquer le stop. Et c'est moins quatre points au permis fissa. Après, on prendra à gauche sur la D400 pour revenir au Valfroid. »

Elle se demanda alors si le moment n'était pas bien choisi pour tâter le terrain concernant la maison de Simone. Constance devait bien savoir si ses parents comptaient vendre. Et si oui, quand. Le sujet n'était pas facile à amener. Elle avait peur de sa réaction, peur que les Debord la jugent âpre au gain et irrespectueuse. Simone était morte il y a un mois. C'était peut-être encore trop tôt.

L'avant-veille, Mick et elle s'étaient encore pris un râteau de la meuf de l'agence. *Merci pour votre intérêt, Jessica, mais votre dossier n'a pas été retenu.* D'où elle l'appelait Jessica et pas Mme Guyot, déjà ? Jess n'en pouvait plus de sa voix de conseillère d'orientation. Toujours à leur faire miroiter des trucs pour la leur mettre à l'envers. Mick avait peut-être pas tort : ils n'avaient qu'à se trouver un terrain et construire eux-mêmes. En même temps, si c'était pour vivre serrés comme des sardines, ça valait pas le coup.

Elle tournait ses phrases dans tous les sens sans oser se lancer. D'autant que Constance vivait dans la maison pour l'instant. Trois mois d'arrêt maladie. Ni elle ni Mick ne s'étaient jamais arrêtés. Les maisons, ça se construit pas en télétravail, comme dit Mick. Et les gosses, ils feraient comment pour aller à l'école ? Y a que les gens du clavier qui peuvent se permettre ça. Tous ceux-là qui *cherchent le sens*. C'est bien la peine de se casser le cul à faire cent ans d'études si à la fin tu sais toujours pas ce que tu fous sur terre. En ce qui la concernait, les seules choses qu'elle passait son temps à chercher étaient son chargeur de téléphone, le doudou de Lyana et la raclette du pare-brise. Si Constance voulait se rendre utile, elle n'avait qu'à devenir conductrice de car, pompier volontaire ou aide à domicile, tiens. C'est pas les occupations qui manquent, par ici. D'ailleurs, Jess se demandait à quoi pouvait bien ressembler la vie de Constance pour qu'elle s'accorde trois mois d'arrêt comme ça, loin de chez elle. Une chose était sûre : elle devait pas avoir de gosse. Pas de mec non plus, visiblement. C'était assez triste, somme toute. Jess n'osait pas poser de questions, et Constance n'en posait pas davantage. Les années et les silences pesaient encore trop fort.

De retour au Valfroid, elles croisèrent Raymonde Serpolet au volant de son C15. Elle n'était pas attachée, sinon par son écharpe tricolore, Nonna sur le siège passager. Jess lui fit un signe de la main pour la rappeler à l'ordre. Les prochaines élections avaient lieu dans quelques semaines, en mars, et Raymonde était déjà par monts et par vaux.

Constance eut alors envie de parler à Jess du projet qui lui trottait dans la tête depuis un moment et dont elle s'était ouverte à Raymonde. Elle se retint. C'était trop tôt. Pas assez mûr. Elle s'était étonnée de l'enthousiasme que lui avait immédiatement témoigné la maire du Valfroid. Ça la changeait de Paris. Là-haut, on se montrait revenu de tout. C'était même le premier truc que les provinciaux s'empressaient de gommer : mélodie des accents et jovialité. Mais Raymonde se foutait bien de ces conventions jacobines. Elle s'était tout de suite exclamée, avec force moulinets de bras : *C'est pas croyable ! Formidable, formidable !*

L'idée lui était venue à force de nuits d'insomnie à passer en revue les bibelots et les canevas de Simone. Puisque ses parents n'étaient pas encore prêts à vendre, puisqu'ils voulaient conserver la ferme du Valfroid *en attendant*, pourquoi ne pas essayer de lui offrir une seconde vie, pour prolonger Simone ? Constance voulait essayer d'en faire une sorte de tiers-lieu de création. C'était la grande mode, les tiers-lieux. Un nom branchouille traduit de l'anglais pour désigner ni plus ni moins que des espaces d'activités à mi-chemin entre le lieu de travail et le domicile. Caractéristique d'une tendance de l'époque : les nouveaux ruraux aimaient à se réapproprier des lieux et des usages en les remarketant. Ils avaient ainsi l'impression de détenir un concept innovant, là où les *déjàlà* n'avaient simplement pas eu l'idée de capitaliser sur leurs savoir-faire. D'autant que l'État, qui se foutait bien des centres sociaux vétustes et des collèges prenant l'eau, subventionnait sans se faire prier ces lieux *hybrides*, convaincu de leur potentiel de *redynamisation*. De tout ça, Constance n'avait pas conscience. Elle imaginait un espace à la croisée des élans où pourraient se rencontrer documentaristes, photographes, écrivains, metteurs en scène, web designers, architectes, urbanistes… Un espace où elle-même trouverait à se reconvertir facilement, le cas échéant. Elle pouvait déjà penser à un tas d'amis qui adoreraient venir se poser ici, à l'abri du tumulte parisien. Elle avait même des idées de nom : *Le tiers-lieu-dit*, *Le lieu-DIY* ou encore *Le Simone's*.

Cette seule perspective lui faisait vachement de bien. Ça desserrait l'étau de Paris, de la télé et de Solal. Mais elle ne tardait pas à se dégonfler : c'était un projet irréaliste et fantasque. Elle ne saurait jamais par quel bout le prendre. Et puis elle était Constance Debord ; elle avait un nom, un visage, des obligations, elle n'allait pas tout plaquer comme ça. Raymonde, au contraire, était très emballée. Autant elle en avait après ces machins-choses comme le camping-car France Services et les distributeurs de baguettes, autant un espace de création porté par une enfant du pays ne pouvait être qu'un plus. Et quelle belle réhabilitation pour la maison de Simone ! Avec ce cadre exceptionnel, les artistes se presseraient. De surcroît, Constance était connue. Cela leur attirerait de nouveaux habitants. Les possibles retombées économiques n'étaient pas négligeables pour un bourg de la taille du Valfroid. Raymonde avait tout de suite perçu le potentiel mobilisateur d'un tel projet à la veille des élections. Surtout face au père Langret. Celui-là n'avait rien trouvé de mieux à foutre que de se présenter en premier opposant, avec pour principal leitmotiv *c'était mieux avant* et *on marche sur la tête* : un monde en vase clos, dominé par les hommes, refermé sur lui-même.

En plus, le Valfroid était désormais intégralement couvert par la fibre, hameaux compris. Dieu sait si Raymonde s'était donné du mal. Il avait fallu batailler auprès des opérateurs, peu pressés d'équiper des espaces si peu rentables. Voilà autre chose qu'elle pourrait ajouter à son bilan. N'en déplaise aux quelques électrosensibles que Langret avait tenté de monter contre elle. Langret-tout-fout-l'camp ne loupait aucune occasion de l'emmerder, procédurier à faire peur, capable d'exhumer des articles du Code rural et de décortiquer le plan local d'urbanisme pour prouver l'illégalité d'une toilette sèche installée chez des voisins ou d'une *tiny house* érigée sur un terrain non constructible.

« On pourrait faire du lancement de ce projet un axe fort de la fin de mandat », avait suggéré Raymonde.

Constance pouvait en tout cas compter sur le soutien de la mairie et de la ComCom pour le montage du dossier et la recherche de financements en vue des travaux de rénovation. Déjà, l'édile évoquait la possibilité de projections de films dans la grange, de tournages, de soirées débat, de tables rondes… *Attractifs*, il fallait se montrer *attractifs* ; comme de nombreux élus locaux convertis au dogme de la redynamisation des campagnes, Raymonde n'avait que ce mot à la bouche. Constance s'était trouvée prise de court par sa ferveur. Le projet n'était qu'à l'état embryonnaire, elle n'en avait même pas encore touché un mot à ses parents.

Pour l'heure, elle avait assez à faire avec ses leçons de conduite quotidiennes, ses allers-retours à vélo électrique et ses prises de tête à qui mieux mieux. Finalement, c'était beaucoup trop précipité d'en parler à Jess. Surtout, c'eût été se formuler à elle-même quelque chose dont elle n'avait pas encore conscience : elle cherchait un moyen de revenir. Et en touchant les contours de cette pensée, elle eut comme un sourire à voix haute.

11

Jess rentra à la maison à plus de 20 heures ce soir-là. Le point pédagogique avec des parents pour la conduite accompagnée s'était éternisé. Mick avait géré Lyana et préparé le repas. Jess avait une faim de loup, et elle adorait ces soirs où, accueillie par le fumet appétissant d'un plat qui mijote, elle n'avait plus qu'à se mettre les pieds sous la table.

« Ça sent trop bon ! » s'exclama-t-elle, guillerette, en enlevant son manteau et ses chaussures.

La petite lui sauta dans les bras, les cheveux encore humides du bain, dans son pyjama Reine des neiges ; Jess renifla le délicieux parfum de sa tête.

« Orecchiette sauce magique », dit Mick de dos, affairé à touiller.

Le ventre de Jess gargouilla de plus belle. Son mec avait deux bottes secrètes : la faire rire et la régaler – à table mais pas que. Par conséquent, Jess savait que même ses pires journées se termineraient avec un bon petit plat aux saveurs de l'Italie

– voire une partie de jambes en l'air s'ils n'étaient pas trop vannés. Les copains kiffaient venir bouffer chez eux. C'était le rituel du vendredi soir, parfois on remettait ça le dimanche. Ils auraient été plus à l'aise dans une cuisine équipée avec un îlot central, comme chez Samira et Pierre, mais on se tenait chaud serrés sous l'abat-jour et, surtout, on s'en payait une bonne tranche.

Jess vint poser sa joue contre le dos de Mick et passa ses mains autour de sa taille. Elle aurait pu habiter là, entre ses omoplates. Avec les années, la maille de leurs deux corps était devenue si serrée qu'il lui semblait qu'ils s'étaient toujours connus. Elle avait du mal à se souvenir de sa peau sans celle de Mick, s'étonnait d'avoir pu exister sans lui. Son âme-frère, sa vieille branche, comme elle l'appelait. La veille de son accouchement rocambolesque, Mick lui avait dit un truc trop stylé : *Je te connais d'hier et de demain*. Elle se foutait de savoir si ça venait de lui ou s'il l'avait carotté à un loveur célèbre. Près de vingt ans plus tard, l'émotion était intacte quand elle regardait ce grand bonhomme en T-shirt et falzar de chantier recroquevillé au-dessus du minuscule évier, se débattant avec des ustensiles trop petits pour ses deux battoirs, plus habitués aux truelles. Elle l'écoutait fredonner de vieux raps, méticuleux et affairé. C'était peut-être l'endroit où il était le plus apaisé : aux fourneaux. Ce qui signalait l'attention et le soin des garçons la touchait, comme une déclaration. Son père, par exemple, qui ne rechignait pas à passer l'aspirateur, quoiqu'il l'aurait jamais reconnu.

Depuis plus de dix ans qu'ils vivaient ensemble et malgré leurs horaires décalés, Mick et Jess avaient toujours veillé à s'attendre pour dîner. Si l'un rentrait beaucoup plus tard, l'autre lui tenait compagnie pendant qu'il mangeait. Ils aimaient ce rituel, cette mise en commun de leur absence à l'autre. Des fois, Jess était prise d'une peur irrépressible que ça s'arrête soudain. Qu'ils se lassent. Tout le monde parlait de la crise de la quarantaine, et Mick s'en approchait dangereusement.

Ils se mirent à table.

« Ta journée, ç'a été ? s'enquit Jess en se servant copieusement.

— Ouais, ça arrête pas, là, les nouvelles commandes, on sait plus où donner de la tête. Heureusement qu'on a les apprentis. »

Jess sentait Mick contrarié, pourtant. Il avait son visage des mauvais jours, plein d'angles droits. Elle n'arrivait pas à attraper son regard. Elle connaissait trop bien cet air détaché qu'il tentait de prendre quand il voulait donner le change. Elle se demanda si c'était lié à leur micro-engueulade de la veille, encore à cause de la maison de Simone. Mais ça lui ressemblait pas. Contrairement à elle, Mick était pas du genre rancunier – ce qui expliquait pour partie la longévité de leur couple. En revanche, il avait, comme un paquet d'hommes, du mal à mettre des mots sur ses émotions. Jess, au contraire, avait tendance à vivre à voix haute, ne résistant pas à surligner, sous-titrer, commenter, interpréter. Elle était d'avis que ça faisait toujours moins d'embrouilles de dire que de ne pas. Quel intérêt de garder les choses pour soi quand on peut les soumettre au risque de l'autre ? Au pire, quoi ? Il le prend mal, on en cause, au moins les choses sont sorties. L'ennui, c'est que Mick était très peu dégourdi en la matière ; il s'exprimait autrement – par le corps, la cuisine et les blagues.

« Et toi, tes leçons ? interrogea-t-il, la tête dans son assiette.

— Ma foi, pas mal. Constance commence à prendre ses marques au volant, alors que c'était franchement pas gagné. Comme quoi, j'dois pas être une si mauvaise prof. »

Tout en riant, elle vit le regard de Mick s'assombrir d'un coup à l'évocation de Constance. Il ne l'avait jamais portée dans son cœur. Disons qu'il s'en méfiait. Il la jugeait calculatrice et intéressée. Ça ne datait pas d'hier, ni de la télé. Il n'avait jamais été dupe de la façon dont elle utilisait Jess comme appât pour qu'il les emmène au lac de Paladru. Certes, il y trouvait son compte, puisque ça lui permettait de passer du temps avec Jess, mais il la trouvait collante, elle, avec sa face de pizza et ses jugements de maîtresse d'école. Il sentait bien qu'elle le prenait pour un cassos avec sa bécane, son rap et son diams à l'oreille. Toujours à le regarder de haut. Sauf qu'il n'était pas en position de négocier. Pour Jess, c'était à prendre ou à laisser. Elles ne se quittaient pas d'une semelle, les deux. Trop casse-couilles. Jess défendait sa copine bec et ongles. Constance, en revanche, n'avait eu aucun scrupule à la lâcher du jour au lendemain. Il s'était efforcé de cacher sa joie de plus avoir à la croiser. Et voilà qu'elle redébarquait comme une fleur. Malgré la rancœur, il voyait bien que Jess était à deux doigts de retomber dans le panneau.

Lui se demandait à quoi elle jouait avec son nouveau projet. Franck et lui avaient rien capté à ce qu'elle leur avait raconté l'autre jour, une histoire de lieu de création pour artistes et de tiers-machin-chose. Ils avaient juste compris que ses parents et elle souhaitaient faire un devis pour de gros travaux de rénovation. Est-ce qu'elle en avait parlé à Jess, au moins ? Ça avait pas l'air, vu comme Jess était en roue libre sur la maison de Simone depuis quelque temps. Ça faisait des jours qu'il gardait ça pour lui, qu'il ruminait – est-ce que Jess savait ? Il traquait le moindre signe sur son visage. Mais non, elle était toujours d'humeur égale, souriante.

« Et sinon, t'as une idée de ce qu'elle fout au Valfroid, à part apprendre à conduire ?

— Ben, elle est en arrêt maladie pour trois, quatre mois. Donc pas grand-chose d'autre, j'imagine. En même temps, le code à réviser plus la conduite, la journée est vite passée. Et puis elle kiffe que je lui raconte des souvenirs de Simone.

— Ouais, enfin, si elle avait voulu connaître sa grand-mère, elle aurait pu venir la voir avant qu'elle casse sa pipe. »

Jess ne moufta pas. Il n'avait pas tort, mais bon. Pas la peine de l'énerver encore plus.

« Au fait, t'as des news de la baraque, ce que ses parents comptent en faire ? reprit Mick, l'air de rien. Constance doit remonter à Paris après son arrêt maladie ?

— Ben non, pour l'instant, j'ose pas trop lui en parler. Simone est morte y a à peine un mois, ça se fait pas. »

Mick bouillonnait. Il sentait sa mâchoire se serrer. Il aimait Jess pour son optimisme et sa gentillesse, si rares de nos jours. Mais ça le rendait ouf qu'elle puisse être si confiante, toujours à tirer des plans sur la comète. Une fois de plus, on allait la lui mettre à l'envers et elle aurait rien vu venir. C'est encore lui qui aurait le mauvais rôle. Le *rabat-joie*, comme disait Jess, qui, par-dessus le marché, le soupçonnait de vouloir jouer au mec – sous-entendu : lui rabattre son caquet et avoir raison. Mais c'était pas du tout ça ! Juste, il y a pas pire que de voir ceux qu'on aime se faire carotter en plein jour.

« Bon, Jess. Faut que j'te parle. C'est plus possible, là. »

Et il finit par lâcher le morceau. Il déballa tout. Le rendez-vous au Grand-Mollard avec Constance. Le devis que ses parents et elle leur avaient demandé. Le projet de lieu de création culturelle. L'enthousiasme de Raymonde, la mairie et la ComCom qui voulaient cofinancer. C'était pas de la rigolade. Ça chiffrait. Autant dire que Franck était emballé : c'est pas tous les jours qu'on a des commandes pareilles. Ça ferait du bien à la trésorerie. Et ce serait un bel exemple de mise en valeur du patrimoine bâti à afficher sur leur site Internet. Jess blêmit.

« Faut croire que Constance a prévu de revenir passer du temps dans le coin, bredouilla Mick, navré de voir le visage de Jess se décomposer. En tout cas, ils ont pas l'air de vouloir vendre… »

Il marqua un silence avant de poursuivre :

« Encore un délire de Parigots, si tu veux mon avis. À un moment, ils ont sorti des trucs futuristes genre "makerspace" et "fablab", laisse tomber… Avec Franck, on savait même pas de quoi ils parlaient.

— Mais ses émissions télé ? Elle va pas lâcher son boulot et sa vie comme ça ? »

Mick haussa les épaules. Il n'en savait pas davantage. Jess tentait de garder son calme et d'encaisser, mais elle était sciée. L'accablement le disputait à l'écœurement. Ça lui semblait invraisemblable. Aux antipodes des aspirations de Constance. Elle qui avait tellement voulu fuir, qu'est-ce qu'elle viendrait foutre au Valfroid dans la maison de Simone ? Et puis toutes les heures de conduite passées ensemble, serrées l'une contre l'autre, durant lesquelles Constance aurait eu l'occasion de lui parler. Pourquoi ne l'avait-elle pas fait ?

Elle se mit à les imaginer, tous, au Grand-Mollard, dans la maison de Simone, dans la grange refaite à neuf : une horde d'artistes et d'intellos parisiens avec les mêmes lunettes, les mêmes bonnets au-dessus des oreilles, les mêmes certitudes. Ils vivraient entre eux, là-haut. On les croiserait de temps en temps au centre-bourg, quand ils voudraient s'encanailler au bal du village. Ils se jetteraient des regards entendus par-dessus la buvette, s'amuseraient du rouge qui tache et danseraient sur Cloclo au second degré. Ils s'en remonteraient à la capitale sans avoir rencontré ni les lieux ni les gens. Elle ne se rendait pas encore compte de tout ce que le projet de Constance signifiait pour elle de renoncements. Combien de fois s'était-elle projetée vivant là-haut ? Les grandes bouffes avec les copains, les dimanches en famille sous le tilleul, le projet de gîte… Elle se sentait roulée. Pire que cocue.

12

Ce matin-là, Jess partit au boulot à reculons. Encore une journée de février couleur d'acier. L'aube hésitait et l'hiver traînait la patte. Un vilain givre tapissait l'asphalte. Des pelotons de brouillard cinglaient les pare-brise. Même les départementales semblaient se faire du mouron, balafrées par les clôtures, les congères encrassées et les arbres têtards pareils à des sculptures amputées de leurs bras. On rêvait de voir apparaître une déviation. Il avait fallu une demi-heure à Jess pour faire chauffer le moteur du car et gratter le pare-brise, puis rebelote pour la voiture-école. Le froid ne la dérangeait pas tant. À chaque coup d'essuie-glace, elle espérait effacer la nouvelle que Mick venait de lui apprendre.

Les routes, hélas, étaient praticables. Sans quoi le prétexte aurait été tout trouvé pour se dispenser de ses deux heures de conduite avec Constance. Elle avait passé en revue un tas d'options pour échapper à son cours. En vain. En dix ans d'auto-école, elle ne s'était jamais défilée. Elle n'allait pas commencer aujourd'hui. Et puis il restait un paquet d'heures à assurer avant de pouvoir inscrire Constance au permis, qu'elle devait décrocher à tout prix : il en allait de la réputation de l'auto-école Roulier en même temps que de la sienne.

En prenant place dans l'habitacle, Constance perçut tout de suite une tension. Le visage de Jess était fermé ; elle indiquait les consignes d'un ton plus sec que d'ordinaire, en regardant droit devant elle. « Prochaine à droite, clignotant, on pense à rétrograder et à marquer l'arrêt. » Dans les moments où Constance était vulnérable, tout ce qui signifiait une hostilité à son égard – ou qu'elle interprétait comme tel – pouvait suffire à lui faire perdre ses moyens. Aussi dut-elle prendre très fort sur elle pour ne pas en faire une affaire personnelle et se concentrer.

En cela, cette période de sevrage parisien lui était bénéfique. Le docteur Grazia avait raison : l'*arrêt* maladie, l'isolement du Grand-Mollard, l'éloignement de Solal et la coupure des notifications la rapprochaient d'elle-même. Quand elle parvenait, ne fût-ce que quelques heures, à ne pas se demander tout ce qu'elle était en train de manquer de là-haut ou ce qu'on pouvait bien penser de son absence, elle se sentait lestée. Libérée du souci de paraître et de prouver, elle apprenait à décentraliser la capitale. À se déprendre de ses codes. Ici, l'entrée des lieux et des autres était moins immédiate, il y avait moins de choix – *rien*, penseraient certains. Paradoxalement, elle était devenue plus épaisse. Plus présente. À Paris, réalisait-elle, elle n'avait que l'illusion d'un accès illimité et, surtout, l'injonction culpabilisante à *ne pas passer à côté*. Dans les faits, elle n'en profitait pas tant que ça. Ici, il n'y avait rien à portée de pied ou quasi, mais elle retrouvait son centre. Elle appréciait autant qu'elle détestait la masse de silence et de solitude à laquelle elle était soudain confrontée. D'accord, c'était pas *Into the Wild*. Elle avait la fibre, le chauffage et des interactions quotidiennes. N'empêche qu'elle avait renoncé au scroll permanent pour la seule compagnie de la radio. Écouter « Carnets de campagne » et tenter le « Super Banco », avec la même excitation enfantine qu'autrefois chez Simone, la faisaient kiffer. Et elle baissait le son dès qu'elle entendait les premières notes rouges du jingle du flash info.

Elle n'avait pas voulu suspendre l'abonnement de Simone au *Dauphiné libéré*. Elle l'attendait chaque jour avec impatience. Moins pour le journal que pour la visite du facteur. Yanis, il s'appelait. À Paris, elle ne croisait jamais les facteurs. De La Poste, elle ne connaissait que les avis de passage, la voix de l'IA au 3631 incapable de retrouver la trace de son Colissimo perdu en mer de Chine, ainsi que la file d'attente interminable aux guichets de quartier le samedi matin. Ce facteur-là n'avait pas du tout la tête de l'emploi – si tant est qu'il y en ait une. Disons que, pour Constance, un postier était forcément d'un certain âge, avec une bicyclette et des sacoches. Or celui-ci était tout à fait comestible. Avec un Kangoo jaune. Et un sourire spacieux. Il avait une façon de regarder aux yeux qui vous faisait vous sentir quelqu'un. En ce moment, Constance n'en demandait pas plus. Manque de pot, il était en CDD et occupait juste ce job le temps de. Le temps de quoi, il n'avait pas précisé. Les gens ici abandonnent souvent leurs phrases en chemin.

Elle lui aurait bien proposé de prendre le café. Juste histoire de discuter cinq minutes. Ses interactions sociales étaient relativement limitées : Jess dans la bagnole, quelques demandeurs d'asile et bikers avec qui elle avait sympathisé dans la salle de code, Samira et Mourad au bar des Sports, Raymonde en mairie, Victor ou Léa à l'épicerie. Pour le reste, elle déjeunait et dînait en tête à tête avec elle-même. Le problème, c'est que les facteurs d'aujourd'hui n'ont plus le droit de s'arrêter, sauf si vous avez souscrit une prestation du genre « Veiller sur mes parents ». À sa connaissance, il n'existait pas de prestation « Veiller sur une trentenaire parisienne en burn-out de tout ». Pas sûr que ce soit très rentable par ici. Et puis ça frôlait le racolage.

D'autant que le facteur avait probablement autre chose à foutre. Une vie et une amoureuse qui l'attendaient, par exemple. Comme Jess, comme Victor, comme Samira, comme tous ici, capables qu'ils étaient de se fabriquer des vies qui tiennent la route. Il lui suffisait de jeter des coups d'œil furtifs à Jess dans l'habitacle pour comprendre à quoi ça ressemblait : la photo d'une gosse en train de souffler des bougies en fond d'écran, des rappels pour un rendez-vous à l'école ou une répète de chorale, des vacances à prévoir, des désirs budgétés, des fantasmes au placard… Plus elle regardait l'adulte qu'était devenue son amie d'enfance, plus elle prenait la mesure de sa propre précarité. Hier, elle enviait à Jess ses mensurations idéales ; aujourd'hui, sa contenance. Jess vivait comptant. Au premier degré. Comme ces hommes et ces femmes que Constance découvrait dans les pages du *Dauphiné*, ceux qui faisaient tourner des assos, des collèges, des casernes de pompiers, des ressourceries, des MJC, des centres d'accueil pour demandeurs d'asile, des bibliothèques. Elle admirait autant qu'elle jalousait tout ce que des gens étaient capables de donner d'eux-mêmes juste comme ça, sans faire l'appoint, en se foutant que ce soit su, utile, ou même que ça ait du sens. La lecture du *Dauphiné* et l'écoute de « Carnets de campagne » n'étaient sûrement pas pour rien dans son désir d'offrir une seconde vie à la maison de Simone. Elle aussi voulait faire quelque chose d'attrapable plutôt que d'apparent. Quelque chose qui lui permettrait d'empoigner sa vie au lieu de commenter celle des autres au revers d'une télé. Elle n'avait pas encore conscience du chemin de déprise qu'elle venait d'entamer. Ni qu'elle commençait à recouvrer son existence propre. C'est a posteriori qu'on se raconte des histoires de déclic, de rupture à angle droit. En réalité, la mise au point de soi procède davantage d'un ajustement permanent.

Il aurait fallu qu'elle parle de son idée à Jess. Mais elle n'y arrivait pas. Elle appréhendait. Ce n'était jamais le bon moment. En pleine leçon de conduite, ça s'y prêtait mal. Avant ou après, impossible – Jess enchaînait les leçons, et elle les séances de code. Constance n'osait pas non plus lui proposer de boire un verre. Il y avait encore trop de distance.

Pendant que ces pensées défilaient dans sa tête, Jess lui indiqua de bien garder sa droite et de rétrograder en seconde. On prendrait la prochaine sortie. Une route forestière.

« Attention, ça grimpe sec », prévint-elle seulement.

Jess n'avait presque pas pipé mot depuis le départ, à part pour égrener les instructions sur un ton mécanique. Son silence se faisait pesant. Et Constance n'aimait pas s'entendre penser trop longtemps. Elle attaqua la montée. C'était un chemin plutôt qu'une route. Un raidillon, même.

« Faut que je mette mes feux de croisement, non ? » questionna-t-elle sans parvenir à masquer l'inquiétude dans sa voix.

Elle n'avait jamais connu pareil dénivelé. C'était d'autant plus impressionnant que la chaussée était étroite, sans accotements, bordée seulement par le ravin et la forêt de sapins. Il faisait sombre, et le couvercle de brume ajoutait à l'oppressement. Jess se contenta d'acquiescer avec le menton. Constance se sentait plus seule que jamais. A minima, elle aurait eu besoin que Jess trouve des trucs à lui raconter pour faire diversion. Les angoisses lui grimpaient au-dedans comme des ronces.

« Cette route mène à la ferme de Léa et Victor », déclara Jess d'un ton neutre.

Constance ne sut comment interpréter le sens de cette information, qui n'était pas une consigne. Elle se serait bien passé d'entendre le nom de Victor maintenant. Il y avait un accès moins raide par les adrets, poursuivit Jess, mais, d'un point de vue pratique, celui-ci était plus intéressant pour s'exercer au dénivelé. Vu la quantité de côtes qu'on comptait par ici, mieux valait s'entraîner.

« Je reste en seconde ? » demanda Constance dans un filet de voix à peine audible.

La 206 cahotait de plus belle. Constance venait de passer le premier virage, non sans peine, et ses paumes devenaient très moites. C'était comme si elle ne savait plus rien, soudain. Coordonnées GPS perdues. Elle en voulait à Jess de l'avoir emmenée là. Elle lui en voulait d'avoir évoqué Victor. Elle était incapable de parler ; elle avait juste envie que cette montée se termine.

« C'est à toi de l'entendre au moteur. *Normalement*, tu es censée adapter seule tes vitesses, maintenant », se contenta de répondre Jess.

Constance crut remarquer qu'elle avait volontairement appuyé sur le *normalement*, mais elle n'en était pas sûre. Compte tenu du dénivelé, une première eût été préférable. Jess n'avait pas prémédité de prendre la départementale 528, ni cette route forestière en particulier. Une colère mal éteinte avait dû l'y pousser. L'espoir que Constance crache le morceau, enfin. Ça allait faire un mois qu'elles partageaient cet habitacle, et elle préférait parler de ses projets à Raymonde et à Mick ?

Après la troisième épingle à cheveux, Constance s'emmêla les pédales, appuya trop fort sur l'embrayage, et la voiture se mit à rugir. C'est alors seulement qu'elle vit surgir de la brume l'énorme bête.

13

La bête est verte. Elle est haute, très, et large ; elle occupe toute la route. Elle tire derrière elle une bétaillère. De toute évidence, il n'y a pas de place pour croiser. Constance est censée être prioritaire en montée. Mais l'usage des petites routes de campagne veut que l'on s'arrange. Les deux véhicules se sont immobilisés tout net, capot contre capot. Constance a tiré sur le frein à main, de toutes ses forces ; elle s'y cramponne de la main droite. Sa position en contre-plongée et la brume l'empêchent de distinguer la silhouette dans l'habitacle. Victor ou Léa, forcément. Qui d'autre ? Dans son souvenir, les tracteurs n'étaient pas aussi faramineux. La cabine, bardée d'ordinateurs et de commandes, doit faire la taille d'un blindé. Et les roues. Les roues pourraient lui passer dessus. Constance se sent écrasable.

« C'est Victor, lâche Jess. T'inquiète, il a l'habitude de croiser la voiture-école. Il va reculer et nous laisser passer. Ça te fera un bon exercice de démarrage en côte. »

Elle va perdre ses moyens. Elle a quatorze ans. Cesse-t-on jamais d'avoir cet âge gauche ? Elle a quatorze ans, et elle transpire de partout, elle sue, elle pue. Elle voudrait disparaître, que le brouillard la noie, l'estompe, l'emporte. Qu'est-ce que ce con fout là, encore, face à elle, à la regarder de haut ? Qu'est-ce qui lui a pris, à elle, de rester ici ? Lui vient l'image du snake du Nokia 3310 condamné à tourner en rond ou à se bouffer des murs.

Victor entreprend une marche arrière. C'est laborieux avec la bétaillère. Elle a honte à l'idée qu'il la voie aussi empotée. Qu'il capte qu'elle n'a même pas le permis à presque trente-cinq berges. Le cliché de la Parisienne. Elle se déteste d'être devenue une telle caricature. Repense-t-il à elle, à eux deux, parfois ? Certainement pas. Il doit avoir trop à faire avec la ferme, Léa, les gosses, la vente directe. Y a bien que les bourgeoises à la Rohmer dans son genre pour avoir le temps d'être nostalgiques. Redémarrer. Le point de patinage. Elle ne connaît pas plus vicieux que le point de patinage. Le couple, peut-être.

Jambe gauche, elle débraye. Main droite, elle passe la première. Jambe droite, elle appuie tout doucement sur l'accélérateur. Main droite accrochée au frein à main. Main gauche sur le volant. Respiration bloquée. Son corps tout entier est convoqué. Ne pas lâcher trop vite la pédale d'embrayage. Ne pas caler.

Elle jette un coup d'œil dans le rétroviseur. Elle n'aurait pas dû. Vertige. La pente file dans le vide. Elle revoit les cours d'escalade au lycée, les voies de tête, les mousquetons, ses mains tellement moites sous le talc qu'elles glissaient sur les prises – elle allait tomber dans le vide, c'était sûr. Douze au bac. Un exploit. Elle n'avait pas vomi, ce coup-ci, mais sa peur avait le même relent. Là, tout de suite, elle s'enverrait bien un Xanax. Manque de pot, elle n'en a pas sur elle. Jess tomberait de haut si elle savait tout ce qu'elle doit gober pour tenir la position verticale.

Jess n'a pas décroché un mot. Elle regarde Constance se débattre avec les pédales comme on regarderait un oiseau pris dans le mazout. C'est à elle de savoir, juge-t-elle. Constance se décide à relâcher le frein à main. Trop tôt. C'est à ce moment-là que les choses se mettent à déraper. Pied gauche trop vite relevé, pied droit trop enfoncé, l'habitacle se trouve pris de soubresauts avant de caler, provoquant un léger mouvement de culbute dans leur poitrine. Constance se sent défaillir. Jess, alors, débraye. C'est vache, mais c'est de bonne guerre.

La voiture part en arrière.

« Allez, allez, là faut faire quelque chose », dit-elle en redémarrant le moteur. Constance est privée de tous ses réflexes, paralysée, elle ne sait plus, elle réussit tout de même à passer la première ; pourtant, la voiture continue sa descente, elle voit le tracteur s'éloigner, mais c'est la 206 qui recule ; pendant une seconde, peut-être deux, impossible à dire, sinon que c'est déjà trop long, pendant deux secondes Jess laisse la pédale de débrayage enfoncée, sciemment, pour empêcher Constance de remonter la pente. Pendant une seconde, peut-être deux, elle regarde dans son petit rétroviseur à droite la panique dans les yeux de Constance, cette panique qu'on ne remarque jamais dans ses yeux vernis de la télé. Que Constance réalise ce que ça fait, de perdre pied, de n'avoir plus prise sur rien. Qu'elle sache ce qu'on ressent quand on vous lâche la main.

14

Jess manque de recracher sa gorgée de Leffe en découvrant le titre de l'article : « Avec son tiers-lieu culturel, une célèbre enfant du pays va faire renaître le Valfroid ». La photo d'accompagnement montre Constance, Raymonde et un type décrit comme un *designer d'espaces ruraux* posant devant la grange de Simone.

L'article n'occupe pas seulement la une du *Dauphiné*, étalé sur le comptoir, mais celle des conversations aussi. D'instinct, Jess a eu un mouvement de recul. Constance sera donc venue lui prendre jusque-là : son samedi soir. C'est chasse gardée, normalement. À la télé, ça parle de repli sur soi, de volets fermés, d'insécurité. Encore des idées que d'autres se font de loin. Au quotidien, ce n'est pas ce qu'elle voit. Au Valfroid, les week-ends ne désemplissent pas. Ils sont là, tous. Ils se tiennent. Collés-serrés, bottelés comme du foin. Bandes de potes, collègues, cousins, ceux qui se parlent, ceux qui se calculent plus ; ceux des Champs-Plaisants, ceux des lieux-dits. C'est peut-être le seul avantage de leur rez-de-jardin merdique de centre-bourg : pouvoir rentrer à pied à pas d'heure, en roulé-boulé s'il le faut. À vingt berges, ils enchaînaient au Macumba jusqu'au petit matin. Mais le Macumba a coupé le son, comme bien des dancefloors de bord de départementale. La fièvre du samedi soir, c'est au bar des Sports désormais, atoll de lumière qui évase la nuit et fait rendre gorge aux lundis. En général, Samira et Pierre finissent par virer tout le monde sur les coups de 2 heures. Alors ils baissent les stores. Dans l'hyperbole des heures, ils ont le comptoir rien que pour eux. La bande. Les anciens. Ils mettent les vieux sons qui serrent les rangs de leur génération *nan nan*, collège La Garenne RPZ : Diam's, Sniper, Rohff.

Le bar des Sports est un ventre. Ce samedi, le comptoir et la salle sont bourrés à craquer, tout juste si on peut circuler. Dès l'entrée, la chaleur des corps pressés boit le froid de février. Samira et Pierre sont au four et au moulin, servant bières, kirs, cacahuètes, sourires. On peut pas dire qu'on a fait *dry january* par ici. Mourad aide comme il peut, coincé entre la borne PMU et cette fichue borne SNCF ; il ne supporte pas d'être désœuvré, il faut qu'il se rende utile. Jess le voit qui cherche une contenance. Nadine garde un œil sur Lyana, et Jess doit bien reconnaître que c'est inestimable, d'avoir une grand-mère à portée de main.

Sur l'écran plat suspendu au-dessus du comptoir, des spécialistes de l'ameublement du vide informent qu'il ne se passe rien en continu, plantés comme des piquets, accrochés à leur micro, devant des palais parisiens barricadés dont personne ne sort jamais. À regarder leurs mouvements de bouche sans le son, on dirait des carpes. Jess en aurait presque de la peine pour eux. Si au moins ils avaient un abribus ; mais rester comme ça dans le froid à faire des buccalisations, ça doit être aussi fatigant qu'emballer des poulets à l'usine. Samira a lancé sa playlist de fête – années 1980 puis, sans transition, années 2000, les décennies du milieu trouvant peu grâce à ses yeux. Sauf que les éclats de voix et de rire recouvrent tout. Qu'importe, Jess n'est pas d'humeur au karaoké ce soir. Elle rumine l'article du *Dauphiné*.

Le père Langret-tout-fout-l'camp vient juste de faire son entrée, et il parle déjà par-dessus les autres. Bien entendu, avec les municipales à l'approche, cette histoire de tiers-lieu culturel est du pain bénit pour attiser les clivages.

« Heureusement que Raymonde nous a dégoté une présentatrice télé parisienne pour sauver notre patelin ! » lance-t-il à la cantonade.

Du revers de la main droite, avec sa chevalière armoriée au petit doigt, il toque sur le journal posé sur le comptoir, tel un commissaire-priseur, et part de son grand rire carnassier, bientôt suivi par ses sbires, des types du club de chasse ou de l'équipe de foot qui lui lèchent les bottes. Les gars d'ici craignent Langret. Ils savent son pouvoir de faire et défaire les réputations. De donner ou pas du boulot. Sur le fond, Jess est assez d'accord avec ce qu'il vient de balancer. Cela dit, elle l'a jamais senti, ce type ; sa voix mafieuse qui écrase, son parfum d'after-shave mentholé qui empiète. De ces hommes qui confisquent jusqu'à l'odeur de l'air.

« Une enfant du pays, mon cul, ouais, poursuit Langret de sa voix nasillarde, commençant à capter l'attention autour du comptoir. Ça fait quoi, vingt ans qu'elle vit plus ici ? D'ailleurs, même ses parents, on les voyait jamais. Ces gens-là sont pas des nôtres. Il aura fallu que sa grand-mère casse sa pipe pour qu'elle se souvienne de l'existence du Valfroid sur la carte. Et maintenant, ça voudrait nous ouvrir une galerie d'art ? Ça voudrait nous faire "renaître" ? (Il forme des guillemets en l'air avec ses doigts.) C'est vrai qu'on était morts, regardez-nous ! »

Il lève sa pinte de bière pour trinquer. Et, tandis que tout le monde l'imite, il repart de son rire harangueur.

« C'est vrai, quoi, intervient Patrick, visiblement échauffé par la verve tribunitienne de Langret et ses attaques contre ses anciens voisins. À croire qu'on se suffit pas à nous-mêmes, qu'on attend des gens d'la ville pour venir nous sauver. »

Jess détestait quand son père jouait au lèche-cul. Patrick en avait toujours eu après les Debord. Des ronds-de-cuir en pantoufles qui se plaignaient que leur point d'indice ne soit pas revalorisé alors qu'ils étaient peinards aux trente-cinq heures, onze semaines de congés payés par an. Nadine et lui faisaient le double d'heures pour moitié moins de retraite. Ils étaient tout le temps sur les routes à dépanner les uns et les autres. Et maintenant, Constance voulait revenir ? Avec la mauvaise influence qu'elle avait eue sur Jess, tout le temps à lui farcir le crâne de grandes ambitions, le conservatoire de Grenoble, l'opéra de Paris… ? Non, mais n'importe quoi. Ces gens-là ne vivaient pas sur la même planète.

« Et puis c'est pas des espaces culturels ou des intermittents du spectacle au RSA qu'il nous faut, reprit Langret, c'est des chefs d'entreprise qui créent de l'emploi, des commerçants, des agriculteurs et des médecins ! »

Jess, décidément, était de plus en plus mal à l'aise. La soirée prenait une tournure de meeting électoral, et l'opposant numéro un de Raymonde tirait à boulets rouges. Elle détailla Langret : il était toujours rasé de frais, ses joues mafflues lustrées comme une patinoire, doudoune sans manches par-dessus sa chemise, avant-bras très poilus, Lip au poignet gauche, bracelets en cuir au droit, cheveux gris peignés vers l'arrière, sans que l'on puisse dire si c'était l'effet de la gomina ou du sébum. Son bide viendu trahissait l'excès de repas d'affaires. Jess ne lui avait jamais connu d'autre place que celle-ci, à l'extrême droite du comptoir, côté fenêtre. Ces rires de connivence avec Langret lui étaient pénibles. Peut-être parce qu'ils sonnaient perdants. De façon générale, elle avait toujours trouvé les rires contre les autres assez tristes – qui faisaient des sourires à l'envers.

Derrière le comptoir, Samira et Pierre ne prenaient pas parti, occupés à servir et à laver des verres. Assis à l'autre bout, Mick et Franck n'avaient pas décroché un mot, eux non plus, gênés aux entournures. L'article du *Dauphiné* ne les citait pas nommément pour les travaux de la ferme, mais tout le monde savait déjà l'affaire entendue. Ils attendaient le moment où Langret allait leur décocher un coup. Ce qui ne manqua pas d'arriver :

« Enfin, ça va que les bobos donnent du boulot à nos artisans écolos », grinça le vieux en les désignant du menton.

Mick sentit sa mâchoire se serrer. Voir Patrick se marrer lui ficha un autre coup. Son beau-père et lui, ça n'avait jamais été simple, Mick ne s'expliquait pas vraiment pourquoi. Il soupçonnait Patrick de ne pas le trouver assez bien pour sa fille. Parce qu'il avait grandi aux Champs-Plaisants avec tous les immigrés, peut-être. Comme si leur bicoque jamais finie du Petit-Mollard valait mieux. Mick n'était donc même pas foutu de mettre un toit au-dessus de sa famille. *Alors, le Rital, toujours rien signé ? Vous n'allez tout de même pas coucher sur la paille.* Tous les dimanches midi, il y avait droit, devant Jess, Lyana et Nadine. Quand c'était pas le logement, c'était son chiffre d'affaires – comme quoi lui s'en sortait mieux avec son taxi-ambulance. Les meufs ont peut-être la pression de l'horloge biologique, mais les mecs ont le chrono du beau-père sur le dos. Nadine était plus cool, heureusement. Il songeait à ça quand Samira prit la parole, sortant pour une fois de sa réserve :

« Mais leur visio-lieu culturel, là, si c'est juste un endroit où on se réunit pour refaire le monde et se filer des coups de main, pour ça, on a déjà le bar des Sports. Et même la salle des fêtes et la salle d'attente du docteur Grazia. Ils ont pas inventé l'eau chaude. »

Debout à côté d'elle, torchon sur l'épaule, Pierre tempéra :

« Tant qu'ils viennent consommer chez nous et qu'ils nous font du passage. Par contre, faudrait pas qu'ils restent entre eux là-haut et que ça parte en bar associatif avec café à prix libre et tout et tout sans payer de charges. »

Cette perspective suscita un grand brouhaha. Une ligne de démarcation, déjà, se traçait sur les fronts. Et l'on serrait les rangs d'un *nous* qui, quoiqu'il fût largement fantasmé, avait le mérite de tracer les contours d'un *eux* auquel s'opposer :

nous les lève-tôt, les bosseurs, les manuels, les bacs pro ; eux les bobos, les écolos, les intellos, les gauchos.

D'autant que personne ici n'attendait de main tendue. Au contraire. La capacité de chacun à *faire avec*, ou plutôt *sans*, rendait fier. On était peut-être à mille lieues d'eux, mais on savait se passer. Des grandes vitesses, des grandes écoles, des grandes ambitions. On avait la tête bien faite, des générations plantées avant soi, la sagesse des lieux et des liens, la débrouille en doublure. On n'avait pas besoin de dire *tiers-lieu* pour se tenir ensemble. On préférait les Grand'Rue, les *je vais y faire* et les prénoms coiffés de *le* ou *la* aux anglicismes et acronymes qui raccourcissent la pensée.

Soudain, une voix féminine que l'on avait peu l'habitude d'entendre s'éleva depuis un coin du comptoir.

« Depuis tout à l'heure, tout le monde critique ce projet d'espace de création sous prétexte qu'il est porté par une Parisienne, commença Léa d'une voix calme. En même temps, pour l'instant, personne sait si ça va vraiment se faire ni la forme que ça va prendre. Et puis, c'est pas un Center Parcs ou un complexe hôtelier démentiel, non plus. En plus, vous serez bien contents quand ils vous gonfleront votre tréso avec leurs travaux, qu'ils consommeront au bar, qu'ils achèteront des légumes, qu'ils viendront inscrire leurs gosses à l'école et au club de foot. C'est quoi, l'idée :

parce qu'ils viennent de la ville, qu'ils ont fait de longues études et qu'ils gagnent plus de thunes, c'est forcément des connards ? Mais du coup, vous préférez quoi ? Qu'on reste entre nous, à espérer sauver notre ligne de train et nos classes avec trois pélos ? »

Un silence s'abattit sur la salle. Quelques ricanements côté Langret. Au sein de leur petite bande, Léa était la seule à avoir poussé jusqu'à la fac. Un master de psycho à Grenoble. Elle aurait probablement pu obtenir un doctorat si elle n'était pas revenue à la ferme. Une tronche, comme on dit. À l'origine, elle avait dans l'idée de faire psy pour les paysans. Avec un suicide tous les deux jours en France, c'eût été rentable. Mais ne pas reprendre l'exploitation aurait signifié tuer son père une deuxième fois. La conversion en bio n'avait pas été une mince affaire. Le plus dur pour elle n'était pas tant les catastrophes naturelles à répétition, avec lesquelles il fallait désormais composer, que les mentalités. Parce qu'elle était allée étudier à Grenoble, les agris du coin la surnommaient *la Parisienne*. Elle qui ne connaissait de Paris que les allées du salon de l'Agriculture, où elle avait parfois accompagné son père. Sans parler du fait qu'ils préféraient s'adresser à Victor plutôt que de traiter avec une bonne femme. Tout compte fait, elle se sentait presque plus d'affinités avec ces nouveaux paysans élevés à l'air des villes et luttant pour s'installer, faute de foncier disponible. Elle était lasse, parfois, d'entendre sa bande s'opposer. Comme si leur ciment était d'être contre.

Jess se rencogna. Léa ne pouvait pas savoir. Elle n'avait jamais parlé aux filles de son rêve de là-haut. Seulement à Mick. Ça lui mit tout de même un coup. Elle s'apprêtait à intervenir, mais Langret fut plus rapide.

« Bah alors, Caron, fallait le dire que t'avais rejoint l'équipe de communication de la mairie », lança-t-il avec un ricanement goguenard qui en entraîna quelques autres.

En réalité, personne ne savait quoi penser. Samira eut la bonne idée de monter le volume pour basculer dans une ambiance plus décontractée. Mais Jess avait envie de claquer la porte du samedi, de la bande, du bled. Ils la saoulaient, tous. Langret à parler par-dessus tout le monde, Raymonde à avoir arrangé le truc dans son coin avec Constance, son père à faire le perroquet, Mick à pas moufter, Léa à jouer les dalaï-lama. Ça devait être la première fois qu'elle se sentait autant à l'étroit dans ce bar. Elle brûlait de prendre le large, soudain.

C'est lorsqu'elle atteignit la porte que Constance fit son entrée.

15

Jess et Constance tombèrent nez à nez. Yeux à yeux. Décidément, elles étaient synchro. Elles eurent un mouvement de recul. Puis de gêne, prises dans cette valse muette où l'on ne sait pas dans quelle direction l'autre va faire son premier pas, droite-gauche, gauche-droite.

Elles ne s'étaient pas recroisées depuis le démarrage en côte. Jess avait eu des congés ; Constance avait poursuivi ses leçons avec Éric et Julia, les autres moniteurs. Devant Jess, les images lui remontèrent tout à trac. La montée, le ravin, le tracteur, la sueur sous ses paumes, le frein à main comme le fil d'une remontée mécanique les retenant de tomber dans le vide. Et les yeux de Jess. Les yeux de Jess dans le rétroviseur intérieur. Constance avait vu, ce jour-là. Elle avait compris, enfin. C'était davantage qu'une colère. C'était le besoin de rendre les coups.

Depuis, elle n'avait cessé d'y penser. Elle s'était refait le film de son départ, sa fuite du Valfroid, les messages de Jess qu'elle avait laissés sans réponse, son silence devenu effacement. Ce ne sont pas des façons. On ne démissionne pas ainsi de la vie des autres. Elle n'avait jamais pris la peine d'expliquer à Jess cette nécessité de rompre. Non pas avec le Valfroid, non pas avec leur amitié. Mais avec elle-même. Elle n'avait pas dit. Ni à Jess, ni à Simone, ni à ses parents. Elle n'avait pas dit à quel point elle étouffait au-dedans, à quel point elle se trouvait courte, à l'étroit dans sa peau. Elle était partie comme une voleuse. Et aujourd'hui, dix-sept ans plus tard, l'appel d'air sous la poitrine ; vite, dégrafer le corset de ses ambitions. Quand elle se regarde dans l'armoire à trois portes de Simone, elle voit la grande comédie de soi qu'elle s'est jouée ces dernières années. Pénible sensation de s'être prouvée plutôt que trouvée.

Les yeux de Jess et les siens étaient restés agrafés dans le rétroviseur. Ça avait duré deux ou trois secondes. Puis Jess avait récupéré les pédales, le frein à main, le contrôle de la situation. Elle avait redémarré, réalisé la manœuvre et salué Victor, impatient sur son tracteur. Elle en avait vu d'autres, avec l'auto-école. Les risques du métier. Et peut-être ne s'était-il rien passé, tout compte fait ; sans doute que Constance avait surinterprété. Ça lui arrivait souvent, d'interpréter trop fort ou de travers. Durant le trajet retour, elles étaient restées dans leur tranchée de silence, la route comme contenance.

« Salut, ça va ? » s'entendit bredouiller Constance d'une voix mal ajustée, égrotante, qu'elle aurait voulue plus chaleureuse.

Jess se contenta d'acquiescer du menton et d'émettre un vague sourire, l'air contrarié – à moins que Constance, une fois de plus, n'interprète à côté. Elle était sur le départ, Mick et Lyana dans ses pas en train d'enfiler leurs manteaux.

Constance se retrouva seule dans l'entrée du bar. La chaleur lui était agréable en même temps qu'intimidante. Heureusement, on arrivait à cette heure effervescente où, sous l'effet du degré d'alcool et de musique, chacun devient flou et collectif ; où l'on parle à des bouches, à des oreilles ; où les timidités se dissolvent. Quelques tables avaient été poussées ; des filles jeunes et moins jeunes se déhanchaient, licencieuses, sous l'œil grivois des garçons. Les soiffards semblaient déjà éteints qui piquaient du nez sur un bout de comptoir. Exactement comme un samedi soir à Paris. De Brouckerque à Sartène en passant par Saint-Amand-Montrond, les rades tenaient leur promesse : mettre tout le monde d'accord et chacun en commun. C'était bizarre de se sentir à la fois chez soi et totalement étrangère.

Elle s'avança jusqu'au bar et croisa le regard de Patrick, puis celui de Nadine. Nadine lui adressa un sourire chaleureux, presque maternel. Ça lui fit d'autant plus de bien qu'elle ne s'y attendait pas. Pour un peu, Constance l'aurait prise dans ses bras. Nadine avait dû être une merveilleuse aide à domicile pour Simone.

Elles s'entendaient bien, à l'époque, la mère de Jess et elle. Constance aimait sa manière d'écouter à plein volume. Elle avait cette capacité à faire sortir les mots sans pour autant tirer les vers du nez. Elle savait couper les cheveux et tirer les cartes, aussi. Un jour qu'elle lui lisait l'avenir, elle lui avait révélé qu'elle voyait une télé dans sa vie. Ses parents s'étaient moqués. *Elle est gentille, Nadine*, disait sa mère. Ce ton-là était d'autant plus insupportable à Constance que sa mère était bien contente d'avoir une voisine pour lui refaire ses couleurs à l'œil ou trimballer sa fille à droite, à gauche. Sans compter les matins où le car ne montait pas à cause de la neige et où Patrick les emmenait dans son taxi-ambulance. Constance le revoit, bien avant le lever du jour, en train de faire chauffer la voiture et de déblayer la poudreuse avec la grosse pelle qu'il laissait toujours contre la porte du garage. Elle repense à ses parents qui, dans le confort de leurs heures ouvrées et de leur culture adéquate, s'agaçaient des façons des voisins. Mauvais votants, mais voisins pratiques, en somme. Le boycott utile des gens de gauche.

Il avait fallu revenir ici pour se souvenir de ce que ça fait, de dépendre. L'état piéton. Le non-accès. Depuis deux mois, elle apprenait à anticiper chaque déplacement, le poids des choses, la répartition entre son dos et ses bras – bouteille de lait, lessive. Avec pour seul véhicule son corps. Elle fulminait en se rendant compte de tout ce qu'elle avait oublié une fois arrivée au lieu-dit. Paris, alors, lui manquait terriblement. Mais, en apprenant à se passer, elle accédait aussi à une autre contrée d'elle-même.

Constance en était là de ses pensées quand elle sentit un autre regard peser sur elle. C'était celui du père Langret. Beaucoup moins amical, celui-là. Sa main droite, large comme un battoir, était posée à plat sur *Le Dauphiné* grand ouvert. Elle fut gênée de reconnaître la photo prise devant la grange. Elle avait lu l'article le matin, juste après que Yanis lui eut déposé le courrier. Il avait dit : *Simone aurait été contente de voir sa petite-fille prendre la relève*, avec son grand sourire. C'est Raymonde qui avait insisté pour qu'elle fasse cette interview ; le correspondant local était un bon copain, et puis il ne fallait pas laisser le champ libre à Langret. Pour sa part, Constance trouvait ça précipité. Pour l'instant, elle se renseignait. Elle avait laissé Raymonde et le correspondant causer. Elle n'était pas à l'aise avec le rendu. Le titre, surtout, qui grossissait le trait. Même si, en tant que présentatrice télé, elle était mal placée pour donner des leçons de pondération.

Samira, qui avait suivi son regard, lui demanda : « Qu'est-ce que j'te sers ? »

Elle sirotait sa Kro quand Léa vint vers elle. Elles s'étaient entraperçues aux obsèques de Simone, mais c'était tout. Deux mois déjà. Deux mois qu'elle vivait en passagère, à côté de ses pompes.

« Félicitations pour ton projet, alors », lui lança Léa de but en blanc en levant son verre.

Constance fut mal à l'aise de s'apercevoir que la nouvelle avait déjà fait le tour du Valfroid. Elle ne savait pas non plus comment prendre la camaraderie soudaine de Léa, à cause de Victor. Mais elle l'aurait embrassée d'avoir engagé la conversation. Elles bavardèrent un moment, partageant plus d'affinités aujourd'hui qu'adolescentes.

« Faut pas m'en vouloir, mais je regarde pas du tout la télé. Entre la ferme, l'épicerie et les gosses, j'ai vraiment pas le temps », dit Léa.

Constance ne lui en voulait pas. Au contraire, qu'on n'en est soudain rien à secouer de sa gueule était plutôt reposant. Comme quoi, la *fame* est toujours relative. Une fois à l'extérieur de leurs coteries parisiennes, elle et ses amis essayistes, éditeurs, journalistes, écrivains, militants politiques, avocats n'étaient ni plus ni moins que des pixels lointains devant lesquels on s'endormait dans le canapé. Assez vite, Constance se trouva à court de choses un tant soit peu intéressantes à raconter. Elle préféra se taire et écouter. Et plus elle écoutait, plus elle se sentait remise à sa place par la façon dont chacun, ici, se faisait passer après : après la livraison du courrier, après la mairie, après le cabinet médical, après le bar, la ferme, les enfants… Elle était impressionnée par les convictions de Léa, sa pensée charpentée, son courage pour s'imposer au sein d'un monde agricole dominé par les gros bras. En y repensant, ça n'était pas si surprenant : au collège déjà, les mecs la détestaient parce qu'elle l'ouvrait trop grand. Ils la traitaient de bouseuse, de péquenaude. Sauf qu'elle coiffait tout le monde au poteau à l'oral et qu'elle était élue déléguée de classe chaque année. Les profs la surnommaient *la syndicaliste*.

« Au fait, tu seras des nôtres le premier week-end de mars ? » s'enquit soudain Léa, comme si elles s'étaient quittées la veille.

Devant le regard dubitatif de Constance, elle précisa.

« La Fête des ravioles et du gratin dauphinois. Tu sais, les préparatifs à la salle des fêtes. T'as quand même pas oublié ça ? »

Constance n'avait pas oublié, non. Elle aurait eu du mal. Combien d'heures avaient-elles passées, toutes, Léa, Jess, Samira, Simone, leurs mères, les mains dans la farine et le beurre à confectionner des gratins dauphinois et des bandes de ravioles ? Elle eut un petit rire gêné qui tomba un peu à côté.

Léa prit un air entendu et lorgna du côté du père Langret :

« En plus, cette année, c'est juste avant les municipales. Ce sera le moment de serrer les rangs. »

16

Vue de l'extérieur, la salle polyvalente Rose-Valland ne payait pas de mine. De ces espaces culturels et de loisirs typiques de l'après-guerre : crépi défraîchi couleur jaune pisse ou saumon grignoté par les traces de moisissure noire, isolation thermique et phonique désastreuse, dont la rénovation coûtait un fric monstre aux municipalités. Ça va que le Valfroid ne comptait pas de piscine. Au cours de son mandat, Raymonde s'était employée à améliorer l'accessibilité aux personnes handicapées et à refaire les revêtements de sol et les plafonds : du linoléum bleu et des néons tout neufs. Elle avait aussi fait installer des paniers de basket rétractables et financé des filets pour le volley-ball et le badminton.

Quoiqu'elle ne soit pas très engageante, la salle Valland était toutefois chère au cœur des habitants. Par son histoire, d'abord, que Simone adorait raconter. Après la Seconde Guerre mondiale, la chorale et l'union musicale locales n'avaient pas de lieu où répéter ni se produire. Les spectacles étaient donnés sur des chars agricoles faisant office de scène. Chose assez rare à l'époque, le maire et le curé étaient parvenus à s'entendre et avaient mobilisé l'énergie des villageois pour construire une salle des fêtes communale. Chaque famille avait participé par l'achat de matériel ou en prenant part physiquement aux travaux. C'est Simone qui, au début des années 1970, avait proposé que la salle soit baptisée Rose-Valland. Une femme, elle y tenait. Assez de bonshommes comme ça aux frontons des bâtiments. Et quelle femme ! Native de Saint-Étienne-de-Saint-Geoirs, non loin du Valfroid, et conservatrice au musée du Jeu de Paume pendant l'Occupation, Rose Valland avait permis de sauver soixante mille œuvres d'art volées par les nazis.

À la grande histoire se greffait la petite. Combien de slows et de bougies soufflées sous les néons ? Combien de premiers baisers et de pièces montées, de grilles de loto, de chenilles, d'*Alexandrie Alexandra* ? Combien de parties de belote, de répétitions, d'entraînements, de fausses notes ? Combien de fanions, de gobelets en plastique, de litres de marquisette, d'assiettes en carton ? Et combien de disputes, de bastons sur le parking ? Une année, Simone avait même fait venir « Le Jeu des 1 000 euros » – ou plutôt des 1 000 francs. C'était l'époque de l'animateur Lucien Jeunesse, que Simone adorait : trente ans d'émission, dix mille chambres d'hôtel, vingt mille repas au restaurant et quarante mille coups de fil passés à son épouse ! Depuis lors, Simone avait pris l'habitude de saluer tout le monde d'un « À demain, si vous le voulez bien ! » ou « À lundi, si le cœur vous en dit ! ».

La salle des fêtes était située juste derrière l'église, en contrebas. En arrivant sur le parvis, Constance observa la place, ses pavés à motifs gris en forme d'os de chien qu'on ne voit guère plus que dans les patelins, son monument aux morts, ses arbres trognes dont les racines avaient, à force d'années, fracturé les pavés. Tout ce décor renfrogné qu'elle voulait fuir, ado, elle fut heureuse de le retrouver ce matin-là. Il lui procurait un truc douillet et familier, comme le ronron du lave-vaisselle et de la machine à laver. On était début mars, première journée ensoleillée depuis on ne savait quand. L'hiver semblait enfin prêt à se déboutonner, et le ciel, à bout de blanc. Ça caillait toujours autant, mais la lumière mélodieuse se laissait savourer dans une sorte d'urgence à profiter, doublée de l'inquiétude que tout s'arrête à la première giboulée. Constance tendit son visage aux rayons, et la sensation lui mit presque les larmes aux yeux. Ces deux derniers mois, il n'y avait pas eu grand-chose pour lui signifier l'existence de sa peau.

Puis elle tenta de se rappeler la dernière fois où elle avait poussé la grande porte battante de la salle polyvalente. Probablement pour une Fête des ravioles, justement, l'année de la terminale, à quelques mois du bac. À l'époque, elle n'en pouvait plus de ces rabâchages. Les mêmes animations chaque année aux mêmes dates. L'existence giratoire. Elle n'avait pas encore assez vécu pour saisir la poésie des refrains.

Elle retardait le moment d'entrer, mal à l'aise, comme l'autre soir au bar des Sports. Elle savait qu'elles seraient là, toutes, à la fixer. Le regard de métal de Jess. Qu'est-ce que c'est dur, de débarquer seul quelque part. Surtout dans un groupe. Ça lui évoquait les années lycée, quand Jess la lâchait pour rester avec Mick. C'était peut-être pour ça qu'elle avait voulu devenir populaire. Pour ne plus jamais galérer à se faire une place. À Paris, elle était toujours accompagnée soit de Solal, soit d'une grappe d'amis. Mais, depuis son retour au Valfroid, elle devait réapprendre le célibat sous toutes ses formes. Parfois, elle en avait sa claque de s'entendre penser. Elle inspira un grand coup et entra.

L'odeur lui revint tout de suite. De beurre et de farine. Les rires aussi. Et puis les mains, toutes. Ces pognes sur le plan de travail, affairées à pétrir, couper, touiller depuis le lever du jour.

« Bah reste pas plantée là comme un piquet, prends donc un tablier », lui intima Nadine, qui, la première, l'avait vue apparaître dans l'encadrement de la porte.

Les regards se tournèrent vers elle, et il y eut un long silence. Constance s'exécuta, penaude. Elles étaient là. Une trentaine. Du Valfroid et des alentours. Les restées, les rivées, les dévouées. Jess, Samira, Léa, Raymonde, Brigitte, Martine, Chantale… Celles qui tenaient le bourg, les boutiques, les gosses, les vieux, les hommes. Là, toutes, sauf Simone, dont l'absence se tenait grande au milieu.

La cuisine avait été refaite à neuf : équipée, avec un plan de travail en inox au centre, fours, plaques à induction, larges fenêtres laissant entrer la lumière.

« Tu te souviens des étapes, au moins ? » demanda Nadine en lui signifiant de venir se placer à côté d'elle.

Constance n'était plus si sûre, tout à coup. Une fois de plus, elle se sentait encombrée d'elle-même, ne sachant pas quoi faire de son grand corps, comment le mettre – et ses mains, ses mains qui allaient devoir trouver leur place parmi les autres. Constance savait que Jess l'avait à l'œil, agacée de voir sa mère la prendre sous son aile. À l'époque, déjà, la complicité entre Nadine et Constance la rendait parfois jalouse, une sorte de possessivité d'enfant unique.

« Bon, t'inquiète, les ravioles et le gratin dauphinois, c'est comme le vélo, ça s'oublie pas. T'as qu'à faire comme moi », proposa Nadine.

Elle versa la farine dans son saladier, forma un puits au centre duquel elle cassa les œufs, ajouta sel et huile d'olive, puis se mit à mélanger vigoureusement à la spatule avant de commencer à pétrir la pâte. Constance surprit alors un léger rictus de douleur.

« Une épicondylite, c'est rien », balaya Nadine.

Dans ses mouvements pleins, dans le chiffon de sa peau sous les bras, Constance retrouva un peu de Simone, son corps donné, jeté à la joie de faire à manger. Elle observa, puis se mit à reproduire. Ne plus savoir tout à fait lui faisait du bien. Ça la décentrait. Pétrir. Un truc aussi con que ça. S'enfoncer dans les gestes d'hier, s'en remettre aux souvenirs. Les mouvements n'étaient pas loin, en effet, pour peu qu'on aille les chercher. Pousser, plier, soulever, tourner, étirer, la main fondue, fonctionnelle.

« Attention, hein, tu t'souviens que c'est pas de la pâte à kesra, rappela alors Samira. Y a pas de levure, ni de semoule, faut y aller délicatement. »

La consistance de cette masse caoutchouteuse sous la paume avait quelque chose de régressif, qui l'arrachait au cérébral. Tantôt sèche, tantôt pégueuse, le gluten qui gonfle comme une espèce de guimauve. Constance sentait monter la chaleur dans son bras, son épaule, jusqu'aux cervicales.

Elle s'entendait respirer au diapason des autres, le balancier des poitrines qui se soulèvent et redescendent. Les yeux baissés, elle ne distinguait que leurs mains, les fines et les potelées, les manucurées, les calleuses, les boursouflées, les rugueuses, la cartographie des veines vertes et mauves. Elle aurait pu dire, sans voir les visages, lesquelles étaient du dedans, lesquelles du dehors. Celles de Nadine étaient très abîmées. Constance les imagina en train de s'occuper de Simone, les années de liquides décapants : savons, dissolvants, teintures, Javel. Jess, elle, avait des doigts soignés aux ongles interminables, lamés, pailletés.

Déjà, Constance éprouvait une douleur dans l'adducteur du pouce, ça lui tirait dans tout le bras. Elle se demanda comment faisaient les autres. Celles dont ces gestes répétés jusqu'à la corde, jusqu'à l'os, sont le quotidien. Elle n'osait pas lever les yeux de crainte de croiser les reproches de Jess. Il allait bien falloir qu'elles se parlent. Elles avaient un cours de conduite ensemble la semaine prochaine.

« C'est Simone qui aurait été heureuse de te voir parmi nous », dit soudain Nadine.

Sa remarque suscita un concert de soupirs qui suspendit leur chorégraphie.

« Ah ça, c'est sûr qu'elle nous manque, notre Simone, renchérit Raymonde. Les ravioles et le gratin dauphinois, y z'iauront pas le même goût cette année. »

Simone était la doyenne des cuisinières du Valfroid. La voir penchée sur le plan de travail, un peu bossue, les yeux plissés, appliquée au minutieux découpage de la pâte avec la roulette dentelée, était en soi un spectacle. Surtout, elle avait le goût de transmettre. Pas question d'écrire les recettes où que ce soit. Il fallait les incorporer, se les ficher au corps. C'est comme ça qu'elle-même les tenait de sa mère, originaire de la Drôme voisine, qui avait travaillé auprès de la mère Maury, patronne des ravioleuses. Si la mémoire de Constance était bonne, ces petits carrés de pâte verts avaient été inventés au XVIe siècle par des bûcherons italiens travaillant dans les forêts du Vercors. Privés des raviolis de chez eux, ils avaient remplacé la farce à base de viande par une farce à base de fromage et d'herbes fines.

« Vous saviez que le gratin dauphinois avait désormais une confrérie ? lança Samira. J'ai entendu ça l'autre fois sur France Bleu Isère.

— Ben on espère qu'ils comptent plus de mecs que nous pour la préparation, rétorqua Raymonde. Sinon, faudrait les appeler consœureries. »

Elles se marrèrent de ce bon mot. Malgré les efforts qu'elles déployaient toutes pour amener leurs hommes en cuisine, l'organisation des fêtes de village était encore super genrée : les femmes aux fourneaux, les hommes à la buvette et à la sono. Mick aimait pourtant ça, cuisiner. Mais ça aurait parlé. Il préférait faire des trucs de gros bras, du style monter les tréteaux. Ça avait le don d'agacer Raymonde. Les mentalités, décidément, étaient dures à faire bouger.

« Enfin, en même temps, si c'est pour bouffer un gratin de pommes de terre crues et des ravioles explosées, j'aime autant qu'on se débrouille par nous-mêmes », lança Nadine.

Constance s'esclaffa. Ces conversations de bac à shampooing lui faisaient du bien. Son sourire croisa celui de Jess.

Jess était prise dans des sentiments ambivalents. Les images se télescopaient, créant une impression de déjà-vu. En voyant Constance en tablier, concentrée à pétrir et à étaler, si semblable à nouveau, si parmi elles ; en la voyant se laisser aller à redevenir, elle avait l'impression de retrouver *sa* Constance. Celle qui faisait partie. Celle qui *faisait* tout court. Sans avoir besoin de mettre des verbes et des idées par-dessus. Sans donner son avis. Juste faire ensemble. Elle était à deux doigts de lui balancer des vannes, à l'ancienne. Leurs fous rires d'avant lui manquaient. Elles pouvaient partir pour un rien, ça leur tenait pour dix minutes, des crampes au ventre, à devoir sortir de table ou de cours pour aller se calmer dans le couloir. Ou quand elles inventaient une chorégraphie débile. C'est atroce de devoir se tirer la gueule quand on s'est aimées à ce point-là. Dans les couples, ça finit par se réconcilier au pieu – pas toujours pour le meilleur, d'ailleurs. Mais entre amis ? Combien d'heures elles auront passées à rouiller cette salle ensemble ? La GRS, la country, les bals des conscrits, les lotos.

Soudain, elle avait presque envie d'y croire, à l'auparavant des choses. D'oublier les dix-sept ans dans la vue. C'était tout de même chiant, ce mécanisme sélectif du cerveau préférant se souvenir des bons moments. Cette espèce de réflexe de loyauté inconditionnelle au revers de l'attachement. Ça biaisait la perception du passé et vous permettait de pardonner n'importe quoi. De même que Constance espérait qu'une startupeuse ait un jour l'idée de créer une application pour se débarrasser des pervers narcissiques (Dégage un PN lui semblait un nom convaincant) ou encore un Nutri-Score à tocards, Jess aurait aimé qu'un ingénieur mette au point une sorte de *douleuromètre* : un capteur de douleur permettant de mesurer qui, lors d'une rupture amicale ou amoureuse, morfle le plus. On aurait été fixés, au moins. Et puis, d'un coup, ça lui revint. La Constance d'aujourd'hui, trop visible. La télé, ces élites qu'elle fréquentait. Toute cette place que Constance n'avait que pour elle-même. Toute cette lumière accaparée pour compenser celle dont elle aurait manqué.

« Alors, à ce qu'y paraît, tu vas nous ouvrir un truc pour les artistes là-haut, au Grand-Mollard ? »

Nadine avait mis les pieds dans le plat. Elle n'était pas du genre à tirer des bords ni à prendre des pincettes. Son ton était assez neutre ; on n'y entendait ni reproche, ni enthousiasme, plutôt de la curiosité. Mais cela jeta un froid sur le plan de travail. Constance chercha instinctivement le regard de Raymonde. Elle ne savait pas comment répondre, comme ça, à brûle-pourpoint, devant toutes ces paires d'yeux. Finalement, ce fut la maire qui prit la parole, avec son habituel entrain de cheffe scoute, qui avait hélas pour effet d'agacer :

« Mais oui, quelle chance pour le Valfroid ! Des jeunes qui reviennent au pays et qui ont des projets. On n'aurait pas pu souhaiter de plus belle seconde vie pour la maison de Simone ! »

Constance s'efforçait de sourire, mal à l'aise. Elle vit des expressions d'encouragement sur quelques visages, dont celui de Léa. Pour le reste, les autres continuaient d'éplucher les pommes de terre, tête basse, paraissant trouver une contenance dans ces gestes familiers. Constance, alors, comprit. Elle n'avait jamais espéré déplacer les foules avec cette idée d'espace de création, mais à tout le moins susciter un peu d'enthousiasme. Elle tournait les mots dans sa tête pour essayer d'expliquer sa démarche quand Samira, d'ordinaire si discrète derrière son comptoir, intervint :

« Je pense que personne autour de cette table ne doute des bonnes intentions de ce projet, simplement, pour pas mal d'habitants, ç'a pas été facile de l'apprendre comme ça, dans le journal. D'habitude, quand un projet concerne le Valfroid, on en cause d'abord entre nous, au marché, au comptoir, dans la rue… Que là, les gens ont l'impression que c'est encore un truc qui leur est tombé dessus sans avoir leur mot à dire, quoi. »

Plusieurs femmes acquiescèrent. Constance en vit certaines se chuchoter des trucs qu'elle aurait bien aimé entendre.

« Et puis c'est vrai qu'à part au bar, on t'a pas trop revue faire des trucs avec nous avant aujourd'hui », ajouta Samira.

Jess fixait Constance froidement, semblant attendre qu'elle se positionne. Constance se sentait mise en cause en même temps qu'en minorité, ce qui ne lui était pas arrivé depuis des années. D'ordinaire, elle était plutôt du côté de celles qui ont raison. Qu'on écoute. Elle inspira un grand coup avant de se lancer.

« Je reconnais que l'article dans le journal, c'était assez maladroit. Mais j'ai besoin que vous m'expliquiez ce qui peut vous poser problème dans ce projet. »

Elle tenta d'être honnête, mais son laïus prit des airs d'exposé et tomba à plat. En fin de compte, c'était vachement confortable, la télé. Elle pouvait parler sans jamais voir ceux qui regardent ni leur laisser la possibilité de répondre, protégée par l'écran. Constance ne pouvait pas tout dire, à l'évidence. Ni ce qu'elle avait cédé d'elle-même là-haut, ni ce qu'elle regagnait depuis qu'elle était ici. Quoiqu'elle appartienne à ses parents, la maison de Simone était un privilège dont elle souhaitait faire quelque chose. Elle osa ajouter : quelque chose d'*utile*.

À ce mot, elle fut coupée par Aurélie Martin, avec qui elle était au collège, désormais prothésiste ongulaire. Sa petite auto-entreprise ne devait pas trop mal tourner, à en juger par les ongles des unes et des autres, rivalisant d'ingéniosité. Constance était d'ailleurs hallucinée de constater que certains coins comptaient désormais plus d'ongleries que de boulangeries.

« Tu dis *utile*, mais ça dépend pour qui. En vrai, *no offense*, mais tu nous vois, nous, aller dans un truc d'artistes ? Rien que le nom, là, tiers-je-sais-plus-quoi, on capte pas trop ce que ça veut dire. On va pas se mentir, ce genre d'endroit, c'est plus pour les gens comme toi. »

Constance l'interrogea du regard. Aurélie précisa :

« Ceux-là qui viennent des grandes villes. »

Ça avait le mérite d'être franc. Constance se sentait à des kilomètres à la ronde, soudain. Petite-fille de Simone, peut-être, mais persona non grata, étrangère, profiteuse. Était-elle à ce point à côté de la plaque ? Ou bien les autres s'étaient-elles mises d'accord pour lui rappeler qu'on ne revient pas indemne ?

« Et puis on sait comment ça s'passe avec ces endroits, lança alors une vieille dame que Constance remettait vaguement comme une copine de belote grincheuse de Simone. *Ils* commencent par obtenir des subventions. Au début, *ils* sont que quelques-uns, et après *ils* rappliquent à plusieurs, *ils* se passent le mot, comme quoi le coin est sympa. Et voilà qu'*ils* restent entre eux, *ils* essaient pas de s'intégrer. C'est comme si qu'on les intéressait pas, tout compte fait. Tenez, y a qu'à voir : pas un seul qui est venu nous aider à préparer. »

Constance n'était plus bien sûre de savoir de qui on parlait, tout d'un coup. Samira, visiblement embêtée par la tournure comminatoire que prenait la discussion, précisa :

« Non mais attendez, c'est pas qu'on est contre l'arrivée de citadins. Moi, qu'il y ait du passage, ça arrange mes affaires. Vu mon nom et ma tronche, je suis mal placée pour dire qui est le bienvenu ou pas. Le truc, c'est que nous, déjà, de base, on galère à se loger. Et que les Lyonnais et les Grenoblois qui débarquent, ils gagnent bien plus de thunes. Donc, ça fait monter les prix, et on galère encore plus. Regardez Jess et Mick, des mois qu'ils cherchent, ils trouvent que dalle. »

Jess baissa les yeux, gênée et un peu vexée que sa pote les ait choisis comme exemples de galériens. Mick et elle étaient pas des cassos.

« Du coup, le prenez pas mal, poursuivit Samira en s'adressant à Constance et à Raymonde, mais, avec la notoriété de Constance, c'est normal qu'on flippe que ça nous ramène encore plus de bourges tout fiers de leurs idées qui nous serviront à *tchi*, à nous. »

Raymonde resta circonspecte. Elle ne semblait pas avoir envisagé les choses de cette façon-là. De son côté, Constance fut surprise d'apprendre que Jess et Mick avaient du mal à trouver un logement. Ça l'étonnait d'autant plus qu'ils paraissaient sur des rails, chacun un boulot, une gamine, des projets, l'air affairé… Contrairement à elle, ils lui faisaient l'effet de vrais adultes. Mais pourquoi Jess ne lui en avait pas parlé plus tôt ?

« Et puis ces nouveaux habitants, admettons. Est-ce qu'ils vivront là à l'année et feront tourner nos commerces et nos assos ? Est-ce qu'ils inscriront leurs enfants à l'école ? Ou est-ce que ce sera encore des *R'n'B* et des volets fermés ? » interrogea Julia.

Léa fit remarquer que l'heure filait. Il fallait passer la seconde si on voulait pouvoir enfourner tous les gratins au fur et à mesure et avoir le temps de repasser chez soi avant la soirée. La cuisson des plaques de ravioles, elle, se faisait à la dernière minute. Elles devaient être surveillées comme le lait sur le feu ; une minute de trop, et elles explosaient.

Aussitôt, toutes se remirent en ordre de marche, non sans un certain soulagement d'en revenir à des considérations plus matérielles.

17

Comme toujours, Constance était arrivée à l'heure. Il était 19 h 30, et il n'y avait encore quasiment personne dans la salle des fêtes, sinon ceux s'activant aux derniers préparatifs. En chaussures de rando, Victor, préposé au mixage, terminait les réglages sur la petite scène montée sur des tréteaux ; Raymonde courait à droite, à gauche ; Mourad installait la table à l'entrée, avec des jetons de couleur pour les boissons (1 euro) et le repas (5 euros), sans oublier l'increvable boîte de Quality Street qui servait de caisse au comité des fêtes. Quelques vieux autorisés à sortir de l'Ehpad des Grands-Sapins étaient déjà attablés, tirés à quatre épingles – mises en plis pour ces dames, souliers vernis pour ces messieurs, serviettes en tissu autour du cou. Nadine et ses collègues aussi s'occupaient de les faire manger avant les autres.

En les voyant, Constance pensa immédiatement à Simone et sentit son cœur se pincer. Elle fut tentée de s'asseoir avec eux pour ne pas rester plantée là comme une potiche.

C'est chiant, d'être aussi ponctuelle. Elle se rappela les boums où elle arrivait toujours la première, ce moment épouvantable où elle ne savait pas où se foutre. Elle détesta à nouveau ses parents. À Paris, elle avait réussi à se défaire de cette tare trahissant sa provincialité. Apprendre à être à la bourre lui avait coûté autant d'efforts que de mémoriser les arrêts de métro, les bonnes adresses et les bons plans : le dernier concept-store slash barbier slash bar à bougie, l'ixième boulangerie urbaine avec les meilleurs roulés cannelle, ou bien sûr la rétrospective Park Chan-wook. Comptez trente minutes de queue à chaque fois – sauf à avoir entregent et coupe-files. Les premières années, le plus dur avait été de prendre le pli de ces soirées en trois parties, *before – after – after d'after – je dois filer, j'ai une autre soirée* ; cette espèce d'injonction à n'en rien manquer, à avoir un avis sur tout, le présentéisme étendu aux loisirs et aux vacances, qui n'avaient plus rien du temps dit *libre*. D'ailleurs, on parlait de *faire* des pays, de *faire* des expos. L'aisance au retard était un autre de ces capitaux distinctifs invisibles. Et voilà qu'à peine rentrée au Valfroid, sa ponctualité revenait au galop. Cela dit, ça lui avait permis de retrouver le sommeil. Des nuits de huit heures, sans tache et sans alcool mondain. Pas de notif pour la tenir éveillée jusqu'à 2 heures du matin, personne pour la juger si elle éteignait à 23 heures et le kif de renouer avec la lecture. Pas de gueule de bois. Chaque matin, dans le velours de l'aube, elle se sentait inédite.

Enfin, la salle commença à se remplir. Les Valfroidiens s'étaient mis sur leur 31. Constance trouvait ça beau à voir, l'apprêtement. Ce quelque chose de rehaussé qui se lisait alors aux visages. Dignes et fiers. Oubliées, les combinaisons de chantier et les laines polaires maculées par le boulot. Les femmes s'efforçaient de se tenir hautes sur leurs talons, les cheveux laqués, remontés en chignon par des épingles à perles, des coiffures emberlificotées comme on n'en voit qu'aux grandes occasions. Les hommes, chemises en nylon repassées, tendues sur leur bedon, rentrées dans le pantalon, étaient rasés de frais, les joues roses pareilles à une carrosserie, conférant aux plus joufflus des airs de porcelet. Les enfants, les cheveux encore mouillés de la douche, fleuraient bon le P'tit Dop et avaient eu le droit de sortir les déguisements. Lotions, poudres, laques, huiles et autres onguents embaumaient l'air. Pour l'heure, tout était encore tenu, immaculé. À l'extérieur des jeunes en mob s'en donnaient à cœur joie sur le parking. Constance se sentit inadaptée et chiante dans sa petite robe Maje noire et stricte

– elle n’avait que celle-là dans sa valise, celle de l’enterrement de Simone.

Elle fut soulagée d’apercevoir Yanis. Ce visage bienveillant lui fit l’effet d’une branche à laquelle se raccrocher. La petite foule se pressait déjà à la buvette. Il était méconnaissable sans son bonnet et sa traditionnelle parka de la Poste. Elle le détailla tandis qu’il venait vers elle. Il était bien bâti, quoique dégarni, ce qui passait relativement inaperçu compte tenu de l’amplitude de son sourire et de l’éclat qui illuminait ses yeux. Elle surprit un geste rapide pour replacer sa mèche à l’avant. Ces automatismes trahissant un complexe la bouleversaient. Plus encore chez les hommes. Entrevoir leur fragilité n’était pas si courant. Constance, alors, comme pour ne pas effrayer un animal sauvage, suspendait sa respiration de crainte qu’ils ne la surprennent et ne s’interrompent. Elle l’imagina devant son miroir, maudissant cette foutue génétique et sa répartition malavisée des follicules pileux, terrifié par cette première démission du corps masculin qui, peut-être, en laissait augurer d’autres.

« Ça fait plaisir de te voir là, dit-il, jovial, en tendant la joue pour lui faire la bise.

— Tu vas même pouvoir goûter mes ravioles et mon gratin », répondit-elle, pas peu fière.

Constance s’assit à la table de Yanis, à côté de lui, comme une pièce rapportée. En tant que facteur, il avait l’avantage d’être connu de tous. Et surtout, apprécié. Le genre de mec sur qui on pouvait toujours compter et qui, en dépit des cadences, se débrouillait pour rendre ces menus services qui changent la vie. Il continuait par exemple à relever le courrier des vieux accroché à leurs boîtes aux lettres par des pinces à linge, une vieille tradition qu'on n'allait pas leur enlever maintenant. Yanis la présenta à quelques personnes : des ouvriers de l'entreprise de chaudronnerie inox du coin, des ingénieurs en microélectronique à Grenoble, des sylviculteurs à l'Office national des forêts, une pépiniériste, d'anciens Lyonnais propriétaires d'un restaurant-caviste pas très loin, une jeune travailleuse du clic arrondissant ses fins de mois avec des micro-missions rémunérées à la pièce… Un chassé-croisé d'enfants du pays et de repentis des métropoles.

La conversation se mit à rouler, simplement, naturellement, à grands coups de fourchette, chacun se régalant de la nourriture et d'être là, ensemble. Il y avait toujours quelqu'un pour vous refaire le niveau de rouge. L'espace d'un instant, Constance se souvint de son ennui mortel autour de ces tablées mondaines auxquelles Solal la traînait parce qu'il fallait en être, triés sur le volet, pour votre plus-value sociale et vos ragots. Elle savait donner le change. Doctorante en tocards, voilà ce qu'elle était devenu. Une fois sur deux, les hôtes revenaient d'un pays exotique et s'essayaient à une cuisine-fusion alambiquée et immanquablement ratée. On se jaugeait – *et toi, t'es publié chez qui ?* –, passant rarement à table avant 22 h 30, beurrés au Ruinart, lâchant des indiscrétions pas si indiscrètes – les parties prenantes de cette gauche parisienne intellectuelle, intestine et incestueuse ayant toutes plus ou moins partagé la même couche et les mêmes écoles. Sur le chemin du retour, elle rêvait d'arrêter le Uber pour s'enfiler un gros tacos sauce samouraï. Constance en avait oublié cette générosité au premier degré : se taper la cloche, se remplir le ventre des autres, laisser les mots aller, sans arrière-pensées. Elle renouait avec le plaisir sans bavure de ses premières années de reportage, bien avant d'être embastillée dans les studios télé : écouter les vies à facettes.

La fête allait bon train, on se resservait des gorgeons de marquisette et de chartreuse soleil ; les gosses dedans courant criant, les ados dehors fumant crachant, les anciens en ronde sautillant d'un pied sur l'autre au son du rigaudon, de la chorale et de la fringante fanfare. Yanis jouait de la clarinette, Léa de la grosse caisse. C'est dans son assiette que Constance retrouva vraiment le goût du Valfroid. Elle fermait les yeux à chaque bouchée de ravioles et de gratin dauphinois. Le comté, les herbes fines hachées, le jus de rôti et la crème lui offraient une joie sans égal. Le beaujolais commençait à produire son effet, lui aussi.

Le volume sonore allait crescendo au-dessus des longues tablées, ricochant sur les murs et les faux plafonds mal insonorisés. Le vin éclaboussait, tachait les décolletés et se répandait sur les nappes en papier. Les hommes se levaient brusquement pour nettoyer leur bêtise sur la poitrine des dames, trempant leur serviette dans les carafes d'eau pour nettoyer les robes, en profitant pour peloter ce qu'ils pouvaient, égrillards. On se foutait désormais de l'état de sa coiffure et de son fond de teint. Ce qu'il restait de rouge à lèvres maculait le rebord des gobelets en plastique blanc. Les bonshommes, la panse sur le point d'exploser, faisaient discrètement sauter les boutons de leur pantalon. Leurs chemises, ouvertes jusqu'au poitrail, laissaient voir leur toison brune et drue. Comme il se doit, la fête dégénérait en godailles et gaudrioles. Les gosses, qui avaient fini par trouver la cachette des canons à confettis et des sans-gêne, s'en donnaient à cœur joie. Des guirlandes de fanions avaient été tirées au plafond, et une banderole fabriquée par l'école célébrait la 103e édition de la Fête des ravioles et du gratin dauphinois du Valfroid.

De temps à autre, Constance jetait un coup d'œil vers la table de Jess. Elle la voyait rire avec Mick, Samira, Pierre, Nadine, Patrick, Victor, Léa, leurs enfants. Sa poitrine, chaque fois, se fronçait. C'était infime, mais tout de même. Elle l'enviait d'être à ce point entourée. Tellement déployée. Elle aurait donné sa place en télé pour celle de Jess dans ce banquet. Pour être des leurs, de nouveau. Repue, le ventre lourd, Constance se sentit soudain serrée dans sa peau. Ses collants l'empêchaient de respirer, elle crevait de chaud dans sa robe d'hiver. Sa garde-robe parisienne commençait à lui manquer. Elle s'était acheté quelques basiques et des produits de cosmétiques, histoire de voir venir – des marques de galerie marchande qu'elle ne pensait pas réutiliser un jour : Cache Cache, Patrice Bréal, Yves Rocher. Mais on n'allait pas se mentir : les occasions de se saper ici n'étaient pas légion. En revanche, elle avait pris plaisir à se maquiller pour la fête dans l'armoire à trois glaces, revoyant sa grand-mère, la houppette, le nuage de poudre, le contour des lèvres tracé d'un geste précis, veillant à bien dessiner l'arc de cupidon, et cette drôle de façon qu'elle avait de faire le poisson, lèvre contre lèvre. Résultat, elle était élégante, mais pas sexy. Soit à peu près le contraire de Jess.

En robe moulante lamée et talons de douze dénichés sur Vinted. Jess passait un temps fou sur cette appli, devenue son triangle des Bermudes, et qui vengeait l'absence de Zara à portée de hameau ; des petits colis, jamais plus de dix balles, qui néanmoins s'accumulaient dans l'arrière-boutique du bar des Sports, au point que Samira la menaçait de lui imposer un quota mensuel.

Constance balaya la salle du regard. Ses yeux s'arrêtèrent une vingtaine de chaises plus loin. Le père Langret-tout-fout-l'camp était en train de s'échauffer, parlant avec force moulinets de bras, comme d'habitude. Vu l'heure, il était possible qu'il ait un coup dans le nez. En même temps, ce genre d'animal politique savait rester maître de soi, afin d'avoir toujours le dessus. Constance le vit soudain se dresser d'un bond, faisant trembler toute la table. Quelques gobelets se renversèrent, le fond de rouge imbibant la nappe. Il leva son verre et réclama l'attention :

« Puisque Madame le maire ne s'est pas encore manifestée, je voudrais remercier du fond du cœur nos incroyables cuisinières qui nous ont encore régalés cette année et qui font la fierté du Valfroid. »

Puis il se mit à taper des deux mains sur la table, un mouvement repris par tous. Ce roulement de tambour électrisa la salle. Il demanda le silence et poursuivit, comme s'il présidait une cérémonie :

« Chers amis, j'en profite pour vous rappeler qu'il faudra bientôt faire un vrai choix pour notre bourg. Que voulons-nous ? Continuer à marcher sur la tête avec cette équipe ? Supporter ces bobos gauchos qui nous pondent des normes tous les quatre matins ? Ou bien rendre sa grandeur au Valfroid et retrouver le bon sens en créant des emplois ? »

S'ensuivirent des applaudissements nourris et des sifflets. Ce type avait des airs de mini-Trump municipal, se dit Constance. Elle regarda autour d'elle. Au bord de certains sourires, se lisaient des rages. Langret n'avait plus qu'à récolter. Jess n'applaudissait pas, mais Mick, si. Constance chercha des yeux Raymonde. Celle-ci était assise à une table près de l'entrée, prostrée, l'air abattu, à côté de Mourad. Il aurait fallu qu'elle rétorque, pensa Constance. Mais elle n'en fit rien.

En même temps, qu'y pouvait-on ? Partout, les gens semblaient à bout. Mûrs à point pour être ramassés. Il suffisait d'idées à deux faces, noir/blanc, bien/mal, martelées avec des phrases simples sujet-verbe-complément ; des superlatifs jusqu'à la gueule – les très gentils/les très méchants, les ruraux/les urbains, les *déjàlà*/les envahisseurs. La société était devenue hémiplégique. Pas de complexité ni de propositions subordonnées. Du matraquage cathodique. Ça commençait à bas bruit, sous les pas de porte, devant des chaînes venimeuses. Et, par l'entremise d'un Langret, ça serpentait jusqu'aux comptoirs et aux salles des fêtes, et venait se ficher pour de bon sous les têtes. En tant que maire, on était parfois tenté de baisser les bras. Hier honteuses, tapies, ces idées-là se portaient désormais hautes. Il n'y avait qu'à voir les résultats nationaux. Combien de dizaines de fois Raymonde s'était-elle retrouvée, lors des dépouillements, à devoir énoncer le nom des candidats bleu marine ? Présidentielle, législatives, européennes, régionales, départementales. Chaque fois, la pelote d'aigreur grossissait.

Constance n'avait rien vécu de si violent depuis longtemps. Langret aurait dit *les étrangers dehors* que c'eût été moins hypocrite. En repassant chez elle pour se préparer avant la fête, elle avait tenté d'encaisser les échanges rugueux de l'après-midi. Elle avait réfléchi à des façons de revoir son projet pour qu'il corresponde davantage aux besoins. Sauf que le problème ne venait pas que de son projet. Elle faisait aussi probablement les frais du bashing anti-étrangers et anti-citadins alimenté par Langret.

Yanis s'aperçut de son trouble :

« On sort prendre un peu l'air ? » proposa-t-il en se levant de table.

L'air était bon, quoique encore frais. La pleine lune éclairait la place. Deux lampadaires semblaient s'envoyer des messages en morse. Des jeunes écoutaient de la musique en fumant adossés aux murets ; Constance se revit avec Jess et les autres, à cet endroit même, vingt ans en arrière. En remarquant les gobelets et les mégots jonchant le parvis, elle eut une pensée pour les agents d'entretien le lendemain. Le genre de truc qui ne lui aurait jamais traversé l'esprit à l'époque. Le dehors lui remettait les idées à l'endroit.

On allait basculer dans cette partie compensatoire de la soirée où le trop-plein des semaines mal profitées et du temps administré cherche un exutoire. En fin de compte, les bals de village servaient à ça : colmater. Resserrer les rangs d'un nous. Peu importait que le nous soit fait de caricatures. Il s'agissait ni plus ni moins que d'exister au superlatif – trop manger, trop boire, trop chanter. Pour remettre chaque minute à sa place, pour racheter l'accumulation de petites servitudes journalières, tous ces astérisques à l'existence, marqués de leurs cernes de regrets : horaires, patrons, pensions, Cetelem, radars. Donner une armature au quotidien pour que ça tienne, ou à peu près. Et finalement, tout ça demeurait tellement de traviole. Il n'était pas rare que ça finisse par du sang sur le parking. Pour une rivalité atavique entre clubs, la plupart du temps. Parfois, parce que des jeunes de la cité du coin s'incrustaient. D'office présumés coupables. L'occasion rêvée d'alimenter une supposée rivalité entre deux France – une France des cages d'escalier, assurément attentatoire, immigrée et trop aidée, et une France des clochers, à l'évidence paisible, blanche et abandonnée. Une fois n'est pas coutume, tout le monde se foutait bien des faits – la délinquance était pourtant largement inférieure dans les bleds. La vérité était une vieille dame encombrante.

Yanis en savait quelque chose. Il ouvrit la bouche pour montrer à Constance ses fausses incisives.

« Soi-disant personne ici n'est raciste », railla-t-il dans un sourire amer.

Un jour, il avait été confondu avec un jeune des Champs-Plaisants par un type d'ici bien décidé à en découdre. Sous l'effet du Ricard, la colorimétrie de son teint, ses cheveux frisés et la consonance crépue de son prénom ne revenaient pas à tout le monde. À l'école, on l'appelait *le Maghrébin.*

Il préférait en rire : ça va que ses origines arabes se limitaient à un grand-père algérien et que ses deux parents étaient *français-français*. Son patronyme lui avait aussi évité la discrimination à l'embauche : Durand.

« Plus franchouillard, tu meurs », se marra-t-il en écrasant son mégot par terre.

Il se souvenait de la gueule de certains vieux, au début, lorsqu'il leur livrait *Valeurs actuelles* avec sa trogne et son prénom ; tout était dans leurs yeux. Constance repensa à ce politologue qu'elle avait maintes fois invité en plateau et qui corrélait densité de prénoms *arabo-musulmans* et importance du vote pour l'extrême droite – alors que de plus en plus de potes à elle se mettaient à appeler leurs gosses Nour ou Soleyman, par pur esthétisme. Le même essayiste selon lequel la virée chez Ikea était devenue la messe dominicale des provinciaux. Au lieu de lui répondre ce qu'elle aurait dû savoir – qu'en dehors de l'Île-de-France, la plupart des enseignes du géant suédois sont fermées le dimanche –, elle avait acquiescé, se rappelant ses samedis midi sur la ZAC et oubliant l'autre partie de ses week-ends d'avant : les balades en forêt, la fanfare, la bibliothèque…

« Ces obsessions identitaires, ça me rend ouf, dit Yanis. Finalement, c'est le même délire pour toi, regarde : t'arrives de Paris en plus t'es bourge, en plus tu passes à la télé, en plus tu t'habilles et tu parles pas pareil, en plus t'as un projet culturel, c'est fini, t'es cataloguée. Ça va qu'au moins t'es la petite fille de Simone… »

Il soupira et poursuivit :

« Et puis, ça veut dire quoi, en vrai, être de quelque part ? C'est écrit où, les conditions d'éligibilité ? C'est quoi, le critère, faut avoir sa concession au cimetière ? Mais moi, je compte pas mes heures, laisse tomber. Tous les jours, j'lui rends service, à ce coin. »

Il lui raconta qu'il s'était installé dans les parages pendant le Covid, en suivant un pote maraîcher. Il venait de Grenoble. Plus exactement, de La Villeneuve. Pas le Grenoble qu'avait connu Constance en allant chez le dermato. Le Grenoble où les politiques parlent de Kärcher, où les keufs font du chiffre et les journalistes du clic. Mais il préférait encore ce coin mal famé où les gens s'entraident à ces nouveaux écoquartiers prétentieux qu'on voyait fleurir à l'autre bout de la ville. La Poste était son premier vrai boulot. Il avait du mal avec le salariat. Mais il kiffait la route. Tout ce petit peuple des deux voies : infirmières, médecins de campagne, livreurs de surgelés, laitiers, vétérinaires, caristes, commerciaux…

Constance non plus ne supportait pas cette tendance de l'époque au grand rétrécissement ; cette redoutable tentation de réduire l'autre à une seule de ses composantes.

Quand ils rentrèrent se mettre au chaud, les tables avaient été débarrassées et poussées contre les murs pour laisser place au club de danse country. Ça envoyait. Sous une guirlande de drapeaux américains tirée pour l'occasion, talons et pointes de santiag alignées rossaient le linoléum, synchrones, au son de *Hooked on Country*. Qui se serait douté, en longeant les maisons ouvrières et les champs, ce samedi soir de mars, que Nashville et les cordes de Johnny Cash vibraient là, juste derrière la porte de la salle polyvalente ? L'espace d'un instant, Constance s'y serait crue, dans les grandes plaines du Far West, avec les gardiens de troupeaux. La plupart des danseurs n'avaient jamais mis et ne mettraient probablement jamais le pied en Amérique, et quelle importance ? Elle se surprit à battre la mesure. Les pas lui revenaient, comme le goût des ravioles et la pente des chemins : *shuffle arrière droite, shuffle arrière gauche, trois pas en avant, kick gauche.*

Enfin, Victor annonça au micro ce que tout le monde attendait depuis le début de la soirée :

« Mesdames, mesdemoiselles, messieurs, Jessica Guyot ! »

18

Soudain, la lumière se tait et, avec elle, l'agitation. Les anciens ont tiré des chaises et se sont installés comme au spectacle. Les gosses ne crient plus, assis juste devant l'estrade, par terre, en tailleur. Tous les regards sont tournés dans la même direction, suspendus. S'allument alors deux projecteurs dont les rayons obliques rouges et verts balaient les volutes de fumée artificielle. Les amplis balancent leurs premiers accords de guitare, que chacun reconnaît. Les cœurs, déjà, cavalent.

La voici enfin qui apparaît au fond de la scène, fendant la lumière et la brume sur ses talons aiguilles, micro à la main. Un murmure parcourt la salle. Elle s'est changée pour l'occasion, une robe fourreau turquoise à paillettes jusqu'aux chevilles, un petit diadème qui lui coiffe la tête. Les gamines piaffent d'excitation. C'est mieux encore que les Miss à la télé. Plus tard, elles veulent être Jess. Arrivée à l'avant de l'estrade, Jess se fige, marque un silence, regarde chacun. Elle approche ses lèvres du micro : *Chez moi, les forêts se balancent et les toits grattent le ciel. Les eaux de torrents sont violence, et les neiges sont éternelles…* Le premier couplet n'est pas terminé et déjà un frisson traverse les corps, trousse les ventres, tend les peaux. Les bouches s'entrouvrent, les lèvres tombent d'accord – paroles à mémoire de forme.

Constance est prise, elle aussi. Jess chante encore dix fois mieux que dans ses souvenirs. Et cette chanson, c'était la leur. Elle est jalouse à en crever en même temps que profondément émue. Par sa seule voix, Jess pourrait faire tenir ensemble un stade, voire un pays. Comme lorsqu'elles avaient treize ans et que, a cappella dans le car ou dans la cour, elle leur foutait les poils. Le refrain arrive, et toute la salle l'entonne, *j'irai où tu iras ouh ou hou*, exactement ensemble, chacun en commun, on dirait les Jeux olympiques, *mon pays sera toi ouh ou hou.* Les rognes posent les armes, les aigreurs cessent leur vacarme. Aucun éditorial ne peut ça, se dit Constance. Cette magie fugitive, précaire, qui offre de se sentir semblables et simultanés : natifs, néos, nouveaux, anciens, gauchos, wokistes, fachos.

Jess s'arrête, et la salle l'applaudit à tout rompre. Elle se tient là, plantée sur ses dix centimètres, au ras d'elle-même. Elle n'a même pas besoin de tous ces artifices tant elle irradie dans son sourire immense. Constance surprend Nadine et Patrick qui essuient une larme, leur petite-fille Lyana dans les bras. Elle pense à Simone. Simone aurait sorti un mouchoir, elle aussi. Elle aurait dit : *Bravo, ma grande.* Elle se demande alors si elle a déjà ému sa grand-mère, elle, la petite-fille officielle. Et ses parents ? Fiers, ils le sont. Enfin, ils l'étaient surtout au début, quand c'était encore nouveau de la voir apparaître à la télé. Passé l'effet de surprise, on s'habitue vite. Mais émus ?

La salle Rose-Valland en redemande, du Cabrel, du Goldman, du bon vieux mobilier sentimental. Elle a perdu de vue Yanis. Elle n'a pas non plus senti Mickaël s'approcher. Elle sursaute lorsqu'il se penche à son oreille.

« C'est la meilleure, hein ? » déclare-t-il en désignant Jess du menton.

Il sent lourd, un mélange d'aftershave, de tabac, de rancœur et de gasoil. C'est pas déplaisant. Elle a toujours eu un faible pour ces odeurs illicites de brute et de monde fini. En revanche, elle aime moins le ton sur lequel il vient de lui adresser la parole. Elle le reconnaît immédiatement, ce ton qui pilonne. C'était l'arme de Solal pour lui extorquer des aveux impossibles. Constance et Mick n'ont jamais été copains. De l'un et l'autre, ils ne connaissent que celui et celle de seize ans ; encore bloqués vingt ans en arrière. Il la trouve bourge, snob, calculatrice. Elle le tient pour responsable de l'éloignement de Jess au lycée. Et persiste à penser que, sans ce pélo dans les pattes, Jess aurait pu aller beaucoup plus loin. Elle les revoit tous les trois dans la Ford, sur la route du lac de Paladru. Comme il l'insupportait. Si sûr de lui parce qu'un volant et un pot d'échappement. Elle se détestait d'être si piétonne. Sa promesse, alors, de ne dépendre d'aucun homme.

Elle le regarde. Mick a toujours sa gueule de petite frappe des champs à la Eminem, mâchoire carrée, yeux verts, cicatrices, diams à l'oreille. Évidemment qu'il est sexy. Plus encore avec ses pattes-d'oie et ses épaules larges. Il l'était déjà dans le temps, ça l'agaçait pareil. Elle s'est toujours dit que, si les visages des mecs marquent moins, c'est parce qu'ils se contentent de recevoir là où les femmes prodiguent et déploient. Mais en faisant un pas vers lui pour lui proposer les travaux de la maison, elle espérait enterrer la hache de guerre.

Elle s'efforce néanmoins de lui sourire :

« Oui, c'est la meilleure, là-dessus, on est bien d'accord. »

Elle hésite et ajoute :

« Elle chante encore mieux qu'à l'époque, dans la Ford. »

En évoquant ce souvenir, elle tente de créer une connivence. Ça n'a pas l'air d'émouvoir plus que ça Mick, qui garde le visage cadenassé. Malgré la voix de Jess et la sono qui emplissent la salle, le silence pèse lourd entre leurs bustes. Elle sent qu'il a quelque chose au bord des lèvres, sinon pourquoi resterait-il planté là ? Il s'approche de son oreille à nouveau. Elle perçoit son haleine chargée de chartreuse.

« T'sais, y a un truc que Jess te dira jamais. »

Cette fois-ci, Constance tourne franchement la tête et le regarde droit aux yeux, piquée.

« Cette maison. La maison de Simone… »

Il semble chercher ses mots, Constance l'encourage du menton.

« Ben, c'était la sienne. »

Elle écarquille les yeux, ne saisissant pas où il veut en venir.

« J'veux dire que c'est dans cette maison que Jess s'imaginait vivre. Avant que tu débarques. Avant que t'aies ce projet de tiers-machin…

— Tiers-lieu.

— Ouais, c'pareil. »

Constance n'est pas sûre de comprendre ; elle essaie de lire sur ses lèvres de peur d'en perdre la moitié à cause du barouf autour. Il s'en rend compte et se met à parler plus fort :

« Simone avait même proposé à Jess qu'on s'installe tous les trois à l'étage, vu qu'elle occupait que le rez-de-chaussée et que, nous, on galère à trouver un logement. Ça lui aurait fait de la compagnie. En plus, on avait un arrangement. Comme je lui avais déjà retapé l'isolation du bas, j'aurais pu poursuivre avec le haut. »

Il boit un gorgeon, qui paraît le détendre un peu, et poursuit :

« À la base, moi, j'étais pas hyper chaud d'habiter avec une mamie, surtout une mamie qu'est pas la nôtre. Mais Jess elle répétait que ça se fait de plus en plus, ce genre de colocation entre jeunes et vieux. Et puis elles se kiffaient tellement, les deux, fallait voir. Finalement, j'crois que Jess s'est jamais imaginée vivre ailleurs. »

Constance sent le lino se dérober sous ses pieds et ses oreilles bourdonner. Elle se demande si elle n'a pas rêvé. Mick la fixe dans l'attente d'une réaction, mais elle est incapable de formuler quoi que ce soit. Il est alors alpagué par Victor et la plante là. Les baffles crachent trop fort, le larsen fait à Constance l'effet d'une décharge. Les choses, petit à petit, se réécrivent. Ces dernières semaines. L'animosité de Jess. Le démarrage en côte face au tracteur. Les yeux de Jess dans le rétroviseur. Ses yeux, aujourd'hui encore, au-dessus du plan de travail, tandis que les autres ne mâchaient pas leurs mots. Elle lève la tête : Jess est toujours en train de chanter, infatigable, en nage, une bête de scène. Tout de même, il y a un truc qu'elle ne s'explique pas : pourquoi Jess ne lui en a-t-elle pas parlé, avec toutes les occasions qu'elles ont eues dans la bagnole ? Pourquoi, bon sang, laisse-t-elle les autres dire à sa place ?

19

Jess et Constance avaient rendez-vous à 14 heures ce lundi-là. L'une comme l'autre avaient été soulagées de pouvoir mettre un peu d'air après le fameux jour du tracteur. Mine de rien, Constance commençait enfin à récolter les fruits de ses efforts et à se sentir plus en confiance au volant.

En revanche, la journée du samedi l'avait mise à genoux : la charge des filles en cuisine, la saillie du père Langret, les révélations de Mick. Depuis, ça tournait dans sa tête. La nuit avec Yanis, heureusement, lui avait apporté un peu de réconfort. C'était elle qui lui avait proposé de rester. Ça n'aurait pas de lendemain, ils étaient d'accord. Elle avait été troublée par la façon qu'il avait de *faire* l'amour, ou plutôt de le composer, comme s'il n'en avait jamais vu d'images. Yanis paraissait échapper aux fantasmes gluants et standardisés. Pour une fois, elle n'avait pas exécuté ses numéros appris dans les pornos, elle n'avait pas cherché appui dans ses yeux ni ne s'était regardée faire. Elle s'était appliquée à prendre plaisir autre part, plus loin en elle-même. Résultat des courses : ça avait été nettement moins bien qu'avec son Womanizer. C'était chiant d'être formatée à vouloir des brutes et à jouir en pute. Enfance Barbie-Disney, adolescence Loft Story-Britney, sur fond de massification du porno et de culture du viol ; vingtaine fracassée par #MeToo ; trentaine sauvée *in extremis* par l'arrivée des aspirateurs à clito : comme un paquet de meufs hétéros nées à la fin du XXe siècle et ayant découvert leur plaisir à l'aube du XXIe, Constance était prise dans cet épouvantable *en même temps*, son féminisme inconditionnel dans le civil se heurtant, au pieu, à des fantasmes de soumission inavouables. Peut-on attendre des hommes qu'ils se défassent de leur charge, tout en désirant leur écrasement dans le périmètre du lit ?

Elle aurait bien causé de tout ça avec Jess. Vu les heures qu'elles avaient passées à se trémousser sur *I'm a Slave 4 U* devant la VHS de Britney aux MTV Music Awards, des boas en velours pour imiter le python, rêvant au râle des garçons, il y avait des chances pour que son amie d'enfance ait le clito à l'ouest, elle aussi. Toujours est-il que le moment ne s'y prêtait pas du tout.

Jess non plus n'avait pas franchement envie de se retrouver à nouveau deux heures en tête à tête avec Constance ce lundi. Heureusement, elle était de bon poil, encore sur son nuage de la fête du samedi. Ce matin, elle avait eu le droit à son quart d'heure de gloire à son tour : son portrait en pleine page dans l'édition locale du *Dauphiné* la présentant comme « la voix de ceux qui n'en ont pas ». Une photo en pied, en contreplongée façon rock star, dans sa robe turquoise. Même l'article consacré aux programmes des candidats aux municipales était plus court. Dans le car, les gosses se tenaient plus, *Madame, madame, la vérité, vous chantez trop bien, j'ai vu sur TikTok votre concert de samedi.* En poussant la porte du bar des Sports à 8 h 30, elle avait eu droit à des *Voilà la star, c'est toi qui devrais te présenter aux élections.* L'impression d'avoir gagné au Loto. Fallait bien reconnaître que c'était pas désagréable de se faire mousser de temps en temps. Pas étonnant que certains prennent le melon. Quoique, pour la célébrité, elle eût encore de la marge. Qu'importe. Son kif à elle, c'était ce *nous* : faire la fierté des siens.

C'est Constance qui parla la première tandis qu'elles venaient de s'installer dans l'habitacle. Elle avait lu le portrait de ce matin.

« Bravo pour ta prestation de samedi et pour l'article ! dit-elle, espérant détendre un peu l'atmosphère.

— Merci, se contenta de répondre Jess, que le compliment ne dérida pas tellement. Bon, on a fait un point avec les collègues : maintenant que tu as eu ton code sans problème, tu es prête pour qu'on t'inscrive. Sachant qu'il y a toujours un petit délai et que ça te laissera le temps de t'entraîner encore pas mal. »

Constance ne s'y attendait pas. Cela dit, il allait bien falloir le passer, ce foutu permis. C'était pour ça qu'elle était là, à la base. Elle aurait pourtant aimé continuer à rouler comme ça à perpétuité, sans autre but que d'apprendre, les moniteurs à côté d'elle pour la rassurer et la rattraper sous les pieds.

Elles prirent en direction de la ZAC. L'examen du permis débutait toujours sur le grand parking d'Auchan, au niveau de la Pataterie. Parking qui était, du reste, un haut lieu de la pratique automobile locale. C'est ici que les drifteurs venaient faire des dérapages sur le verglas les dimanches d'hiver. Ici que les mordus de stock-car et de tuning comme Mick montraient leurs jantes en alu et leurs ailerons GT. C'était également le lieu de rendez-vous des covoitureurs et des Flixbus. À force, on avait vu se former des couples.

C'est ici, enfin, que Jess avait appris à passer les vitesses et à se garer, bien avant l'âge légal. Le dimanche après-midi, pendant que Constance avait obligation d'aller se balader avec ses parents, Jess, elle, accompagnait Patrick pour laver son taxi-VSL à l'Éléphant bleu. Jess adorait cette sortie en tête à tête avec le daron. Emmitouflés dans l'habitacle, ils profitaient du spectacle de la mousse, des jets et du pompon des rouleaux, c'était mieux que Marineland. À ce moment-là, elle n'avait encore jamais vu la mer. *Regarde le dauphin, t'as vu la petite sirène*, disait son père. Il y avait aussi le tape-tapis et l'aspirateur. Il fallait être précis, ne pas oublier la boîte à gants, les jointures des sièges. Il en allait de la réputation de son père. Hélas, elle n'avait jamais gain de cause pour le parfum de l'Arbre magique ni pour celui des bonbons La Vosgienne. Son père était têtu. *Bas du front*, selon les parents de Constance, qu'elle avait surpris un soir en train de parler des siens. Ces gens-là, décidément, n'y comprenaient rien. Son père s'accrochait à ce qu'il pouvait. Il n'avait pas de patrimoine, mais il avait des principes. Il était peut-être casse-pieds avec son accent pondéral et son raffut, il ne savait pas dire les choses avec des mots, n'empêche qu'on pouvait toujours compter sur lui. Il était de l'espèce des fidèles. Fidèle à sa femme, à ses copains, à son patelin, aux choses.

L'hiver, la nuit tombait tôt. Elle adorait ce moment de bitume, désert et rouge, l'odeur du pétrole, à la lueur des néons d'Auchan. C'est ainsi qu'elle se figurait l'Amérique, les motels, les routes perpétuelles. Alors ils s'asseyaient sur le capot encore chaud, son père sortait ses Gitane de sa chemise en jean, faisait claquer son zippo ; *c'est mieux que Vegas*, qu'il disait.

La voix de Constance vint interrompre le flot de ses pensées :

« Tu sais, j'ai réfléchi. »

Constance marqua un silence. Elle avait moins de mal à s'adresser à Jess dans la voiture, à la fois parce qu'elle ne croisait pas son regard (sauf à tourner la tête vers son rétro) et parce que la route faisait diversion. Comme Jess ne réagissait pas, elle reprit :

« J'ai repensé à ce que vous m'avez dit samedi, en cuisine ; à ce que d'autres m'ont raconté au bar des Sports, rapport à mon projet d'espace de création… »

Jess se crispa, ne sachant pas du tout à quoi s'attendre.

« Vous avez raison, c'est pas une si bonne idée que ça, tout compte fait. »

Cette fois, Jess sentit quelque chose dans son corps. Un poids qui aurait soudain cédé. Elle attrapa la poignée de maintien et se redressa contre le dossier.

« À la base, je me disais qu'un espace de création, ça parlerait à tout le monde, poursuivit Constance. Que ça pouvait être qu'un plus pour le Valfroid. J'étais pas du tout au courant de toutes ces galères de logement… »

Un blanc.

« Et puis… Je savais pas non plus ce que cette maison représentait pour toi. Ni que Mick et toi vous envisagiez de cohabiter avec Simone. »

Qui lui avait déballé ça ? s'interrogea Jess. Personne ne savait, à part Mick et peut-être sa mère, avec qui elle avait dû aborder le sujet une ou deux fois. Jess n'avait pas l'intention de s'en ouvrir à Constance. Question de fierté. Ça l'embarrassait, maintenant. Elle demeura silencieuse.

Constance relança :

« Pourquoi tu m'as rien dit ?

— Ça aurait changé quoi, en vrai ? lâcha Jess en levant les yeux au ciel. C'est ta maison, non ? C'est toi, la *vraie* petite-fille de Simone. Et puis je veux pas être redevable, moi. J'ai besoin de personne. Ça nous prendra peut-être dix ans, mais on va finir par en trouver une, de baraque. »

Constance soupira en serrant le volant de plus belle. Elle reconnaissait bien là Jess. Une vraie tête de lard. Cette espèce de fierté butée et résignée. Qui préférerait crever de faim plutôt que de manger dans sa main. Nadine et Patrick étaient pires encore, avec leurs *à quoi bon* et leurs *c'est comme ça*.

« Bah, je suppose que ça aurait quand même changé pas mal de choses, glissa Constance. Le simple fait de se parler, déjà. »

Jess tiqua. Se faire donner des leçons de communication par la meuf qui avait ghosté tout le monde dix-huit ans en arrière, c'était l'hôpital qui se foutait de la charité. Elle s'efforça de garder son calme et de ne pas monter dans les tours, comme l'autre fois pendant le démarrage en côte. Après tout, c'était elle la monitrice. Il en allait de la sécurité du véhicule et de la concentration de Constance. Elles arrivèrent à une intersection marquée par un stop.

« Attention, normalement faut même pas que ton pare-chocs dépasse la ligne du stop. Ça peut être éliminatoire au permis. On prendra à droite. »

Elles étaient quasiment seules sur la nationale qui filait de la ZAC à la voie rapide. Pendant de longues minutes, elles ne dirent rien, chacune ruminant ses pensées en dévisageant le paysage de mars. Constance redécouvrait cette période à califourchon, filandreuse, où l'hiver se défroque tout en s'accrochant, où les signes du regain s'offrent par touches. Le tableau était encore un peu austère, de bruns et de gris, mais les verts ourdissaient çà et là. Sous la pelisse du froid, on voyait poindre de petites pousses. Bientôt, les forêts moussues. Dans les champs, les tracteurs préparaient la terre pour les semailles de printemps. Les maraîchers commençaient à planter pommes de terre, oignons… Dans les étables, les premiers vêlages et agnelages préfiguraient les mises à l'herbe. Dans les jardins, derrière les haies, c'était le retour des crocus, des jonquilles et des rotofiles. Sur les étals de marché, salades et radis supplantaient enfin carottes et poireaux. Cela dit, il faisait encore frisquet. De la fumée sortait des cheminées. Constance prit conscience qu'elle venait de traverser son premier hiver au Valfroid depuis ses dix-sept ans. Elle avait survécu hors de son reflet et de la conversion des jours en likes.

Son regard buta sur les affiches contre le méthaniseur puis, quelques kilomètres plus loin, sur celles contre le projet de Center Parcs. Décidément, les gens d'ici ne s'en laissaient pas conter. À tort ou à raison, elle n'aurait su dire.

« Est-ce que je peux t'expliquer comment j'ai vécu les choses, moi ? demanda-t-elle soudain, n'y tenant plus. Ou bien tu préfères qu'on reste fâchées ? Parce qu'au fond c'est confortable, d'être fâchées. C'est rassurant, même. »

Elle prit le silence de Jess pour un acquiescement. Elles étaient désormais coincées derrière un tracteur tirant une bétaillère, sur une ligne droite, à vingt kilomètres-heure. La façon dont les vaches les bloquaient aurait pu prêter à rire, dans un autre contexte.

Constance parla. OK, elle avait merdé. OK, son comportement de l'époque craignait. Mais c'était il y a dix-sept ans. Il y avait prescription, non ? Elles n'étaient plus les mêmes aujourd'hui. Combien de temps allait-elle devoir payer ? Parce qu'elle débarquait de Paris, parce qu'elle passait à la télé, parce qu'elle était *bourge*, parce qu'elle s'y était prise comme un manche, elle pensait forcément à mal ? Elle raconta, sans filtre, des choses qu'elle n'avait encore jamais dites, qu'elle ne s'était même jamais formulées. Les mots se bousculaient dans l'habitacle, la respiration de Jess tel un réceptacle. Elle n'omit rien, aucune de ses illusions fracassées, ainsi des alouettes contre le miroir. Elle ne chercha même pas à cacher le moins avouable. Elle avait enfin compris l'arnaque. Elle ne voulait plus se compromettre avec des fossoyeurs à la Solal et consorts. On ne lui plumerait plus ni la tête ni le bec. Il lui fallait scier la branche sur laquelle elle s'était hissée, se laisser dégringoler gaiement. Ne plus leur appartenir.

Jess fut touchée. Soulagée, aussi. Elle n'en dit rien. Elle n'en avait pas encore tout à fait conscience, elle n'aurait pas su mettre les mots, mais quelque chose en elle s'était ameubli. Constance existait toujours. À mille lieues d'elle, et juste là.

« Du coup, si on abandonne ce projet de tiers-lieu culturel, j'aurais quelque chose d'autre à te proposer. »

Jess tourna cette fois la tête et leva le menton pour inviter Constance à poursuivre :

« Puisque c'est pas des espaces de création qui manquent au Valfroid, mais des logements. Et puisque tu rêvais d'habiter là-haut. Pourquoi on réfléchirait pas à un genre d'habitat partagé ?

— D'habitat partagé ? répéta Jess.

— Bah, plus simplement : racheter la maison à mes parents et la partager en plusieurs logements indépendants. Une sorte de coloc, sauf que chacun vivrait chez soi. Ça se fait de plus en plus partout. Selon différents montages financiers et statuts. »

Qu'est-ce que Constance était allée lui chercher ? Non seulement Jess ne s'attendait pas à ce revirement, mais sa nouvelle idée sortie du chapeau lui semblait, une fois de plus, complètement aux fraises.

« Genre… habiter ensemble, quoi ? demanda-t-elle pour être sûre de bien comprendre.

— Ben, oui. Enfin, c'est pas comme si on avait vécu l'une sur l'autre pendant dix-huit ans… »

Jess demeura interdite quelques secondes. Vraiment, elle ne savait plus quoi penser.

« T'as changé de projet du tout au tout, là. Mais ça doit être hyper compliqué, non, un délire pareil ? Et puis toi, du coup, tu pourrais t'embarquer là-dedans avec ton boulot et ta vie à Paris ?

— Alors ça, faut voir, c'est des choses qui se réfléchissent. Si j'ai mon permis, je vais pouvoir faire des allers-retours beaucoup plus facilement en laissant une voiture à la gare. Dans un premier temps, disons le temps d'organiser cette transition, je peux suivre les travaux à distance. Surtout si c'est Mick et Franck qui sont à la manœuvre. »

Jess était franchement confuse. Constance la prenait par les sentiments. D'un côté, cette main tendue la touchait, elle en mesurait la portée ; de l'autre, ça lui paraissait irréaliste et mal à propos. Ça arrivait dix-huit ans trop tard. Une coloc au lendemain du bac, pourquoi pas, mais maintenant ? Avec leurs vies faites ?

« En vrai, j'dis pas, s'installer là-haut, ce serait trop stylé. Et puis avec des travaux y aurait moyen de faire un truc vraiment cool. Après, vivre à plusieurs, c'était pas trop dans nos plans. Enfin, avec Simone, c'était différent…

— Ouais, je comprends. En même temps, une maison comme ça pour une seule famille, c'est trop grand, et trop cher surtout. C'est pour ça que c'est plus intéressant de penser à un projet collectif. »

Jess sentait s'affronter en elle excitation et réserve, envie d'y croire et pressentiment que, sous des airs de projet structuré, tout ça, c'était du n'importe quoi. Une fois de plus, Constance mettait les grandes idées avant les mains à la pâte. Ça suffisait pas de faire demi-tour des années plus tard et de proposer d'habiter tous ensemble – *et ils vécurent heureux*. Fallait déjà commencer par se réapprendre. Repartager des trucs. Pas juste un habitacle. Puis, à tous les coups, Constance serait là sans être là, le cul entre deux trains, sans pouvoir vraiment s'investir. Or Jess en était convaincue : de même qu'il ne suffit pas de quitter les gens pour que ceux-là nous quittent, on ne revient pas par intermittence. On est là ou pas. À force d'heures pressées l'une contre l'autre dans la voiture, Constance lui apparaissait dans son extrême solitude – adulte contrariée et désireuse de réparer l'adolescente blessée, prise dans des courants discordants. Parallèlement, pourtant, Jess se surprit à ressentir une forme d'indulgence à l'endroit de son ancienne *sœur*. Presque de la condescendance. Elle ne pouvait plus lui donner ce que Constance aurait espéré : des exclamations. Elle était désormais celle qui avait le pied sur la pédale de frein.

« Et puis j'imagine déjà la tête que Mick me fera quand je lui en parlerai, ajouta-t-elle, prenant des pincettes pour ne pas avoir l'air de se dédire. À tous les coups, il pensera que je me fous de sa gueule. Déjà que vous avez jamais été très potes, tous les deux... »

Là-dessus, Jess n'avait pas tort.

« Y a aussi qu'on vit hyper différemment, tous, poursuivit Jess, veillant à ne pas être blessante. Rien que nos métiers. On n'a pas du tout les mêmes horaires. Nous, on se lève hyper tôt, on rentre tard. Le week-end, Mick bricole. Tu te souviens comment nos parents se prenaient la tête à cause de ça ? »

Si Constance se souvenait. Entre eux, tout semblait prétexte à se mettre dessus.

« Et surtout, on a une gosse, et on est sur le point de lancer le deuxième... Tu veux pas d'enfants, toi ? »

Jess avait posé la question comme ça, sans arrière-pensée. Elle venait pourtant d'appuyer là où ça faisait mal. Encore ce foutu sujet qui s'invitait. Constance aurait été bien en peine de répondre à cette colle. Jeter un être humain de plus en pâture à l'époque ? En soirée, par flemme d'argumenter ou parce qu'elle jugeait ses interlocuteurs trop cons de penser si court, il lui était souvent arrivé de sortir la carte de la sixième extinction de masse. Dans le meilleur des cas, ça en bouchait un coin à tout le monde et lui valait des regards admiratifs ; dans le pire, ça déclenchait un interminable débat sur l'empreinte carbone, chacun y allant de son devis à l'existence – qui du gosse, qui des allers-retours en avion, qui de l'agriculture, etc. Mais, avec Jess, Constance ne se voyait pas utiliser ce joker.

« Je l'exclus pas. Mais il faudrait d'abord que j'aie le papa et l'envie. Faut du courage pour faire des enfants toute seule, vu comment la société est à la ramasse. Et quand on veut pas d'enfant, on est regardée comme une meuf pas finie, tout le temps sommée de se justifier… »

Constance avait l'air pas bien. Jess ne pensait pas avoir touché un point aussi sensible. En ce qui la concernait, elle était tombée enceinte sans se prendre la tête. Cela dit, en matière de nœuds au cerveau, Constance coiffait tout le monde au poteau. Elle se sentit un peu piteuse d'avoir mis les pieds dans le plat et tenta de changer de sujet.

« Bon. Quoi qu'il en soit, je te cache pas que j'ai vraiment du mal à imaginer Mick partant… Faudrait que je lui en touche un mot déjà, pour voir. Sauf qu'en ce moment il est super tendu à cause des élections qui arrivent. »

Mick avait été approché par Langret pour figurer sur la liste d'opposition à Raymonde. Il avait le couteau sous la gorge. Langret était certes un propriétaire véreux qui n'avait jamais rien fait pour eux, mais c'était aussi le plus gros requin du BTP du coin. Un vrai maquignon. En tant que petit artisan, mieux valait l'avoir de son côté. Ceux qui lui avaient cherché des noises s'en mordaient encore les doigts. Constance revoyait Mick en train de rire aux blagues de Langret au bar des Sports et à la salle des fêtes. Elle comprenait mieux.

Si Mick déclinait l'offre de Langret, le vieux risquait de le prendre pour un affront. Pire : un ralliement à Raymonde. D'autant que Langret chassait avec son père. La peinardise rurale avait un prix qu'à force d'années Constance avait fini par oublier : non seulement tout se sait, mais ce savoir oblige. Chacun est comptable de ses faits et gestes. Il en va de la réputation comme d'une monnaie d'échange. Débrouillards et solidaires autant que redevables et tenus. Les maires étaient choisis au suffrage universel direct, mais d'autres sortes d'édiles, qui détenaient les emplois et le foncier, régentaient indirectement la vie locale. Les filles en savaient quelque chose. Combien d'entre elles avaient subi des mains, des regards, des avances, parfois pire ? Pourtant, pas de #MeToo, ni de collages ni de manifs en violet par ici. Si on espérait garder son job, il fallait la boucler. Sinon, on était bonnes pour se coltiner des kilomètres. Constance accusait le coup. Dans sa tête se télescopaient des images de Langret et de Solal. Décidément, elle était encore bien à l'ouest avec ses grandes idées. C'est sûr que la candidature de Mick sur la liste du baron local ne risquait pas d'arranger leurs affaires.

Jess dut sentir son abattement :

« Bon, en attendant, la seule vraie prio, là, c'est que tu nous décroches ton permis. Parce que ça va arriver vite. Et la mère Roulier, elle a beau faire style qu'elle s'en fout, elle sera bien contente de pouvoir raconter que Constance Debord de la télé l'a passé chez elle. »

Tout en parlant, Jess lui indiqua de prendre la prochaine à droite.

Constance remarqua qu'elle avait dit *nous*.

20

Raymonde Serpolet soupira. Peut-être passait-elle ses dernières heures dans son fauteuil de maire. Les cloches venaient de sonner 7 heures. Les bureaux de vote des trente-cinq mille communes de France s'apprêtaient à ouvrir et, partout, jusqu'au soir, des processions d'hommes et de femmes défileraient dans les gymnases, les salles polyvalentes, les écoles. Les sols en linoléum crisseraient sous les semelles en caoutchouc, la journée serait scandée par le tampon sonore *A voté*, répété des milliers de fois, comme le gage d'un pays qui s'exauce. Cette transhumance électorale devait être très belle à voir depuis le ciel, se dit Raymonde.

De même que la gare, la mairie-école était une institution locale. Dominant la Grand'Rue, face à l'église romane, c'était un bâtiment majestueux, d'un seul tenant, dans un style, là encore, caractéristique des dernières années du XIXe siècle, témoin d'une époque durant laquelle des hommes s'étaient attachés à faire de la devise républicaine une réalité dans chaque canton. Deux siècles plus tard, une vingtaine d'années et des lois dites de *modernisation de l'État* avaient suffi pour venir à bout de ce patrimoine commun qui faisait naguère la fierté de chacun.

Longer chaque jour ces carcasses de République avait de quoi foutre le bourdon. Certes, il arrivait de temps en temps que ce bâti dégradé trouve à se reconvertir en friche culturelle ou en café associatif, à la faveur de petits nouveaux pleins de bonnes intentions et ignorants de la mémoire des lieux. Pour les routes départementales, par contre, Raymonde ne pouvait rien. Elle avait assisté, impuissante, à cette guerre de tranchée au gré des *réorg'* : centres routiers fusionnés, réduction du nombre d'agents, suppression de tournées de car, puis de lignes de train… Défoncées par les cortèges de tracteurs trop lourds, d'hivers trop froids et d'étés trop secs, trouées de nid-de-poule, certaines voies étaient de vraies gueules cassées. Il n'était pas rare de voir des artisans les reboucher eux-mêmes. Il en résultait un patchwork de taches noires de goudron frais et de vieil enrobé gris fatigué. Sans parler des hameaux qui n'étaient pas déneigés et des traînées de boue venues des champs. Les Valfroidiens payaient les mêmes impôts que les autres, pourtant. Or quoi de plus structurant qu'une route ? Qui enclave ou permet, autorise ou confisque des possibilités d'existence. Et Raymonde en était convaincue : cette affaire-là n'était pas sans lien avec le vote.

Elle fixa l'imposant buste en plâtre de Marianne, sous lequel dormaient les vieux cadastres. Dans la salle du conseil se trouvait aussi celui de Jojo, ainsi qu'elle surnommait Jaurès – le président McKinsey, selon la rumeur, usait du même surnom pour désigner le Français moyen. Elle leur causait souvent, aux deux statues. La République commençait à lui peser lourd dans la poitrine. Cette campagne-là avait été violente. Langret avait lâché les chiens. Pas une semaine sans que les agents d'entretien n'aient à remettre à l'endroit des panneaux municipaux tête en bas ou à effacer des *On marche sur la tête* et d'autres slogans rances (*Moins de bobos, moins de bobards, moins de bazar, moins de barbares !*) quand ce n'était pas une moustache de Hitler dessinée à Raymonde sur les affiches de sa liste. Sur la sienne, Langret prenait la pose seul, en tenue de chasse, sur fond de France pastorale éternelle : champs, balles de foin, clocher, tracteur. C'était tellement grossier. Raymonde voulait croire que les Valfroidiens ne seraient pas assez cons pour tomber dans le piège.

Le plus dur avait été le porte-à-porte des dernières semaines. Une bagarre avait bien failli éclater entre deux candidats des listes adverses lors d'un tractage – un jeune adhérent de la fédé de chasse et Dédé, l'infatigable président du vélo-club du Valfroid. Clairement, chasseurs et vététistes ne pouvaient pas se piffrer. Chaque année, c'était la croix et la bannière pour organiser le circuit de cyclo-cross pendant la période de chasse. Langret, il faut dire, prenait un malin plaisir à brandir l'épouvantail d'une ruralité menacée de toute part, à grands coups de contre-vérités. Lui seul avait la stature pour remettre le Valfroid à l'endroit et les gens au pas. D'ailleurs, l'ancien adjudant-chef de la caserne de gendarmerie avait rallié sa liste. Sur leur tract, on pouvait lire : *Ils ont mis le Valfroid à genoux. Nous lui rendrons sa grandeur.* Ils avaient même exhumé un vieil écusson du bourg datant du Moyen Âge.

Raymonde était usée. Elle avait le cuir épais, pourtant. Mais là, ça commençait à dépasser les bornes. En treize ans de mairie, elle n'avait jamais connu pareil climat. Elle n'en fermait plus l'œil. À ce qu'on disait, le chef de l'État aussi faisait des insomnies. Encore heureux. Manquerait plus que celui-là dorme du sommeil du juste après avoir mis le pays à sac. Raymonde se demandait comment *ça* avait pu arriver jusque-là. Naïvement, elle croyait le coin préservé de la coulée brune, le vote local encore un peu distinct, tandis qu'ici et là on voyait resurgir des saluts nazis. Tout compte fait, il suffisait d'un seul. Un seul colporteur de haine, associé aux réseaux sociaux et à une chaîne multirécidiviste. Le pire était en chemin. Et l'on continuait à se raconter des histoires de cordon, de barrage. On était déjà dans la bauge jusqu'aux genoux. Langret n'avait pas hésité à se mettre sur TikTok, pour parler aux jeunes. Il avait le culot de se présenter comme un type sans étiquette, apolitique.

Raymonde songea à ses aïeules qui reposaient au cimetière. Elle aurait voulu leur demander : voit-on jamais venir le pire ? Peut-on le prendre de vitesse ? Elle comprenait ses collègues qui décidaient de raccrocher l'écharpe, mais elle ne pouvait s'empêcher d'y voir de la non-assistance à démocratie en danger. À dire vrai, on ne lui enlèverait pas de l'idée qu'il n'est pas de plus beau mandat que celui-ci. Au plus près. Dans le bas-ventre du pays. Là où tout mijote. Si elle ne rempilait pas, alors quoi ? On leur laissait le champ libre ? Cette fois, elle avait du renfort. Ça lui avait redonné du souffle, d'être rejointe par des jeunes comme Léa. C'était courageux de sa part, vu tout le boulot que réclamaient la ferme et les enfants. Et toujours Mourad, Mme Roulier, Martine, leur ancienne boulangère… On change pas une équipe qui gagne. Ceux-là la tiraient, avec leur bonté presque anachronique. Les cloches de l'église sonnèrent 8 heures. Raymonde tira une dernière latte. De nicotine et de courage.

Jess balaya du regard son bureau de vote. L'autre bureau se situait à la salle polyvalente Rose-Valland. Mais elle préférait celui-ci, avec Mourad comme président. Il faut dire que la salle du conseil avait du cachet, classée à l'inventaire supplémentaire des monuments historiques pour son mobilier. Elle était décorée de boiseries et de vitraux, de sièges d'inspiration Louis XVI et d'un lustre en bronze. Aux murs, des peintures d'artistes ayant des attaches familiales au Valfroid. Tout était en place. Table de décharge, table de vote, bulletins, enveloppes, urnes, isoloirs, corbeilles, code électoral, affiches. Quand elle ouvrit les portes, elle ne fut pas surprise de tomber sur Mme Martinet et M. Tahiaud qui faisaient le pied de grue, appuyés sur leur canne. Elle eut toutefois un pincement. Simone aurait dû se tenir là, parmi les cinq premiers votants. Avec sa carte électorale, son sourire infroissable. C'était elle qui lui avait transmis le goût de ce cérémonial. Pas sûr que Jess se serait intéressée à ce genre de choses, sinon.

Jess était comme ça passée d'abstentionniste à assesseure. C'était l'année du rond-point. Pour qui on votait et pourquoi, elle ne savait plus dire. On vote tellement souvent et les sorts s'améliorent si peu. Ce dont elle se souvenait, en revanche, c'est qu'elle-même avait changé cet hiver-là. Combien d'heures avaient-ils passées à fourbir des rêves de référendum d'initiative citoyenne ? Réduction des inégalités fiscales, garantie d'un logement décent pour tous, gratuité de l'enseignement supérieur… Pour peu qu'on les laisse les proposer, ils ne manquaient pas d'idées, en bas. Cette année-là, Jess n'avait pas seulement accouché, elle avait surgi. Elle avait dit non aux vies qui leur sont faites.

Alors on pouvait bien les traiter de tout : bas du front, prolos, fâchés, fachos. Ils pouvaient bien les disséquer, les disserter, les dépecer là-haut, sur leurs plateaux. Ils pouvaient y aller de leurs films, de leurs livres qui parlent toujours à côté. Ils ne sauraient jamais de quel bois se chauffent ceux des ronds-points. Depuis lors, Jess n'avait plus voulu exister gentiment. Elle voulait faire sa part à son temps. Elle exigeait des joies bien tassées. Elle le devait à sa fille. Lyana était née de cette charge, au bord de la départementale.

Jess croyait moins à l'incidence du vote sur les vies qu'à la puissance de ce rite laïque. Elle aimait la scénographie de cette grand-messe communale. Le décorum, mais surtout la mise en scène des corps. Cette façon que chacun avait de se tenir davantage debout. Elle aimait cet avant-après de l'isoloir. Les rideaux en toile ignifugée – on n'était pas à l'abri d'un petit malin qui décide de brûler son bulletin. L'électeur coupé en deux. Le haut du corps confisqué, pris dans un chassé-croisé d'exaspérations et de si seulement. Le secret des mollets sous la jupe de l'isoloir. Jess s'amusait à jouer au *Qui est-ce ?* des chaussures : TN Requin, Veja, pompes de rando, de vélo, de sécurité… Jusqu'à ce qu'enfin, dans un froissement de rideaux, les visages rendent leur identité aux pieds. Il y avait des façons d'empoigner les bulletins comme des fumigènes. Des manières rageuses de jeter en boule ceux dont on ne voulait pas. Des hésitations solennelles ou honteuses, la main suspendue au-dessus de l'urne, avec la conscience du geste fatidique. Des choses plus pittoresques, aussi : des enveloppes fermées à la glue, d'autres contenant des lettres de réclamation adressées aux élus, des couples prêts à se faufiler à deux dans l'isoloir, une dame dotée d'un bulletin Jordan caché dans son soutien-gorge… En général, chaque liste missionnait des fouilleurs de corbeilles à papier pour élaborer des sondages dits *sortie de poubelles*. Tout le monde, ce jour-là, semblait se prendre au jeu du récit national. Et Jess voulait en être. Peut-être parce que, la veille au soir, son test de grossesse s'était révélé positif. Ou parce que, l'avant-veille, elle avait commencé de retrouver Constance.

Elle déchanta en voyant arriver Mick sur les coups de 10 heures. Il avait sa tête d'équerre, la petite traînait la patte derrière lui. Mick figurait tout en bas de la liste de Langret, en position non éligible, mais tout de même. Ça le faisait chier. Il était à deux doigts de rebrousser chemin et d'emmener Lyana à la pêche. Par un temps pareil, en plus. Quel gâchis. Ras-le-fion de participer à ce baratin. Il avait beau être attaché à l'avenir de son patelin, avoir le choix entre un baron et une donneuse de leçons, c'était pas franchement réjouissant. Avant, pourtant, il l'aimait bien, Raymonde. Seulement voilà, il l'avait mauvaise depuis qu'elle s'était permis de corriger ses fautes d'orthographe dans le cahier de doléances. Au stylo rouge. Il avait casé un de ses proverbes préférés, de Clemenceau, qu'il tenait de son père : *Les fonctionnaires, c'est comme les livres d'une bibliothèque. Ce sont les plus haut placés qui servent le moins.*

Heureusement qu'il restait Victor et Franck pour se fendre la gueule. Les trois n'étaient pas mécontents de leur dernier coup : ils s'étaient fait le nouveau radar tourelle. Ça leur avait pris la nuit et plusieurs allers-retours avec le tracteur, une remorque et une fourche télescopique. Mais le résultat en valait la peine : mercredi matin, les Valfroidiens avaient découvert, médusés, la colonne de douze pneus agricoles enfilés autour du grand bloc gris, au bord de la nationale filant vers la ZAC. Ça avait autrement plus de gueule que de le bâcher avec des sacs poubelles. Parce que se faire racketter en allant travailler, ça allait deux minutes. Déjà que personne leur avait demandé leur avis pour abaisser la vitesse à quatre-vingts kilomètres-heure. Sur le mobilier urbain, au moins, ils avaient encore la main.

Sinon, à part le bar des Sports le samedi soir, l'ambiance était plus la même. Pour le coup, Raymonde y était pour rien. Ce coup-ci, c'était la faute de Langret. Les gens avaient fini par l'attraper, son sourire à l'envers. C'est contagieux, ces conneries. Parler dans le cul des autres, se croire les plus mal lotis, chercher des coupables, c'est un sport facile, accessible à tous.

Mick aurait quarante berges dans quelques mois et, pour la première fois, il ressentait l'envie de se tirer du Valfroid. Un an qu'ils cherchaient une baraque. Eux n'avaient que ça : être d'ici. Pas d'autre faire-valoir. Premiers en rien, sinon en autochtonie. En surplace. *L'Ancien*, l'appelaient d'ailleurs ses collègues en le checkant – *qu'est-ce qu'il dit, l'Ancien ?* Là encore, il était vénère contre Raymonde. Ça se voyait qu'elle préférait refaire le monde avec les petits nouveaux. De toute évidence, ils étaient plus frais. Plus de choses à raconter – des grandes études, des carrières, des voyages. C'était pareil à l'époque où elle dirigeait l'école : les rangs de devant pour les chouchous ; les autres, c'était à peine si elle les calculait.

Peut-être était-ce parce qu'il ne pouvait plus supporter d'être le larbin de types comme Langret. Ou plus certainement parce qu'il venait d'apprendre que Jess attendait le deuxième. Toujours est-il qu'il voulait lui faire une demande. Ou plutôt une proposition : se barrer. *Askip* la France est un beau pays. Y serait temps d'aller goûter d'autres fromages et d'autres accents. Le saint-marcellin, le saint-félicien et le bleu du Vercors, il saturait. Et puis la langue française aussi a des saveurs. Y a bien que les Parigots pour l'avoir oublié. Jess et lui ne connaissaient que ces reliefs-là, de brume et de cimes, l'horizon qui joue à cache-cache. Ils n'avaient encore jamais franchi la frontière du Vercors. Pour sûr, un tas d'endroits seraient ravis de les accueillir, avec du boulot, des maisons moins chères à retaper et des nouveaux potes à se trouver. L'avantage, c'est qu'on avait partout besoin de maçons et de monitrices d'auto-école.

Lyana avait eu le droit de l'accompagner dans l'isoloir. Elle se tenait accroupie sous le rideau et adressait des grimaces aux électeurs dans la file. Mick soupira. Si seulement on pouvait faire des nez de cochon toute sa vie, franchement, les choses seraient plus simples. Il n'arrivait pas à se décider. Puis, d'un coup, il prit son bulletin, le mit dans l'enveloppe, tira violemment le rideau, faillit bousculer la dame qui patientait. Le *A voté* tomba comme un couperet. Lyana le regardait de ses grands yeux réprobateurs. Il lui avait promis qu'elle pourrait glisser l'enveloppe.

Manque de pot, en sortant du bureau, il croisa Langret. Le vieux était en train de taper un scandale sur le perron de la mairie au motif qu'on lui demandait de déposer son fusil de chasse à l'entrée – la salle de vote étant interdite à tout électeur porteur d'une arme. Brigitte tentait tant bien que mal de s'interposer, mais la pauvre secrétaire de mairie ne faisait pas le poids.

« On marche sur la tête, vous voyez pas que toutes ces normes sont en train de tuer ce pays, bon sang de bois ! Bientôt, on pourra plus chasser, plus se chauffer au fioul, plus conduire en ville, plus griller sa viande au barbecue, et puis quoi encore ?! »

Il jurait que, dès qu'il serait élu, il militerait pour modifier le code électoral afin que, partout, chaque citoyen soit en capacité de se défendre.

Le père Langret passa sa matinée à gesticuler dans le bourg, à serrer des pognes, à payer des coups, à taper dans le dos, à proférer menaces et insultes à peine cachées. Raymonde, au contraire, restait discrète, soucieuse de ne pas perturber le bon déroulement du vote. Elle s'était claquemurée à l'étage, dans son bureau, jetant inlassablement sa balle en mousse au visage du chef de l'État, pour le plus grand plaisir de Nonna, qui la lui rapportait chaque fois.

Sur les étals du marché, au bar des Sports, chacun y allait de son pronostic. Samira s'échappa le temps d'aller voter, empoigna le bulletin de la liste sortante sans même se donner la peine de prendre celui de Langret, adressant au passage un clin d'œil à Jess et à son père. Léa en fit autant. Langret avait tenté de récupérer la colère des agriculteurs en se rapprochant du syndicat majoritaire et de la chambre d'agriculture. À la vérité, il n'y connaissait rien à la terre, sinon son potentiel bétonable. *Le Pillard* : c'est ainsi que Léa le surnommait. Heureusement qu'il demeurait des élus comme Raymonde pour ne pas plaisanter avec le sort de l'eau, des sols, des forêts.

Au cours de la matinée, Jess vit aussi passer quelques couples de nouveaux arrivants avec qui Mick et elle avaient visité des baraques cette année. Ils s'étaient donc installés dans le coin. Elle les reconnut immédiatement. Eux ne la remirent pas. Elle repensa à la proposition de Constance. Pour l'heure, elle se sentait tout bonnement incapable d'en parler avec Mick. Il n'avait pas la tête à ça. Et puis, avec l'annonce du deuxième, ça risquait de faire beaucoup. À moins que ce ne soit qu'un prétexte qu'elle s'inventait pour ne pas s'avouer qu'au fond, elle-même n'y croyait pas tout à fait. Elle avait l'impression que Constance et elle avaient laissé filer leur chance. Ces dix-huit ans-là ne reviendraient pas.

Elle profita de la pause-déjeuner pour se glisser dans l'isoloir à son tour, en proie à des sentiments aussi contradictoires que Mick. De ça non plus, ils n'avaient pas vraiment parlé. Trop tendu. Elle savait ce qu'il lui en coûtait de figurer sur la liste de Langret. Lui qui boudait les urnes depuis des lustres. Il avait probablement voté blanc ou nul. Ça la démangeait, elle aussi. Elle aurait bien griffonné un truc sur son bout de papier. Du style : *Mon pavé ne tenait pas dans l'enveloppe.* Mais pour ce qu'on faisait de leurs doléances… Elle aurait aimé qu'au moins les couples de tout à l'heure la remettent. Qu'ils captent qu'elle était celle qui, avec son mec, n'avait pas eu la baraque dans laquelle ils avaient la chance de télétravailler. Elle aurait voulu les voir davantage au bourg, savoir où ils scolarisaient leurs enfants.

« A voté », dit Mourad.

Constance regrettait de ne pouvoir prendre part au grand concert électoral qui se jouait dans les rues du Valfroid. Elle était inscrite à Paris et avait donné procuration à une voisine. Elle ne connaissait même pas le nom des candidats de son arrondissement, avait toujours voté à l'aveugle, en fonction de l'étiquette politique. Soit le contraire d'ici, où l'on votait en fonction du patronyme et de la réputation, pour des frères, des tantes, des cousines ; pour des petits-enfants ou arrière-petits-enfants détenteurs d'une place au chaud dans la concession familiale. L'important n'était pas tant les compétences que la fiabilité. Pas tant le savoir que l'usage. Être quelqu'un sur qui l'on peut compter, familier avec l'autour : chemins, cadastres, livrets de famille, coins à champignons. Constance s'aperçut qu'elle n'avait jamais voté au Valfroid. Elle se sentit mise à l'écart, d'un coup. Elle se demanda si elle serait amenée un jour, bientôt, à changer d'adresse électorale.

Elle pensa à Jess et à Simone. À Raymonde et à Langret. À Solal, dont l'image se dissipait dans la lente crevaison des sentiments. Depuis qu'elle avait fait cette proposition de cohabitation à Jess, ça lui trottait sans cesse dans la tête. Peut-être était-ce une énorme connerie. Un vœu pieux. Peut-être

Jess avait-elle raison : leurs pentes seraient devenues trop contraires ; l'eau n'aurait pas coulé sous les ponts, mais les aurait englouties, rendant leur réconciliation impossible. Comme leurs parents avant elles. En même temps, elle avait besoin d'y croire. Sinon, quoi ? On laissait le premier lancer de dés avoir, chaque fois, le dernier mot ? La perspective de leurs retrouvailles éventuelles sous le toit de Simone, au Grand-Mollard, au-dessus des nuages, lui était douce. Parce qu'elle disait merde à tous les *c'est comme ça*.

*

À défaut de pouvoir mettre un bulletin dans l'urne, Constance décida de descendre au bourg. Histoire d'en être un peu, de se dégourdir les jambes et les pensées. Elle trouva Jess sur le perron de la mairie, profitant de la faible affluence pour mettre le nez dehors.

« Alors, ça vote bien ? s'enquit Constance.

— Ouais, les municipales, ça mobilise toujours. Après, faut voir ce que ça donne. La campagne aura été tendue cette année… »

Constance tournait autour du pot. Elle aurait voulu demander à Jess si elle avait touché un mot à Mick du projet au Grand-Mollard. Jess dut le deviner, car elle prit les devants :

« J'ai pas encore eu l'occase de parler à Mick. Avec les élections, c'est un peu galère en ce moment. Et puis on a dû gérer pas mal de choses entre-temps… »

C'était bien entendu trop tôt pour annoncer cette deuxième grossesse à qui que ce soit.

« Bon, désolée, faut que j'y retourne, on ferme le bureau dans deux heures. »

Constance accusa le coup. Pas qu'elle se soit imaginé une réponse immédiate, mais disons plus d'enthousiasme. Au contraire, Jess était sur la réserve. À moins qu'elle n'interprète une fois de plus à côté. Les autres, décidément, ne sont jamais là où on les voudrait. C'était un des drames de sa vie : ne pas pouvoir lire au travers.

En redescendant la Grand'Rue, Constance tomba sur la boîte à livres installée dans l'ancienne cabine téléphonique. Elle n'avait jamais pris la peine de s'y attarder. Derrière les Marc Lévy et les vieux Simenon, une tranche jaune fluo attira son attention. *Quatre filles et un jean.* Tout remonta d'un bloc. Les personnages : Lena, Carmen, Tibby et Bridget. L'histoire : un jean magique qui leur va parfaitement à toutes les quatre malgré leurs mensurations différentes. Mais, surtout, ce qu'avait représenté ce bouquin pour Jess, Samira, Léa et elle : lu et relu, emprunté et réemprunté à tour de rôle, au point que la dame du CDI – qu'il fallait appeler *professeur documentaliste* – leur faisait les gros yeux : il s'agissait de partager, et si elles pouvaient aussi éviter de laisser des traces de doigts et de Nutella ? En ouvrant le livre à la page de garde, elle vit le tampon *Centre de documentation et d'information du collège La Garenne – Valfroid.* Sous un film plastique dormait la petite fiche rose cartonnée avec le nom des emprunteurs : en alternance elles quatre, pendant au moins deux ans. À la dernière page, elle reconnut l'écriture de Jess et son stylo à paillettes violet : *Constance + Jess + Samira + Léa = Best Friends for Ever.* Ça lui ficha les poils. 18 heures sonnèrent et on attendit patiemment que le dernier électeur en ait terminé – un randonneur à la retraite qui semblait décidé à camper dans l'isoloir. Puis Jess, Mourad et Brigitte constatèrent l'heure de clôture du scrutin et s'attelèrent à installer la table de dépouillement. Ils étaient douze à déplier ces bouts de rage et d'espoir, la mine grave. Des curieux s'étaient pressés à l'entrée. Raymonde soupira. Elle aurait aimé qu'ils soient autant à venir assister au conseil municipal, les jeudis soir. Jess aperçut ses parents et ceux de Mick, Léa, Samira, Martine, Langret et ses sbires… Mais elle ne vit pas Mick, ni Constance. C'était le moment le plus attendu, le clou de la journée électorale. Maintenant qu'elle savait lire, Lyana avait le droit de se tenir derrière son épaule pour l'aider à déchiffrer les bulletins en chuchotant.

Raymonde l'emporta sur le fil. Personne n'eut envie de sabrer la clairette. Le cœur n'était pas à la fête. Moins encore au soulagement. Les liesses électorales qu'offrent les majorités évidentes semblaient révolues pour de bon. On élisait en funambules. On dépouillait au-dessus du vide. La trouille au ventre. Il suffisait d'un pas de trop. De quelques voix.

Raymonde n'en dormit pas. Cette nuit-là, elle fit trois fois le tour du patelin avec Nonna. Elle se demandait combien. Combien ils étaient, ailleurs, partout, à garder leurs phares allumés dans l'obscurité. Combien de discussions, combien d'heures, combien de mandats leur faudrait-il pour étancher cette coulée de colère ? Probablement n'était-ce que le début. Les alluvions se creusaient. On aurait eu tort de se croire à l'abri. Peut-on encore parler de barrage quand les remblais tiennent à vingt voix ? Raymonde ne pouvait pas non plus s'empêcher de se demander qui. Qui de leurs amis, cousins, voisins, Langret avait-il su convaincre avec sa nostalgie du pays rassis, de la France d'avant ? Avant quoi, personne n'aurait su dire précisément.

21

Yanis avait dû livrer le courrier plus tôt que d'habitude ce matin d'avril. Constance n'avait pas entendu le moteur ni aperçu le Kangoo jaune à travers la brume du Grand-Mollard. Quinze jours avaient passé depuis les élections. Même si Langret-tout-fout-l'camp criait encore à la confiscation démocratique, la vie municipale reprenait son cours tant bien que mal, ponctuée de bugs informatiques, de rouspétances carabinées et de franches rigolades, en dépit de cette grosse balafre sous forme de pourcentage : la moitié du Valfroid avait préféré faire confiance à Langret.

Le grand jour avait fini par arriver. Dans quelques heures, elle serait fixée sur son sort. Elle saurait si elle avait ou non décroché le permis. De conduire. De rester. Pas mal de choses dépendaient de ce laissez-passer. Elle venait de recevoir un mail des RH de sa chaîne lui proposant un entretien de liaison relatif aux longs arrêts. Afin, pouvait-on lire, d'anticiper les conditions nécessaires à la reprise du travail et d'informer le collaborateur qu'il peut bénéficier d'actions, comme une visite de préreprise. Elle se marrait rien que d'y penser. Pour leur dire quoi, franchement ? Ça va mieux, j'ai passé trente heures enfermée dans une Peugeot 206 à rouiller des petites départementales grises, à essayer d'y voir quelque chose à travers le brouillard, avec pour seule compagnie ma vieille amie d'enfance qui refusait de m'adresser la parole et a manqué de me faire disparaître dans un démarrage en côte ? Ça va mieux, j'ai lu *Le Dauphiné* tous les matins et écouté « Le Jeu des 1 000 euros » tous les midis ? Ça va mieux, je suis allée boire des gorgeons au bar des Sports et danser à la Fête des ravioles ? Ça va mieux, je me suis tapé le facteur du village ? Ça va mieux, j'ai eu l'idée d'un espace de création culturel dont tout le monde ici se tamponne et que j'ai laissé tomber avant même de le lancer ? Ça va mieux, j'ai proposé à ma monitrice d'auto-école de faire une coloc, et depuis elle me regarde comme une ado attardée ? C'est sûr que, dit comme ça, c'était pas glorieux.

Et pourtant. Ça n'allait pas si mal. Peut-être même mieux que jamais. Il lui semblait avoir retrouvé sa propre fréquence. Elle ne se souciait plus tellement d'être joignable ni même sue. Solal était devenu une image floue, et c'était probablement le portrait de lui le plus fidèle. Elle y voyait plus vaste. Elle se sentait au grand complet d'elle-même. Elle ne voulait pas quitter cette rive-là ni le tricot des habitudes. L'idée de devoir retourner de l'autre côté lui nouait le bide.

Étonnamment, pourtant, elle n'avait pas trop mal dormi. Le sommeil est un sacré manipulateur, lui aussi. Qui échappe quand on le désire, qui tombe quand on lui résiste. N'empêche, depuis bientôt quatre mois qu'elle était ici, elle respirait plus large. Elle avait profité de l'altitude du lieu-dit et de l'absence de pollution lumineuse pour admirer le plafond d'étoiles, dans l'air trapu du soir, un chandail fleurant Simone sur les épaules. Elle essayait de se souvenir des constellations que sa grand-mère lui avait apprises. Hélas, elle les avait presque toutes oubliées. Quoiqu'elle les eût immédiatement adorées, les lumières perpétuelles de Paris avaient eu raison de l'humilité des étoiles. Le ramdam des klaxons et des opinions avait confisqué les tchou-tchou des mésanges charbonnières, le cliquetis de la caille des blés et les longs phrasés de la grive musicienne. Elle avait eu tôt fait d'égarer l'odeur de la terre après la pluie, la poésie de la brume et, sous les paupières, les reliefs montagneux. Maintenant, elle se demandait comment elle avait pu vivre sans, quinze ans durant. L'idée de se séparer à nouveau de ces royaumes lui serra la poitrine.

Au courrier, ce matin-là, elle ramassa *Le Dauphiné*, avec les traditionnels prospectus Yves Rocher, Afibel, Thiriet, Damart. Et, glissée au milieu du tas, une carte postale. Son cœur bondit. C'était la première depuis des années. Au recto, une photo d'abribus en noir et blanc. Au verso, un petit mot griffonné d'une écriture enfantine : *Comme tu trouves ça dommage que les gens s'envoient plus de cartes postales, j'ai fait de mon mieux. Bonne chance pour ton permis de conduire. Fini les abribus ! Bientôt, tu pourras postuler à La Poste, toi aussi.* Le mot était signé : *Le facteur pressé.* Elle sourit. Dans le champ adresse, Yanis avait écrit : *Constance Debord, résidente officielle du Grand-Mollard, on l'espère pour longtemps.* À la place du timbre, il avait dessiné une petite voiture.

Jess et elle arrivèrent avec quinze bonnes minutes d'avance au point de rendez-vous, sur la ZAC. Jess était soucieuse que Constance se sente le mieux possible. Elle avait prévu des bouteilles d'eau et un paquet de Pépito, au cas où. Les gâteaux préférés de Constance, si ça n'avait pas changé. C'était pas grand-chose, mais c'était sa façon. Une attention. À l'époque, elles pouvaient s'enfiler un paquet à deux sous l'Airbus. Béatrice et Jacques refusaient d'en acheter, trop industriel, blabla. Chez eux, c'était pain et confiture. Jess détestait pas non plus, ceci dit. Puisqu'elles avaient un peu de temps devant elles, elle proposa à Constance de faire un tour pour repérer les examinateurs du permis. Ceux-là avaient en général leurs quartiers devant la Pataterie. Ça ne loupa pas : elle reconnut tout de suite la Yamaha TDM de M. Roncier – son *tas de merde*, ainsi que l'avait rebaptisée son collègue Éric, qui jugeait ce modèle lamentable.

« Quoi ? Qu'est-ce qui se passe ? s'inquiéta Constance en voyant Jess faire la grimace.

— Bon, si c'est M. Roncier, qui porte bien son nom, ça peut piquer un peu. Un flic en dispo. Blasé de la vie. Faudra pas te formaliser, il est toujours comme ça. Après, c'est pas dit : il peut être bien luné et vouloir discuter de sa passion pour les Warhammer. Auquel cas, je saisis la perche et je le relance.

— Les *Warha* quoi ?

— Warhammer. Des petites figurines de soldat qu'il collectionne. Ouais, laisse tomber, c'est un délire. Mais bon, chacun son truc pour rendre la vie supportable. »

Jess aperçut l'Opel Corsa rouge de Mme Tabouriaud, avec son porte-vélo et son autocollant vert de la Fédération française des usagers de la bicyclette.

« Ah, si c'est la Tabouriaud, c'est possiblement plus cool. Quoique, ça dépend de sa phase. Des fois elle est délurée, des fois au bout du roul'. Tendance maniaco-dépressive. Son grand dada, c'est le vélo. Autant te dire que t'as intérêt à respecter les distances de sécurité si tu dépasses un cycliste. Et si tu veux être bien vue, glisse en passant que tu trouves ça dommage qu'y ait pas davantage de pistes cyclables aménagées à la campagne. Comme quoi, en France, on est vraiment à la ramasse, et patati. Enfin, sans abuser non plus. Parce que ça empêche pas qu'elle peut te la faire à l'envers. Je l'ai déjà entendue dire que refuser le permis à des candidats, c'est aussi sauver des vies de cyclistes. »

Constance blêmit. À choisir, elle ne savait pas franchement s'il valait mieux tomber sur Monsieur Warhammer ou Madame Cyclothymique.

« Eh, ça va, j'essaie juste de détendre un peu l'atmosphère, sourit Jess. Dans tous les cas, concentre-toi sur ta conduite, sois rassurée, t'as déjà trente heures dans les pattes. Si on t'a inscrite, c'est parce qu'on y croit. J'essaierai de leur parler, ça fait diversion, mais toi, ne nous écoute pas, surtout. »

Elles allèrent se garer devant la Pataterie. Deux autres candidats poireautaient déjà à côté de leur voiture-école avec leurs moniteurs. Blêmes pareil. À ceci près qu'eux étaient flanqués de boutons et de parents. Dix-huit ans à peine. Constance se sentit appartenir au troisième âge. Jess sortit de son sac un paquet de Pépito.

« Un peu de sucre rapide ? Ça peut pas te faire de mal. »

Le clin d'œil toucha Constance. Ça faisait des années. Dans son panier Naturalia, on trouvait au mieux des Valpibio – 43 % de sucre. Hélas, elle était incapable d'avaler quoi que ce soit. Jess en proposa aux deux jeunes, qui ne se firent pas prier. Constance les détailla. Le garçon avait des mèches de cheveux roses et bleues et des piercings sur tout ce qu'oreilles et arcades offraient de surface trouable. La fille, quant à elle, portait un baggy, un trait d'eye-liner bêcheur étiré jusqu'aux tempes et une doudoune plus crop que top. Son nombril à l'air fit frissonner Constance. On était mi-avril, et, même si l'air s'était radouci et que l'hiver semblait enfin derrière, ça caillait. Les jeunes avaient replongé la tête dans leurs smartphones. Constance était toujours fascinée par la vélocité avec laquelle cette génération pianotait. De son temps, la classe, c'était de savoir dactylographier les cours d'amphi avec ses dix doigts. Eux tenaient le monde entre deux pouces, même au fin fond de la cambrousse.

Son stress montait. Elle devait se concentrer pour ne pas se laisser submerger. Elle ne passait ni Sciences Po ni l'ENA. Ce n'était pas non plus un direct devant des dizaines de milliers de téléspectateurs. Le nombre de places n'était pas limité. Ce n'était *que* l'examen du permis de conduire, au départ de la ZAC du Valfroid. Elle ferma les yeux quelques secondes, prit une profonde inspiration et convoqua des images mentales qu'elle associait à la force : un dauphin, Britney, Simone, la Grande Sure ; un dauphin, Britney, Simone, la Grande Sure… Elle sentait qu'on la fixait avec insistance.

« Vous seriez pas la présentatrice télé ? » lui demanda soudain la mère du garçon troué, peu soucieuse d'interrompre sa séance de méditation.

Constance reconnut cette excitation mêlée de curiosité un peu malsaine que peuvent avoir certains individus quand ils croisent ce que l'on a coutume d'appeler des *personnalités publiques*. Elle acquiesça du menton, embarrassée. Elle n'avait pas du tout la tête à discuter, mais ne voulait pas non plus paraître snob. Avec la gen Z, au moins, elle était tranquille : ceux-là ne la calculaient jamais, le petit écran étant pour eux un truc aussi préhistorique que le Minitel et le fax pour elle.

Les examinateurs du permis de conduire arrivèrent enfin, et Constance fut presque soulagée d'être libérée de cette dame visiblement déçue qu'une présentatrice télé *de son rang* n'ait *même pas le permis*. Mme Tabouriaud était une petite femme montée sur piles, aux cheveux auburn, manifestement pressée de donner des ordres. Le genre à être à la tête de l'association des parents d'élèves du bahut de ses gamins depuis le CP et à apprendre leur métier aux profs. Ne lui manquait qu'un sifflet. M. Roncier, quant à lui, était un grand échalas d'au moins un mètre quatre-vingt-dix. Il portait une veste en cuir noir et des Dr. Martens qui juraient avec son air vieux garçon, ses cheveux raides comme des spaghettis, et ses lunettes à montures carrées style Afflelou. Constance l'aurait plutôt imaginé employé au service recouvrement des impôts des particuliers, au fond d'un long couloir, dans un bâtiment de style brutaliste façon ex-URSS.

Il se dirigea vers la 206, et elle fut étonnée de le voir se plier dans une si petite boîte. Ce serait donc Monsieur Warhammer. Tant pis pour les connivences de pistes cyclables avec Madame Cyclothymique. Il connecta sa tablette et pianota quelques instants avant de faire signe à Jess qu'il était prêt.

« Allez, en voiture Simone ! » lança Jess à Constance avec un clin d'œil.

Elle s'assit derrière l'examinateur, l'usage voulant que les moniteurs ne s'assoient pas derrière le candidat pour limiter les risques de tricherie. M. Roncier dégageait un mélange de sueur, d'haleine faisandée et d'après-rasage vanillé assez féminin. Constance s'étonna que Jess ne l'ait pas prévenue pour l'haleine, mais peut-être était-ce inhabituel. Elle faillit partir dans un fou rire nerveux, ce qui eût été fort malvenu avant même d'avoir démarré. Heureusement, il se racla la gorge et entama le speech auquel Jess l'avait préparée. Comme quoi l'épreuve allait durer environ trente minutes et balayer l'ensemble des compétences travaillées en auto-école, C1, C2, C3, C4, avec des routes hors agglomération, des routes en agglomération, une portion deux fois deux voies, ainsi qu'une manœuvre imposée. S'y ajouteraient les vérifications du véhicule. Pendant toute la durée de l'examen, elle aurait à gérer la sécurité autour d'elle, à l'intérieur ainsi qu'à l'extérieur du véhicule, notamment en tenant compte des usagers les plus vulnérables, type cyclistes et piétons. Est-ce qu'elle avait des questions ? Constance fit non de la tête. Ce petit laïus débité d'un ton sec avait suffi à produire son effet.

« Alors, quand vous serez prête, vous pourrez sortir du parking et prendre la première à droite en direction de Viouse. »

Constance sentit à nouveau la moiteur couvrir ses paumes et son bide faire le grand huit. Soudain, il lui sembla que tout avait changé de dimension dans l'habitacle, comme dans *Alice au pays des merveilles*. Une main invisible avait déplacé les rétroviseurs, rapproché le volant, inversé les pédales, les vitesses, vissé le frein à main. C'était pourtant la même bagnole que d'habitude. Sauf qu'à sa droite, à la place de Jess, il y avait cet homme, ce très grand homme qui, chez lui, aimait jouer aux Warhammer, mais qui, dans le civil, examinait ; cet homme avec ses points noirs sur les ailes du nez, ses genoux anguleux qui touchaient la boîte à gants et son haleine d'avant-hier. Et ce très grand homme lui intimait de bien vouloir assurer leur sécurité, or cette seule idée suffisait à la tétaniser, elle qui n'avait jamais eu personne d'autre à sa charge qu'elle-même. Ce serait terrible, le jour du permis de conduire, de tuer Monsieur Warhammer et Jess. C'est sûr que ça ferait la une des JT dans le monde entier, *Drame en Isère : la présentatrice de « Démêlés », Constance Debord, tue deux personnes au volant d'une voiture-école.* Elle visualisa la Golf de Mick, quand ils allaient au lac, elle assise à l'arrière à les regarder, cette impression d'être un paquet qu'on se trimballe ; elle ignorait alors qu'être passager est surtout un confort, celui de n'avoir la vie de personne entre ses pieds. Son corps aussi lui jouait des tours, le ventre sous les pédales, comme lors de ses tout premiers plateaux, quand, quelques secondes avant l'antenne, il lui semblait avoir perdu sa voix. Elle serait soudain amnésique des gestes, les automatismes se seraient effacés, elle ne saurait même plus comment passer une première, elle ne pourrait jamais penser à tout, droite gauche les angles morts, tout à la fois, et puis les autres, les gestes des autres qu'elle ne pourrait pas prévoir, ils lui grilleraient la priorité, ils klaxonneraient. Elle allait ouvrir la portière, elle allait descendre, c'était mieux ainsi, mieux que de risquer de tuer Jess et ce pauvre homme. L'examinateur se racla de nouveau la gorge ostensiblement, diffusant son haleine :

« C'est quand vous voulez. »

Constance prit une inspiration surnuméraire. Les cinq premières minutes se déroulèrent plutôt bien. Suffisamment pour qu'elle recouvre ses esprits. Elle anticipa les obstacles, n'oublia pas de tourner la tête avec exagération à chaque croisement, ni de céder le passage, ni de bien marquer les stops sans dépasser avec le pare-chocs sur la ligne. Elle fit même de l'excès de zèle sur la vérification des angles morts.

« Hum, pas la peine d'en faire trop, mademoiselle, on n'est pas là pour décrocher le César de la meilleure actrice. »

Elle tiqua sur le mademoiselle bien lourd, mais se retint de le corriger. Effectivement, il n'y avait rien à vérifier sur la droite, pas de piste cyclable, pas de vélo, pas de personne âgée ni d'enfant écrasables à l'horizon. Dieu soit loué.

L'examinateur parut se détendre :

« J'vous ai pas montré mes dernières unités », lança-t-il soudain à l'adresse de Jess en la regardant dans son rétro intérieur.

Ce faisant, il sortit son téléphone à clapet lui servant aussi de porte-cartes et baissa ses lunettes sur le bout de son nez gras pour parcourir ses photos. Un gosse. À croire que Constance n'était plus là.

« Tenez, là, vous avez les Patrouilleurs Ellyriens. Ça, c'est le Wyrm des mers. Ça les Maîtres des épées de Hoeth. »

Jess donnait le change à chaque photo avec force interjections : *aaah*, *woow*, *ah oui quand même*. Pour un peu, on l'aurait prise pour une fana. Après quoi, Constance fut sommée de réaliser un stationnement en épi que l'examinateur regarda à peine, encore tout à ses petits bonshommes en plastique. Elle répondit ensuite comme il fallait aux trois questions de sécurité choisies en fonction des derniers numéros affichés sur le compteur : *Vérifiez la présence du gilet de haute visibilité* (les gilets jaunes, ici, on connaît) ; *Contrôlez l'état, la propreté et le fonctionnement du ou des feux de brouillard arrière* (le brouillard aussi) ; *À partir de quel taux d'alcool, en période probatoire, est-on en infraction* (l'alcool également) ? L'examinateur lui fit très peu de commentaires, ce qu'elle prit pour un signe positif. Constance commençait à se détendre et à retrouver son aplomb. Ça ne loupait jamais : c'est là que les choses se mirent à se gâter. Sur une priorité à droite, d'abord.

« On est passé un p'tit peu vite, là. Vous auriez eu le temps de voir si une voiture arrivait ? » fit remarquer Monsieur Warhammer.

Constance ne broncha pas. Puis vint le carrefour giratoire de la ZAC. Une bannière annonçant la grande foire à tout du Valfroid avait été tendue qui mangeait un peu la pancarte *Cherche médecins*, si bien que l'on avait l'impression de lire *Foire aux médecins*. Elle eut une pensée pour sa grand-mère, les heures qu'elle avait vécues là, sur son petit pliant, campée dans l'air fluo. Les anecdotes pas croyables qu'elle avait dû raconter aux uns et aux autres et que Constance, elle, ne connaîtrait jamais, faute d'avoir pris le temps. Une chance que Jess ait pu lui en rapporter quelques bribes. Elle sourit en se rappelant cette idée qu'avait Simone selon laquelle, la prochaine fois qu'ils décidaient d'enfiler leurs gilets jaunes, les Français feraient mieux de choisir les abribus, ce coup-ci ; au moins, on aurait un toit sur la tête et un banc sous le séant.

Arrivée au carrefour giratoire, Constance enclencha son clignotant et s'inséra. Un peu trop vite. Une Mégane Scénic, déjà engagée dans l'anneau, dut ralentir et donner un léger coup de volant. L'examinateur émit un bruit de bouche en aspirant l'air :

« Attention, je crains que vous n'ayez fait ralentir et dévier le véhicule déjà engagé… C'est un refus de priorité, ça, mademoiselle. Prenez garde à votre trajectoire. »

Son ton était cassant. Elle se sentit perdre ses moyens, une fois de plus. Comme le jour du tracteur. Putain. C'était tout elle, ça. Se saborder dans la dernière ligne droite. Un vrai Titanic, la meuf. Sur le rond-point de Simone et Jess, en plus, tu parles d'un symbole. Et Jess derrière qui n'avait rien loupé. Elle pouvait éprouver son regard déçu sur sa nuque. *Attention à sa trajectoire* : il était drôle, lui. Si y avait un truc qu'elle n'avait jamais su tenir, c'était bien sa trajectoire. Sa vie était une succession de coups de volant et de déviations. De rocades, même. Elle se racontait des histoires de *nouveaux* départs et de clef des champs parce que ça sonnait mieux, plus *résilient*, et Dieu sait si l'époque aime ça, le surpassement. Interdit de rester vautré dans son vomi. En réalité, elle collectionnait les *faux* départs, les sens interdits et les retours à la case. Il fallait toujours qu'elle s'empêche de parvenir tout à fait. Elle aurait voulu pouvoir se retourner pour demander son avis à Jess.

Pendant le parcours, le ciel pendu très haut s'était soudain écarquillé. Une averse subite, suivie de grésil, avait été chassée par une éclaircie aveuglante et un formidable arc-en-ciel. Les jeux d'ombre et de lumière ajoutaient à l'atmosphère instable et dramatique des giboulées de printemps. Le vent désormais se levait, puissant, qui troussait les nuages. Constance pensa à Simone, au docteur Grazia, à Raymonde, à Samira, à Mourad, à Léa, à Yanis et aux autres. Elle pensa au Grand-Mollard, à la maison qui patientait, là-haut, au-dessus de la mêlée. Suspendue, elle aussi. Elle devina l'exhalaison de terre humide et de lichen. Elle pensa à Paris, à son émission, à son équipe, à son appart, à ses amis. À tout ce dont elle ne savait plus que faire. Toutes ces vies menables, et il avait fallu qu'elle mène celle-ci. L'indémerdable tentative de soi, alors que l'existence ne prend pas de *s*. Les cheminées de la Chartreuse étaient striées de névés qui ressemblaient à des vergetures blanches, derniers vestiges de l'hiver. Constance se souvint de cette phrase de Simone : *On ne plante pas de tomates tant que la cime de la Grande Sure est encore blanche.*

Elle retourna au point de départ avant d'immobiliser le véhicule. Le silence se fit alors dans l'habitacle. Constance fixa le parking comme l'écran d'un cinéma. L'immensité d'asphalte. L'essaim de bagnoles bourdonnant à la recherche de la meilleure place, la zone commerciale qui n'en finissait plus d'engloutir les terres agricoles, encore des pelleteuses creusant dans les champs alentour. Elle regarda les tubes de tôle colorés et les enseignes publicitaires XXL, rassurants d'être si semblables. Cette similarité qu'elle avait tellement voulu fuir et qu'elle aurait aimé, ce jour-là, prendre dans ses bras.

L'examinateur finit de remplir le formulaire sur sa tablette. Puis il rompit le silence :

« Mlle Debord, je vous remercie. Vous pourrez retrouver votre résultat dès demain matin en ligne. »

Il s'employa à déplier sa grande carcasse, ce qui semblait plus difficile dans ce sens-là, et, se baissant de nouveau pour s'adresser à Jess par la fenêtre :

« Je vous tiendrai au courant si je réussis à trouver la figurine d'Ishaya Vess. »

Jess fit mine d'être impatiente. Tandis que Monsieur Warhammer se dirigeait vers le candidat d'une autre auto-école, Jess sortit de la voiture pour repasser devant. Constance, qui n'avait pas quitté le volant, tourna alors son visage vers elle, attendant le verdict.

« Bon, écoute, déclara Jess, cherchant ses mots. C'est vrai qu'y a eu cette faute sur la fin, c'est un peu dommage. Tu t'es insérée à la Simone, quoi, pleine balle, à la va comme j'te pousse, sans direction particulière ! »

Ce faisant, elle mima du bras un geste d'exaltation et eut un petit rire complice, espérant dérider Constance.

« C'est bien ça mon problème, répondit Constance. De pas avoir de direction particulière… »

Jess ne releva pas. Elle commençait à s'habituer aux à-côtés existentiels de Constance.

« En même temps, il n'a pas touché le volant, fit-elle remarquer, revenant à des considérations terre à terre. Donc c'est pas dit que ce soit éliminatoire. Les jeux restent ouverts. Parce que, à part ça, t'as bien géré : l'allure, les clignotants, les courbes dans les virages, les rétropédalages, la manœuvre obligatoire… Même le démarrage en côte, tu m'as épatée. »

Constance l'aurait embrassée. Jess ajouta :

« Et puis, vu qu'il avait l'air de vivre sa meilleure vie avec ses nouvelles figurines, y a moyen qu'il soit accommodant. Sait-on jamais…

— *Sur un malentendu, ça peut marcher*, comme disait Jean-Claude Dusse », compléta spontanément Constance.

L'image du loser iconique des *Bronzés* se télescopant avec celle de Monsieur Warhammer les fit partir dans un de ces irréprimables fous rires qui peuvent survenir après un moment de grande tension. Elles rirent à en avoir mal aux abdos et aux zygomatiques, le cœur qui cogne, la respiration saccadée, frénétique, entrecoupée de petits hoquets, savourant tout à la fois l'ivresse épaisse de la décharge du corps et le vertige de retrouver leur complicité intacte au-dessous. Ce truc-là était d'ailleurs assez magique, qui par la grâce d'une référence commune offrait, pendant quelques minutes, d'avoir à nouveau accès au sot-l'y-laisse de ses seize ans, au quignon de l'enfance, l'autre pareil à son souvenir. Quoi qu'il advienne, on aurait partagé ça. Et c'était imprenable. Petit à petit, leur respiration retrouva son calme et elles se laissèrent aller contre leur dossier, enivrées du même air, repues d'être deux, l'impression de planer au milieu du parking comme si elles venaient de tirer sur un joint. Les années se tenaient là, serrées sous leurs semelles, posées sur les pédaliers.

« La vache, longtemps que j'avais pas autant *rifougné*, ça fait du bien ! » lâcha Constance.

Ce mot de patois dauphinois lui était remonté sans prévenir, ça fit sourire Jess. L'autre jour, Constance s'était également rappelé que Grenoble était *à chaille*, qu'il y avait *trop de narvalos* ou que parfois son père la traitait d'*arsouille*. N'empêche, si elle se marrait de la sorte plus souvent, elle pourrait zapper les antidépresseurs. Ça valait une partie de jambes en l'air. Jess était soulagée de voir que cette Constance-là existait toujours sous les épaisseurs parisiennes. Celle capable de ne pas se prendre au sérieux. *Tant qu'on se fend la poire, y a de l'espoir*, comme disait Simone.

« Tu t'souviens quand on chantait *Les Champs-Élysées* en pensant que ça parlait de nos champs de vaches à nous ? » demanda Jess.

Si Constance se souvenait.

« Moi, j'entendais : "aux champs et lisez". J'imaginais des paysans obligés d'aller ramasser les patates avec des grimoires. »

Jess rit, puis son visage s'assombrit :

« Ouais, ben en tout cas, les Champs-Élysées, les vrais, j'en ai surtout vu les lacrymos. J'ai cru mourir asphyxiée. J'étais enceinte de Lyana, et c'était une belle connerie d'être montée à Paris ce week-end-là… Tout ce qu'il m'en reste, c'est une fourchette du Fouquet's. »

C'est sûr qu'on avait connu meilleur contexte pour découvrir la capitale.

« T'y es jamais retournée depuis ? » s'enquit Constance.

Jess fit non de la tête en fixant ses pieds.

« Si ça te dit, à l'occase, je te ferai visiter, proposa Constance. Bon, la tour Eiffel vaut pas la Grande Sure, ça manque de ravioles et de reliefs, mais y a des gens bien. Là-bas aussi. »

Elle marqua un silence.

« Qu'importe la place et qu'importe l'endroit. »

Jess se redressa et la regarda avec son sourire assez grand pour deux. Son sourire comme un toit.

Remerciements et endettements

J'aurai toujours une dette envers elles :

Marie-Hélène Lafon. Pour m'avoir jetée aux mots par la puissance des siens. Pour les traces que ses phrases auront déposées en moi.

Sylvie Fabre G., professeure de français franc-tireuse avec le programme.

Ma mère. Pour tous les livres à la maison.

Diam's. Pour la bande-son de notre génération nan nan.

Mes « sages-femmes » : Alice d'Andigné et Delphine Roché – et, à travers elles, Sophie Charnavel et Frédéric Martin. Sans oublier Lucie Grandjean.

Mes meufs sûres, celles du terrier, celles du pays d'après et celles des chemins escarpés : Clémentine Brun, Sarah Fassi, Céline Collet, Florie Escaron, Lara Rachidi, Marie Bailliard, Sarah Labagnères-Atisso, Violaine Morin, Cécile Bouanchaud, Élodie Ratsimbasafy, Emmanuelle Walter,

Aline Leclerc, Ariane Chemin, Delphine Cerisuelo, Cybèle Abdo-Kahalé.

Mes camarades de pensée rurale : Emma Conquet, Benoît Coquard, Juliette Rousseau, Lumir Lapray.

... Et celles à l'encrier : Salomé Kiner, Maria Pourchet.

... Celle qui écrit avec la lumière et m'accompagne par son regard : Claire Jachymiak.

Mes Bordenet : Yvonne, Michel, Hélène, Michel, Stéphane, Manon, Nour, Romain, Mathilde, Louise, Emma, Mireille.

Mon journal *Le Monde*, mes chefs de service et particulièrement Stéphanie Pierre, documentaliste.

Les jeunes du coin rencontrés au gré de mes reportages : les filles de la Maison familiale rurale de Baigneux-les-Juifs ; les jeunes du lycée agricole de La Brosse ; les jeunes de Briouze, de Tonnerre, de Lézinnes, de Montbard, des Abrets-en-Dauphiné, de Voiron, de Sartène, de Propriano.

Et toutes celles et tous ceux qui se sont arrêtés avec moi sous l'abribus : le docteur Virgone (médecin de famille extraordinaire) ; Bernadette et Marc Poudevigne (le Sedaine Bar, pour les mousses au chocolat et les doubles allongés) ; Sarah Blondel ; Claude Ruel (pour le refuge parmi les sapins) ; Jules Gaillard (pour nos allers et retours et nos doutes) ; Éric Terrien (meilleur moniteur d'auto-école) et Sandra Terrien (pour la maison en pisé) ; Véronique Chocron (pour son œil immobilier avisé) ; Richard Herlin (pour m'avoir transmis Marguerite Duras et l'importance de savoir ferrailler pour un point-virgule) ; Damien Tabard et Maiwen Ribeiro (conducteurs de car scolaire) ; Yves et Séverine Collomb (EARL de la Ruche) ; Marc-Alban Dulaurier (la Ferme de terre) ; les frères et sœurs Auvillain, Elsa (GAEC des Châtaigniers) et Tom (GAEC du Bois Boulet) ; les frères et sœurs Campillo (Marie, aide à domicile, et Alex, pompier volontaire), Samira Ennouri Hassouf (tenancière du Proxi de Moustey), Xavier Auplat (artisan maçon spécialiste du pisé), Virginie Faisseau (pour les pelotons en montagne).

Et un merci tout particulier à Margaux Laffage et à Robin Campagnari pour s'être prêtés au jeu de l'abribus.

Bibliographie académique non exhaustive

Les Filles du coin (Yaëlle Amsellem-Mainguy) / *Ceux qui restent* (Benoît Coquard) / *Des femmes qui tiennent la campagne* (Fanny Renard, Sophie Orange) / *La Néoruralité. Recours à la campagne* (Gabrielle Saumon, Greta Tommasi) / *Plouc Pride* (Valérie Jousseaume) / *La Valeur du service public* (Julie Gervais, Claire Lemercier, Willy Pelletier) / *La Reproduction* (Pierre Bourdieu) / *Ceux qui reviennent* (Pauline Rochart) *Coulée brune. Comment le fascisme inonde notre langue* (Olivier Mannoni) / *Rupture(s)* (Claire Marin) / *Se tenir quelque part sur la terre. Comment parler des lieux qu'on aime* (Joëlle Zask) / La série d'été de Michel Dalloni sur les ronds-points dans *Le Monde* / Le documentaire *Les Doléances* (Hélène Desplanques)

La collection PAVILLONS est née au sortir de la Seconde Guerre mondiale du désir de traverser les frontières grâce aux littératures du monde. Depuis 1945, elle réunit une grande famille d'auteurs. D'Evelyn Waugh à Bret Easton Ellis, de Dino Buzzati à Margaret Atwood, de Stefan Zweig et Primo Levi à Alia Trabucco Zerán, cette collection mythique s'est dédiée à tous les horizons, elle s'ouvre désormais aussi à la littérature française. Entrer dans un livre de PAVILLONS, c'est larguer les amarres, scruter, rêver. Tel un drapeau que l'on hisse haut sur un navire, la collection affirme la force des imaginaires, la beauté des êtres.

Tout était là, pris dans les plis de ce qui jamais ne s'enfuit.

La maison Robert Laffont a ainsi achevé d'imprimer
ce premier roman, portée par la conviction que la littérature,
elle aussi, *jamais ne s'enfuit.*

Robert Laffont

Imprimé en France sur du papier issu de forêts gérées durablement.
Impression : Imprimerie Floch
N° éditeur : 68753/01 – N° imprimeur : 107123